Leksikon om lys og mørke

Simon Stranger

# 光明与黑暗的辞典

〔挪威〕西蒙·斯特朗格 著

邹雯燕 译

上海译文出版社

# 目录

| | | | | |
|---|---|---|---|---|
| 作者前言 | I | | O | 239 |
| 家谱图 | V | | P | 245 |
| | | | Q | 257 |
| A | 001 | | R | 259 |
| B | 015 | | S | 291 |
| C | 035 | | T | 301 |
| D | 057 | | U | 315 |
| E | 067 | | V | 317 |
| F | 079 | | W | 327 |
| G | 089 | | X | 329 |
| H | 105 | | Y | 331 |
| I | 135 | | Z | 333 |
| J | 139 | | Æ | 335 |
| K | 149 | | Ø | 337 |
| L | 171 | | Å | 339 |
| M | 183 | | | |
| N | 229 | | 跋 | 353 |

# 作者前言

亲爱的中国读者：

想到我的指尖在电脑键盘上敲击出来的文字从挪威跨越千山万水来到中国，抵达你的手中，真是奇妙而美好的事。

中国是我多年来一直渴望拜访的国家。年轻时，我读过各种关于禅宗、道家和中国诗歌的书，从孔子、老子的思想中获得内心的平静。如今，我自己的小说能够传递到你的手中，我感到无比感激。

你手中的这本书，将我自己家族的真实经历与第二次世界大战中一些最残酷、最重要的事件交织在一起。这是一个黑暗与光明的故事。

我和妻子一起生活了十五年之后，才得知我的岳母从小居住的房子，曾是纳粹的挪威间谍亨利·林南盘踞的地方。在这个别墅中，林南和他的同伙制订各种计划渗透挪威的抵抗组织，拷打、杀死抵抗运动成员，甚至在战争结束时在地下室将三个人分尸。

我无法相信她告诉我的这些事。

这座建筑是整个地区最有代表性的邪恶象征之一。任何家庭在战后搬进这样一座特殊的房子都是非常奇怪的。尤其奇怪的是我的岳母来自一个犹太人家庭，一个大屠杀幸存者的家庭。

她的祖父于一九四二年一月仅仅因为听广播而被捕，当年十月被处决。你在小说开头就会读到这件事。她父母在抵抗组织的帮助下，藏在干草堆中逃到了瑞典。而纳粹的计划是抓到并杀死他们。如果他们成功了，就像他们对挪威百分之四十的犹太人所做的那样，我妻子就不会诞生，我的孩子们也不会诞生。这就是种族灭绝的残酷事实。

但我妻子的外祖父母活了下来，搬进了这栋房子。他们为什么这么做？它邪恶的历史是怎样影响这对努力重建生活、组建家庭的年轻人的？亨利·奥利弗·林南又怎么从挪威一个乡村小男孩，变成挪威史上坏到极致的罪犯，一个给人带来如此巨大的痛苦和恐怖、具有虐待狂特征的人的？

这些都是这部小说中呈现的问题。当我选择把它写成一部个人式百科全书时，首先是想让时间和空间消失，让我和读者都能够在不同的事件之间自由穿梭，从"婴儿""光脚"到"鲜血"。其次，字母结构揭示了语言本身，我们使用的语言怎样不仅用来"描述"现实，还塑造现实。通过词汇，我们能够区分"我们"和"他们"。正是把人描述成疾病或昆虫的语言，使得杀死他们成为可能。每一次种族灭绝都是从语言开始的。

　　这些文字是写给你的，我的读者。你即将踏上一段旅程。所有的场景都源于历史事件、访谈和传记中的描写。那些人物真实的想法和对话，当然早已随着时间消逝，我重新创作的，并不纯然是历史的真实，而是一种只有虚构作品才能传递的真实。再次衷心感谢你！

西蒙·斯特朗格

二〇二四年十一月二十六日写于奥斯陆和贝尔格莱德

（彭伦　译）

# 家谱图

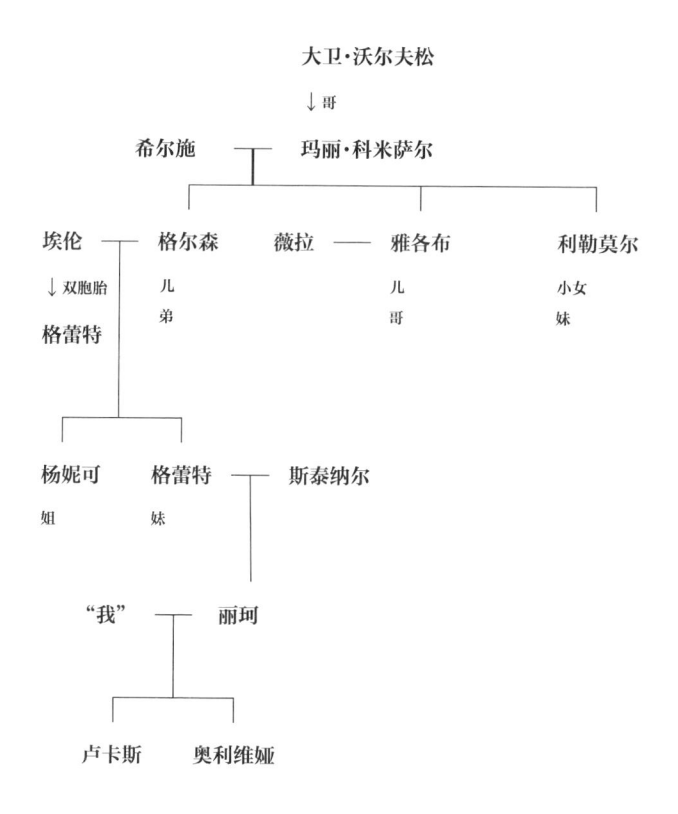

```
                            大卫·沃尔夫松
                                ↓ 哥
                    希尔施 ─┬─ 玛丽·科米萨尔
                          │
        ┌─────────┬───────┼───────┬─────────┐
       埃伦      格尔森    薇拉 ── 雅各布    利勒莫尔
       ↓双胞胎    儿                儿        小女
       格蕾特    弟                哥        妹
          │
     ┌────┴────┐
    杨妮可    格蕾特 ─┬─ 斯泰纳尔
     姐        妹    │
                    │
                  "我" ─┬─ 丽珂
                       │
                  ┌────┴────┐
                 卢卡斯    奥利维娅
```

V

# A

A 是指控。

A 是审讯。

A 是逮捕。

A 是会消失、会被遗忘的一切。所有的记忆，所有的感觉。所有的财富，所有的物品。所有那些搭建出人生框架的东西。坐过的椅子、睡过的床，它们会被抬去新的房子。会有一双新的手将盘子摆到新的桌子上，杯子会被送到别人的唇边。他们喝下水或是酒，转身继续与屋子里的另一个人交谈。那些曾经装满故事的物件有一天将失去自己的意义，剩下的只有形状，就像一头鹿或一只甲虫眼中的三角钢琴一样。

这一天一定会来的。我们每个人都有终结的那一天，虽然我们不知道生命会在什么时候、以什么方式结束。我不知道我人生最后的时光是会在医院度过，被咳嗽困扰，手臂上的皮肤苍白松弛，就像从木勺中垂下的发酵面团，还是在四十五或四十六岁的时候因病或意外突然死去。

或许我会被城里房顶上突然掉落的冰柱砸死，无论它是因为楼下浴室里更换地板造成的震动掉落，还是因为海上漂来的一阵暖流让冰融化，从窗前滑落。它掠过客厅和卧室的窗户，砸到低头看手机新闻的我的头上。手机摔到人行道上，屏幕依旧亮着，围观的人在我身旁围成了一个半圆。在那一刻，偶然路过的行人会被突然提醒一个我们每个人都知道，却很少想起的道理：我们和我们拥有的一切，都可能在最寻常的时刻被夺走。

犹太人的传统中有个说法：每个人都有两次死亡。第一次是心脏停止跳动，大脑停止运作，就像是一座城市断了电。

第二次是这个人的名字最后一次被提起，念出或是想起——可能在五十年、一百年，或是四百年之后。这时候这个人才真正消失，他的生命从地球上被抹去。这个第二次死亡的说法给予了德国艺术家冈特·德姆尼希灵感，让他制作出黄铜铸造的纪念牌，上面刻上"二战"中被杀害的犹太人的名字，把它们镶嵌在他们曾经居住过的街区的人行道上。他把它们命名为"绊脚石"。这个作品是希望能推迟那第二次死亡的到来。艺术家希望镶嵌在地上的遇难者的名字会在之后的五十年里让行人弯腰驻足，这样，逝去的人就不会真的死去。它们连同欧洲历史上这段最黑暗的记忆，像城市脸上的伤疤一样被留存下来。至今，在欧洲不同的城市里，已经有了六万七千块这样的"绊脚石"。

其中的一块是属于你的。

其中的一块上面写着你的名字，就在你曾居住过的挪威中部城市特隆赫姆的人行道上。几年前，我的儿子蹲在那里，用手套拂去它上面的浮土和小碎石。他读出了上面写着的字。

"希尔施·科米萨尔曾居住在这里。"

那时，我的儿子刚满十岁，他是你的玄外孙之一。我的女儿双手搂着我的脖子，那年春天她刚满六岁。我的妻子丽珂站在一旁，周围还围着一圈人，那里有我的岳母格蕾特和她的丈夫斯泰纳尔。

"对，他是我爷爷。"格蕾特说，"他就住在这里，在三楼。"她边说边转过身望着我们身后的公寓楼。你曾从那里眺望，在另一个时代，在我们这些人都还没来到这世界的时代。女儿的手还搂着我的脖子，儿子继续念着镌刻在地面铜牌上的那些文字。

希尔施·科米萨尔曾居住在这里
一八八七年出生
一九四二年一月十二日被逮捕
法斯塔德集中营
一九四二年十月七日被杀害

格蕾特和我们讲了那次突然袭击，说一九四〇年四月九日的早上，她的父亲突然看到穿着灰蓝色外套和靴子的士兵踏过这条街道。丽珂站起来也加入了谈话，女儿靠在她的身上。儿子和我还是蹲在地面上这块黄铜牌的旁边。他又用手套擦了擦石头上最后一行字,然后抬起头望着我。

"爸爸,他为什么会被杀害?"

"因为他是犹太人。"我回答道。

"嗯……可是为什么呢?"

我感觉到丽珂看了我们一眼,她同时在注意着两边的谈话。

"嗯……纳粹想杀死所有和他们不一样的人。他们憎恨犹太人。"

儿子没有说话。

"我们也是犹太人吗?"他又问。他棕色的眼睛清澈、眼神专注。

我眨了好几下眼睛,努力回想他了解多少有关自己家族的历史。我的孩子们是不是完全不了解我们家犹太人的那部分?我们肯定说过他们妈妈的高祖父母是在一百多年前,从俄罗斯移民到这里的。我们肯定谈论过战争,讲过曾祖父格尔森是怎么逃亡的——在他过世之前,他们都见过他。

丽珂吸了口气,似乎想要说点什么,但注意力又突然被另外那边的对话吸引过去了,我与儿子对视着。

"你是挪威人。"我回答道。但我能清楚感觉到这个答案不允分的地方,以及丽珂又看向我们。"当然你也有一部分的犹太血统,只是我们不信犹太教。"我边说边站起身。我希望丽珂和格蕾特能说点什么,她们应该比我更清楚怎么回答这个问题,但她们的谈话还在继续,话题离这个问题很远了。

"爸爸，他为什么会被杀害？"

在那之后的几个月里，这个问题一直困扰着我。它真的很难回答。我们的过去正渐渐被淡忘，被一点点掩盖起来。不过，在查询了不同的档案，与家里人谈论过去发生的事情之后，那些曾经发生过的事情慢慢地浮出了水面。

很快，我能想象出特隆赫姆市中心的雪。

人们从这些小小的、狭窄的木头房子边走过，说话时嘴里哈出白气。

很快，我能想象出，你生命的终结在那个星期三早晨，在一如寻常之中降临。

那是一九四二年一月十二日。你站在特隆赫姆和妻子一起经营的服装店柜台后，身边是挂着帽子、大衣和裙子的衣架。你刚刚开始接待当天的第一位顾客，正要向那位女士介绍你们店的优惠的时候，电话突然响了。你只能放下烟和订购单。

"巴黎—维也纳服装店，您好？"你机械地说着，就像那之前的几千次那样。

"早上好，"电话那头的人说的是德语，"是科米萨尔吗？"

"是的，没错。"你用德语回答。你想着或许是汉堡那边的供应商打来的，可能是海关，或者是他之前订的那批夏装裙子有些什么问题。不过这肯定是个新雇员，你之前没听过这个声音。

"希尔施·科米萨尔，妻子是玛丽·科米萨尔？"

"是的，请问您是哪位？"

"我是从盖世太保情报局打来的。"

"嗯?"

你的目光从订单上抬起来,注意到那个客人也看出来好像出了什么事。你面对着墙,心开始怦怦跳。盖世太保?

"我们有点事想和你谈谈。"电话那头低声说。

"是这样啊。"你只说了这句。你在思考要怎么说下去,可刚想开口就被打断了。

"请在下午两点钟到传教士酒店接受问询。"电话那头说。

传教士酒店、问询?究竟因为什么事情要让你去接受问询?你看着墙思考着。是不是和玛丽哥哥的事情有关?大卫和他那些亲共产党的朋友?门框上一个没头的钉子凸出来了。你用拇指按住钉子的一端,尖头刺进你的皮肤。你闭上了双眼。

"喂?"电话那头的声音有点不耐烦,"你在听吗?"

"嗯,我在听……"你边说,边把手指从钉子上拿开。你的眼睛盯着皮肤上的那个白点,然后看血液从皮肤里慢慢渗出来。店里的客人在挂裙子的架子前停了下来,但在你转过头看她的时候,又回头继续拨弄着那些裙子。

"我的一些同事说,在这件事上我太冒险了……"他说。你听到话筒里传来打火机点燃的声音。

"……他们说我应该立刻派辆车把你带过来,这样你才不会带着你的儿子们跑掉,毕竟你们都是**犹太人**……"男人把重音落在了最后一个词上。他的音调又降低了一点,继续说:"不过,我知道你的妻子玛丽正在住院……她在冰上滑倒了,对吧?"

"是的，几天前她在冰上滑倒摔断了……髋关节的骨头。"你回答道，一时想不起这个词德语怎么说的，不过你好像也从来没学过它。反正意思算是表达出来了。

**玛丽在这种路面上穿着高跟靴子走真是太愚蠢了，太不小心。**她一直坚持要这么优雅，所有的事情都由着自己的性子。如果你向玛丽暗示有些事情她不该这么做，应该更小心，不该在报纸上发表那样的看法，不该在家里和那些人讨论政治问题，她只会对你发火。她的眼睛里会有黑色的阴影划过，她会让你明白她就要照自己的方式来做事。看，她的我行我素带来了什么！你手握着电话听筒，站在柜台后想。店里的那位顾客冲你笑了一下，走出去了。门口的铃又响了一声。

"髋关节骨折啊……"电话那头看不见脸的人重复了一遍，他让你知道了这个词的德语说法，"我相信你和你的儿子们都不会逃跑，对吧？要不然我们会把她抓起来。"

**把她抓起来。**你默默地点了点头，虽然没有人能看到你的动作，然后你又说了一遍你不会跑。

"好的，科米萨尔先生。你下午两点过来吧。你知道在哪里，对吧？"

"传教士酒店？是的，我知道它在哪。"

"那好，再见。"

话筒那头挂断了。你站在柜台后面，脑中的想法就像一群从树上惊起的飞鸟一样乱转。现在你该怎么办？你抬头看了看钟。现在距离下午两点还有好几个小时。还有时间，你有足够的时间逃离这一切。你想，如果猫着腰从后门出去，从仓库的后门出去之后一直跑一直跑，不在乎嘴里的血腥味，不在意周围陌生人的目光，不在乎腿变得异常酸痛，周围的风景越来越荒凉，你就可以一直跑到树林里，用杉树做掩护，朝着瑞典边境的方向跑去。你的女儿利勒莫尔已经在那里安全地生活了。这是行得通的，你这么想着，但你同时也明白这不过只是想想。要不然玛丽怎么办？你的两个儿子格尔森和雅各布怎么办？你跑了，那些人就会把他们抓起来。你边想边合上了订货本。或许你可以通知雅各布，让他躲到你在大学里认识的一个人那里。你也找不到格尔森，他和几个在学校认识的好朋友去山里的小木屋了。如果等他从山里回到城里，发现德国人在家门口等着他，他要怎么办？还有，玛丽要怎么办？

那些流传在商店、晚餐宴会和犹太教堂里的传言是真的吗？传言里说犹太人被送到了国外特别建起来的集中营里。这是传说，那些夸张的说法，是不是就像你小时候想象中那些从黑暗里走出的怪兽？

你打电话给在店里兼职的女孩，问她能不能临时过来上班，顶一下。你和她说你要去接受一个问询，问她如果事情不太顺利，她能不能在之后几天料理一下店里的事。随后，你给雅各布打了电话，告诉他发生了什么，让他想办法去找到格尔森。雅各布说话开始结巴，他一紧张就会这样，你试图安慰他，想说一切都会好的，这肯定不是什么严重的事，你还有时间去医院和玛丽讲这件事。代班的那个女孩很快就来了，她的脸上也带着严肃，甚至是疼痛的表情，你不得不安慰了她几句，把这一切都说得没什么大不了的。然后你拿上外套，和她道别之后向医院走去。

这究竟是因为什么事情？或许不过是因为一项模糊的指控，不管怎样都不至于要逮捕你的。你爬上坡，心里这么想着。你小心翼翼地走在撒满小碎石子的路面上，手拽着一旁的扶手，不让自己在玻璃一样的冰面上滑倒。

这大概不是什么严重的事情吧，你干过什么呢？什么都没有。也许这只是走个过场，或许只是要给犹太人做个登记，最坏也不过是想要得到玛丽哥哥的信息，你这么一边想，一边走，就到了医院前的路口。

几个小时之后，你坐在了传教士酒店的审讯室里。里面到处都是穿着制服的年轻人。一群军人在说话，抽烟，传递着消息。坐在你面前的书桌前的男人，拿笔敲了敲桌上的文件，抬头用冷冰冰的目光盯着你。

"听说你是从俄罗斯来的，对吗？"

"是的。"

"你会说五种，还是六种语言？"

"嗯？"你不太明白他的意思。

"这很不寻常吧……你学的是工程，在几个不同的国家上过学，英国、德国、白俄罗斯……可你现在和妻子经营了一家小小的服装店？"

"嗯，是的，我……"你想接着说，但被打断了。

"……还有，你是**犹太人**，"他边说边靠在了椅背上，"你和大卫·沃尔夫松是什么关系？"

"他是我妻子的哥哥。"你回答。你早知道这肯定与他有关,但他之后说的话让你非常惊讶。

"你知道收听英国广播电台是违法的吧?"

"嗯。"你感觉到自己的手指紧张地蜷缩了起来。

"你知道传播英国传过来的新闻是违法的吧?"

你点了点头。

"你还知道,如果知道有人违反了这些规定,大家都有举报的责任,对吗?"

**他们是怎么知道的?**你拼命在记忆里搜索自己去过的地方,在什么地方讨论过英国传来的最新消息,你想不出会在什么地方被什么人偷听去。

"我们有证据显示这些消息是在一个咖啡厅传播的——'咖啡客厅'。"

原来是那里。当然是那里,咖啡客厅。

"我们知道你经常去港口。你能不能说说你去那边做什么?"他接着说。

"我到那边去收货。"你说。肯定有人跟踪过你,有人在咖啡客厅偷听过你讲话。那肯定是会讲挪威语的人,会是谁呢?

"在我们继续调查这件事期间,你得留在这里。"书桌后的那人边说边冲你摆摆手,然后抬头看了一眼站在门边的士兵。

"那就先到这,科米萨尔先生。"男人把你这个案子的文件夹推到了一边,让守卫把你带到地下室的一间牛房里去。

直到第二天早晨,你还相信自己很快会被释放,系统里的人很快会发现你并没有危害到第三帝国,对他们来说,让你继续过自己的日子成本更低、更容易。不过，三个士兵进到牢房，他们友好地和你问好，然后让你把双手背到背后。金属的手铐冷冰冰地贴着皮肤。

"我们要去哪里？"你用德语问。

"走吧。"一个守卫边说边带你走上了楼梯，穿过一道走廊后来到了一个积着雪的院子。一辆黑色的车子没有熄火，等着他们。你被他们推进后座，然后车开出了城。过了好一会儿，你才意识到，你们是要去哪里。

法斯塔德集中营。

它离特隆赫姆一小时车程。那是一座白色的建筑，中间有一块广场，房子的外围被铁丝网围着，积了一层薄薄的雪。

大门打开了，他们带你走过了门房，路过一棵光秃秃的桦树，然后上了二楼。那里是一间间并排的狱室的门，门是木头的，上面有孔洞，挡着栏杆。你看到了一张脸，那是另一个被关押在这里的人。两个警卫站在一旁盯着你脱掉衣服，把你关进了其中的一个房间。长方形的房间，另一边有一扇窗户、一张床。当门在你身后嘎吱一声关上的时候，你突然感觉焦虑从身体里升腾起来。你知道自己跑不掉了。你的焦虑感告诉你，这就是终结，所有的一切都变成了最后一次。

A 是酒精。在集中营里最初的几个星期你特别想念它，你向往被麻醉的感觉，让周围的环境，让你的头脑松弛下来，把你的困惑、愤怒和恐惧都赶走，镇压在遗忘中。

A 是所有那些联想。无论是在去劳动的路上,在食堂还是在森林里,眼神突然瞟到什么就会被触发的联想。仿佛所有的一切,都是通向另一些东西的开口。

卡车在集中营外的地上留下深深的痕迹,好像把你突然带回小时候居住的那个街区——俄国沙皇时期犹太街区狭窄的街道,浅棕色的母鸡在围栏里转来转去,一条狗在笼子里转圈圈。

看到在阳光下眯着眼睛、头向后仰着的看守,你想起当年在德国学习时,课间时靠坐在长椅上感觉到的莫大的幸运。那时,那个国家还没有被纳粹分子占据。

一件刚洗干净的衬衣晾在空地上迎风飘扬,让你想起你和玛丽从无到有开始经营生意,或是你们离开乌普萨拉的难民营这个愚蠢的决定。大家在那里都把衣服晾在室外的晾衣杆上,孩子们在一边跑来跑去。

A 是家人的脸庞。你习惯在宁静的夜晚,躺在集中营的牢房里,闭上眼,让他们出现在你的脑海中。

A 是你去法斯塔德边的树林里参加强制劳动的路上看到的雪橇。农场外的一个缓坡上有一道黑色的痕迹,小朋友从坡上滑下去,露出雪底下的黑土和小碎石,他们一路滑下去,满脸通红,欢乐地喊着什么。

A 是所有"绊脚石"下隐藏着的故事,在近几年逐渐浮出水面的故事。数量惊人的故事突然出现，就像小朋友翻开石头，从底下飞出来的一群昆虫一样。

亲爱的希尔施。这是为了拒绝遗忘，延迟第二次死亡的尝试。虽然我永远也不可能讲出所有的故事，讲出在你身上发生了什么，但我可以找到些许片段，把它们拼接起来，让那些消失的东西活过来。我不是犹太人，但我的孩子们，你的玄外孙们身上流着犹太人的血液。你的故事也是他们的故事。身为父亲，我要如何才能向他们解释清楚这种仇恨呢？

那个在"绊脚石"边度过的清晨很快促使我去到了那些小城，那些我从前没去过的地方，查档案，谈话，在书籍和家庭相册中找寻答案。几乎这一切都带着我走向特隆赫姆城外一座特别的别墅。那个故事太恶劣、太丑恶，让我在一开始几乎无法相信。这座别墅将我们这个家庭的故事和亨利·奥利弗·林南的故事连接在了一起。那个年轻人，挪威纳粹分子中最臭名昭著的人物。

那座别墅有个别称，叫B。

"罪恶的修道院"。

# B

B 是帮派。

B 是建筑。

B 是"罪恶的修道院",那座位于特隆赫姆核心区旁的别墅——约恩斯万大街四十六号。"二战"结束后的几十年,人们路过那座房子的时候都会绕道走,好像那些来自过去的邪恶还会从房子里渗漏出来,传染给他们一样。在那四面墙当中,亨利·奥利弗·林南和他的帮派在"二战"期间制订行动计划、审讯、折磨、杀害被抓来的人。他们在那里花天酒地、寻欢作乐。有个记者在纳粹投降之后去参观了"罪恶的修道院",他是这么描述自己的经历的:

> 整座房子看上去都被毁了,到处都是被破坏过的痕迹。所有的房间好像都被用于射击训练——墙上和天花板上都是弹孔,他们好像看地毯特别不顺眼,

把它们都割成了一道一道的。哪怕是浴缸和洗手间的墙上都有弹孔。大家很容易想象，那些被关押在地下室狭小牢房里的人们在听到这些射击声时所经历的恐惧。

这座别墅还隐藏着另外一个故事。我第一次听到这个故事是在你的一个孙女的厨房里——她是我的岳母——格蕾特·科米萨尔。

那是一个周六，也可能是周日，是个轻松的早晨，没有什么必须要做的事，时间好像都过得格外慢。客厅里的点唱机放着一张爵士唱片，和缓的钢琴声中混杂着孩子们在客厅玩的一个蓝色平衡球的声音。他们时不时发出笑声，混合着小小的身体倒在地板上发出的短促的"咚"的一下的声音。我和格蕾特待在客厅为晚餐做着准备，她把梨切成长条，和鸡腿、蔬菜放在一起。当时我们肯定聊到了什么和童年有关的话题，因为她丈夫进门的时候，问我知不知道格蕾特是在林南帮派的总部长大的。格蕾特手上沾满鸡油，笑容中透着不安，她应该很惊讶斯泰纳尔把这件事讲出来。虽然林南这个名字听上去有点耳熟，但其实当时我并不清楚它究竟是指什么。斯泰纳尔给了我更多提示——他说了亨利这个名字，说他是纳粹的双面间谍。他还讲了在那座房了里发生的那些令人发指的事情——酷刑、死亡。格蕾特用小臂把额头上的头发拨开，一只手里拿着刀，另一只手里拿着鸡肉的脂肪。气氛有些莫名的紧张，她应该并不愿意提起这件事。不过在这个时候，刻意逃避这个话题也显得有些不自然。客厅里突然传来一阵响声,我听见丽珂和孩子们说,让他们上楼去玩,然后她走到厨房门口,从斯泰纳尔身边挤了进来。

"你是在那里长大的?"我非常惊讶地问。虽然我认识格蕾特已经超过十五年了,但我从没听她说起过这件事。

"嗯,我在那里出生,住到七岁。"她回答道。

"你们在说什么?"丽珂问,生怕自己错过了什么。

"我只是说我是在林南帮派的那个房子里长大的。"格蕾特一边重复刚才说的这句话,一边把最后一个梨切成两半,好像这不是什么特别的事。从丽珂的表情上,我看出来她之前也不知道这件事。

"当时我们还在那个地下室里做过一些演出呢,"格蕾特说着,用手背按着洗手液,提到"地下室"那个词的时候还加重了一下,"就是林南帮派几年前用过的那些房间。"格蕾特、姐姐杨妮可还有几个邻居朋友们在地下室里做过一些小型表演。他们会穿上父母的衣服、大人的靴子,戴上帽子和项链表演、唱歌。住在附近的大人和小孩儿都会收到邀请。安排给格蕾特的任务是站在台阶顶端向观众们派发自己手绘的门票。大人们会低着头,目光闪烁地走下台阶。

在曾经实施酷刑的地下室里进行儿童表演,还有小女孩站在台阶上的这个场景让我产生了一系列问题:为什么那时一个犹太家庭会选择搬进整个特隆赫姆城里最邪恶、最臭名昭著的地方?是因为那座房子特别便宜吗?还是想要重新书写自己的故事?那座房子会如何影响搬进里面的他们呢?

这让我想要继续挖掘下去。我阅读了所有我能找到的有关林南帮派的资料，也找到了岳母长大的那座房子的照片。就在那天早晨，似乎是某种封印被打破了，在那之后格蕾特越来越多地提起在那座"罪恶的修道院"度过的童年。

在格蕾特和斯泰纳尔卖掉他们在特隆赫姆的公寓之前，我们最后一次去那里探望了他们。我们走过曾经的"巴黎—维也纳服装店"所在的街道，又一次停在了写着你名字的"绊脚石"前。然后我们上车出城，找到了格蕾特长大的那个地址——约恩斯万大街四十六号。那是一座低矮但很有魅力的房子，白墙上镶嵌着深色的窗户，门框刷成了绿色。门口停着一辆老旧的、五十年代的红色车子。时间仿佛在这里冻住了。

"我们去敲门吧？"格蕾特说。我点了点头。因为其他人都没有要动的意思，我就顺着那条铺着碎石子的小路走到门前，按响了门铃。等人过来开门的时候，我思考着我见到人该说什么。

B 是弹壳。一个黄铜色的弹壳，是从"罪恶的修道院"的墙上挖下来的，现在摆在我家的书桌上。在打到墙上的时候，它被压成了厨师帽子的形状，或许那是林南帮派的人在恐吓犯人时玩的游戏：在地下室里蒙住一个人的眼睛，把他绑在凳子上，然后比赛谁能射击得离他最近，又不打到他。

B 是婴孩和胖嘟嘟的脸蛋。B 是在换尿布台上张开的光裸的腿，在客厅里伸开的保持平衡的藕节般的双臂，遇到别的同龄人时欢快的尖叫。B是开始，是"罪恶的修道院"这个故事的开端，是埃尔斯·塔姆斯·吕谢在战争爆发前的那几年开在地下室里的幼儿园。拉尔夫·塔姆斯·吕谢是大学教授，同时也是个园艺爱好者，他收集了整个特伦德拉格郡能找到的植物样本，把它们晾干后分类保存在二楼。妻子埃尔斯则开了一家私人幼儿园，在带刺铁丝网把这座房子围起来之前，在门口站着守卫、暴力充斥所有的房间之前，这座楼里曾经装满了孩童的欢笑声。

B是童年。这个国家的所有人都不知道在那之后的几年，所有将要发生的事件和情感。不知道它们将像沉到海底的泥沙一样，堆积在我们心里，影响我们人生的风景和为人处世的方式。就像这个冬天里的一天将会对十岁的亨利·奥利弗·林南产生的影响一样。

那是一九二七年的二月。在莱旺厄尔学校的窗外，雪花在空中飘舞，在窗框上积起薄薄的一层。亨利弓着腰坐在书桌前写作业。他的刘海垂在眼前，刚想伸手去拿橡皮擦掉字母 g 上写坏的一笔的时候，他发现有什么事不对劲。老师上一句话还没说完，就突然停下来看向亨利弟弟的方向，问他还好吗。

**你看起来脸色很差……是生病了吗？**她边问边从讲台后面走下来。亨利看到其他人开始交头接耳，轻声笑起来，老师已经走到了课桌中间。她很快就会看到他，揭穿他努力隐藏了一上午的秘密——他弟弟的脚上穿着**女式的靴子**。这双黑色女式靴子，是有人落在他爸爸的鞋铺的。亨利早知道这会引来麻烦，他也试着和妈妈争辩不要让自己的孩子穿着**女式鞋**去上学，可妈妈把弟弟冬天穿的靴子举到他面前，给他看鞋帮和鞋底脱开的地方。她用那种无可争辩的语气告诉他，她的儿子不能穿着坏成这样的冬靴去学校，要不然出门还没转过街角他的脚就会湿透了。

幸好这双靴子的跟不是太高，但它很明显就是女式的。而且因为尺码比他的脚大好几号，弟弟必须蜷起脚趾，才能不让鞋掉出去，所以走起路来特别不自然，特别奇怪。进学校的时候，兄弟俩飞快地从那帮男孩子边走过，还好他们当时都在忙自己的事情，没人注意到他的鞋子。到了班里，亨利看到有两个女孩碰了碰对方的肩膀，开始偷笑起来。不过因为老师很快就进教室了，所以他们回到了自己的座位，齐声对老师说"早上好！"。

坐下来之后，他开始做作业，把精力都集中在那些需要拼写在一起的字母上，一个又一个，用漂亮的曲线连接在一起——直到老师突然停下讲课，带着担忧的神色走下讲台。亨利感到一股热流涌上脸庞，他看到自己弟弟努力屈起腿，想把脚上的靴子藏起来，但这显然没什么用，老师的脚步停了下来，她带着惊讶冲口而出。

"妈呀……你穿的是什么鞋子？"她这么一问，别的同学都哄笑起来。亨利感觉自己的心越跳越快，羞愧万分，觉得自己的脸都要烧起来了。他转头看自己的弟弟。弟弟没有说话，眼睛直直地盯着前面，显然他也不知道要怎么回答。他肯定不能说实话，亨利这么想，总不能说自己的爸爸——鞋匠，居然连自己孩子的鞋子都没给修,他肯定不能这么说的。他只能找个无伤大雅的借口,比如说他穿了他看到的第一双鞋子,或者他只想开个玩笑,看会不会有人发现。但弟弟不会这么做的,他连说句谎话都不会。得赶紧说点什么啊,亨利想,沉默不语只会让事情越闹越大,让他们越来越羞愧。亨利咳了两声清了清嗓子,把所有人的注意力都从弟弟那里引到自己身上。他感觉他们的目光钉在自己身上,这样的注意力让他的心跳得更快,越来越没自信。但是,他绝对不能让别人发现这一点,他必须说点什么,不管用什么法子,都得把这件事情圆过去。他一边想,一边抬头看老师。

"哦,他只是想逗个乐子,随便试试家里修鞋铺的鞋子。"亨利这么说。他的脸上挤出一丝微笑,想让她相信这不过是个玩笑。可是从老师的神色看来,她不相信他说的话。她没有笑。相反,她蹲到弟弟的旁边,一只手搭在他的肩膀上。"你怎么那么瘦?"她担忧地问,"家里是不是很困难?"她当然知道这对亨利和弟弟来说是极难为情的事情,所以她把声音压得很低,不想让别人听见。可是,她这么做只会让事情变得更糟,因为很显然所有人都会觉得这确实是让人难为情的事情,确实不应该让别人听见。这让所有同学都觉得更有意思了。他非常确定,哪怕她几乎是在他们耳边低声细语,所有人也都听到了,她的话已经进到了这个房间所有人的耳朵里,让大家张开嘴巴、瞪大眼睛。

现在弟弟必须回答了,亨利这么想,可弟弟还是什么都没说,他只是不安地抬起头看了一眼老师,很难过的样子,然后再看了看他，眼睛里充满了泪水。他眨了好几次眼，但什么都没说。他吸了吸鼻子，举起手臂挡在鼻子前面。彻底的安静。

"谢谢关心，我们家里很好。"亨利大声地回答，"他只是最近身体有点不太舒服。请您继续上课吧。"他边这么说，边把目光投回到他刚才要写的那个句子上，伸手拿起橡皮，擦掉觉得不满意的字母 g，掸掉细碎的橡皮屑，然后再拿起笔。他要用自己这一系列的行为表达，这件事情没什么好说的，请老师继续上课。

他所有的感官似乎都被加强了。亨利能感觉到投射在他背上的目光渐渐散去，他能听见同学们的凳子摩擦地面的声音，笔尖和纸摩擦的声音。老师终于开始继续讲课。但与此同时，他也能感觉到那些笑声被压抑在其他人的胸口，不停想要挣脱，就像是盖着锅盖的锅里的蒸汽一样。

这堂课结束了，老师走过来和弟弟说，如果他想，课间休息可以留在教室里，亨利也是一样。亨利对她表示了感谢，然后坐在窗边的座位上看别人在外面的雪地里玩耍。后面几节课稍微好了一点。很快到了放学时间，他把书装进书包，叫上弟弟一起走。

他们必须穿过学校的操场，从别的学生身旁走过才能离开学校。所有人的眼睛都盯着弟弟，在一旁偷偷地笑。一群年纪大一点的孩子对着弟弟的鞋子指指点点，大声笑着。

"大家看'她'！林南女士，再见！"一个年纪最大的同学喊，所有的人都笑疯了。愤怒从亨利心底涌出来，让他不假思索地冲上去，一拳打在那个嘲笑弟弟的人脸上。他没有权利这么说！没有任何人有权利欺负我弟弟，亨利这么想，他感觉全身的肌肉绷得紧紧的，愤怒在心中奔腾。男孩的脸倒向一边，脸上满是痛苦的神情。过了好一会儿，别的男孩子才反应过来发生了什么，冲上来揍他。突然间，大家的眼睛里都充满了怒火，嘴里尖叫着。有手拉住他的身体，有手抓住了他的头发、他的背包。他一下子被压到地上，手脚被控制住。他能感觉到自己的呼吸、心跳、愤怒，还有雪。

"那边的！住手！"有老师从窗户伸出头，手里还拿着烟斗。他们这才不情不愿地放开他，让他站起身来。但他们也没忘记在他耳边低声说："你等着瞧，亨利·奥利弗。你他妈的跑不了！"

他掸了掸裤子上的雪，怒火还在他的身体里燃烧，让他几乎无法把空气吸到肺里去，有点喘不过气。但是他必须拉着弟弟的手，快，快，快，他们得赶紧离开这一切，赶紧离开学校，在事情变得更糟、变得无法挽回之前离开。他看着同学的脸，这么想着。这下他彻底搞砸了，估计整个学校的人都会叽叽喳喳地笑着谈论这件事，会持续好几个星期。只是这么想想，他就感觉到了新一波的焦虑。他们肯定会再找上他的，虽然不知道会在什么时候、什么地方。刚才他们就是这个意思，那个男孩在他耳边小声说，你给我等着，这是个警告，他们之后肯定还会再来揍他的。这事儿还没完。亨利边想边咬紧了牙关。他一直都那么小心翼翼，从上学开始，他都做自己该做的事，离冲突远远的，他学会用礼貌的微笑混过不同的场合。平常在那些人玩笑打闹的时候，他都躲得远远的。他知道自己不能搅和进去,他和他们不一样,最好不要引起别人的注意,不让人挑出行为举止上的毛病,不掺和进任何事情里。这一直是他的策略。可是现在,一切都毁了。

他想,要是弟弟没有哭就好了,他紧紧地握着弟弟的手腕,有点太紧了,他也知道的。但他加快了脚步。弟弟哼唧了一声,但他必须忍着,他必须在这里学会应该怎么表现,得和之前不一样,要不然他会像小鸡仔一样被人挑出来,只要有同学想欺负人就会把他拎出来。这也会影响到亨利,像恶臭那样传染给他。亨利绝对不想事情变成这样。一直以来,他的个子都特别矮小,是这个年纪的男孩子里最矮的一个,一看就知道他是从最穷的家庭里出来的,他想。他们迈着大步飞快地往前走。他拖着弟弟,余光中看到他的脸皱在一起。他听到弟弟求他松手,但他装作没听到。这是对他的惩罚。"**亨利,痛!**"弟弟低声叫唤着。看着眼泪从弟弟脸颊上落下来,他终于松开了手,轻轻地摸了摸他刚才紧紧抓着的地方。"**对不起。**"他连说了好几遍。

弟弟吸了吸鼻子,把手套往手腕上拉了拉,然后两人继续一起往回家的方向走。亨利想,他必须想办法安慰一下弟弟,必须在他们到家之前把他哭过的痕迹都抹去。如果让妈妈看出弟弟之前哭过,肯定会开始问问题,然后他就必须把事情从头到尾讲一遍,到时候会怎么样呢?她只会因此更担心,她要担心的事情已经够多的了。他让弟弟把手套摘下来,拿手擤擤鼻涕,然后用雪擦干净手。弟弟照他说的做了。他的手被冻得通红,但鼻涕倒是弄干净了。亨利也摘下了自己的手套,用手抓了一把雪，然后轻轻地用湿漉漉的手指抹了抹弟弟的眼眶下方。

他说："我们回家不提这件事好吗？"

"嗯。"

"爸爸妈妈要操心的事情够多的了，是吧？"

"是的。"弟弟应了一句，两人继续往前走。路上亨利努力想要哄哄弟弟。他想把手指伸到他的大衣里面，戳一戳他的胳肢窝，让他从沉甸甸的忧伤中走出来，想点儿别的。于是，他把手指头伸进弟弟腋窝下，看他的脸瞬间变得生动，那些被打的屈辱、寒冷和哭泣都消失了，让他们无话不说，就像从前那样。两个人一起慢慢地走回家，时不时踢一脚地上的冰块。

很快他们回到了家。他们家是教堂墓地旁一座两层楼的绿色木房子，一楼是爸爸的工作间，二楼是他们住的地方。

从厨房的窗户里，他看到妈妈飞快地走过去，应该是要去削土豆、洗衣服，或是切蔬菜。亨利感觉到好不容易开心起来的弟弟脸上所有的笑容都慢慢消失了，学校里发生的事情又涌上他的心头。

"没事的，"亨利边说边把手搭在他的肩头上，微笑着摸了摸弟弟的后背，"走吧。"

厨房里煮土豆的香味弥漫了整个家，走廊里到处都是鞋子。

"嗨！"亨利喊了一声，他很小心地让语气和平常一样，这样他们就不会怀疑什么了。妈妈从厨房走出来，额头上满是汗珠，围裙上沾了面粉。最小的妹妹站在后面，拉着她的裙子，踮起脚尖想要让她抱。

"今天学校里怎么样？脚暖暖和和的是不是挺好的？"她问。显然是这句话把爸爸从客厅里引了过来。亨利听到旧椅子发出的嘎吱声，然后爸爸出现在厨房门口。他手里举着弟弟的冬靴，脸上露出满意的笑容。它们现在已经被缝好了。

"谢谢爸爸。"弟弟说着接过了靴子。

"嗯……有人注意到你的靴子吗？"爸爸开玩笑地问，眼睛看向他脚上的女式靴子。弟弟突然拉了一下厨房桌上的桌布，所有的盘子杯子都像快掉到地下了。亨利心里挺高兴的，因为这样无论是妈妈还是爸爸都看不出弟弟说谎时脸上的表情了。

"没有，爸爸。"

B 是法斯塔德集中营里的建筑：一座白色石头盖的两层楼，中间围着个四四方方的院子，还散落着几个小的兵营、一些守卫的小亭子、养猪和牛的房子，还有户外厕所和木工车间。在所有建筑的最外层，是把它们围起来的铁丝网。

B 是饭厅里和盘子敲击发出声响的刀叉。所有被关押的人在拿到刀叉或勺子开始吃饭的时候，它们会在几秒钟里发出震耳欲聋的声响。

B 是你去参加强制劳动的路上看到的桦树，灰白色的树干，金黄的叶片。那颜色就像你曾经在特隆赫姆经营服装店时拿到的样品的颜色。

B是蕨类植物，它们被夹在拉尔夫·塔姆斯·吕谢教授的书里，旁边还用优雅的字体写着分类信息。他是约恩斯万大街四十六号的第一任主人。那是那座房子被林南帮派当成总部很久以前的事了。

B是换房子的决定。B是车里堆积着的行李，是这一年——一九四八年春天，奥斯陆的桦树叶子在枝头长出新芽的春日。太阳照在屋顶上，从屋檐滴下的水珠闪闪发光。格尔森伸手去拉车子后备厢的把手。他的动作急切得有些不太必要。毕竟他们只要晚上之前抵达特隆赫姆就行了。杨妮可蹲在人行道上，捡起一块小石子，正要放进嘴里，就被母亲埃伦抱了起来，石头也被从手里拿走扔掉了。杨妮可尖叫着，拼命扭动着身体表达不满。她尖声大哭，喊着"我的！我的！我的！"，但埃伦还是把她放到了后座。格尔森坐到了方向盘前。

其余的家具都在这个清晨被搬了出来，货车比他们早出发。这个决定是几个月前做出的。刚开始是一些微小的暗示——每次格尔森和妈妈通电话时，玛丽会用各种方式在谈话中流露出她希望有人来帮忙打理生意。她自己一个人处理一切事务太困难了。后来，她来看他们。她坐火车来奥斯陆，格尔森在站台上等她，看她穿着高跟靴子从车厢里走下来，她的帽檐特别宽，下车的时候几乎挂到了门框上。她冲他眨了眨眼，走到了旁边，因为有个陌生人正帮她提着箱子。妈妈一直都是这个样子,永远穿得特别优雅得体。穿成这个样子,自己拎东西就好像有点不像话。于是,格尔森站在原地,看着她亲吻男人的脸颊表示感谢,目送他离开。然后,她转过头面对格尔森。她完全没有表现出要自己拎箱子的样子,所以格尔森走过去,帮她提起箱子。"当然我本来也肯定会这么做的。"他这么想,但她那么理所当然的样子还是让他有点不开心。不过这些事情他也只是放在了心里。他微笑着回答了她的问题,很简短,就像她期待的那样。因为虽然她嘴上问他过得怎么样,但她也并不想听到除了"很好"这个词以外的答案。她不想听他找工作碰到的问题,女儿杨妮可身上发生的天翻地覆的变化,或是战争如何在他刚成年的时候一下子剥夺了他的未来。妈妈关心的只有自己的事情,她一直都是这样的,格尔森想。他记得埃伦第一次听到他讲自己小时候过暑假的事情时哈哈大笑。他和雅各布在十岁和十二岁的时候,夏天会被送到一个小酒店住上好几个星期,只因为父母的生意太忙了。

一走进埃伦和格尔森的公寓,玛丽就开始喋喋不休地说这间公寓有多小,他们住得是多么拥挤。格尔森看到埃伦脸上的微笑慢慢冻结,整个人都缩小了几分。埃伦当然知道这种感觉,她出身于一个富足的家庭,她是工厂主的女儿。

"母亲,我们会搬家的。我们在霍尔门买了块地,等到那里的房子造好了,我们就搬过去。"格尔森边说边接过她的大衣。

"我正想和你们说这个事呢,"玛丽走进了饭厅,"我给你们找了座房子,就在特隆赫姆市中心的边上。房子带花园,洗手间在房子里头,不像这里是在走廊上。那是一座独栋的房子,格尔森,还有'巴黎—维也纳'的工作。"

母亲冲埃伦打了个招呼,埃伦抱着杨妮可坐在一边。然后母亲介绍了一下她的生意,那些裙子、面料、帽子和大衣,如果埃伦愿意的话,都可以借回家穿。

那时候,玛丽没有提这座房子的历史。直到几个星期后她打电话给格尔森,在谈话快结束,要挂电话之前她才说的——好像这不过是世界上最寻常的事情。

"哦,对了,在'二战'的时候,林南帮派在那个房子里住过几年。"

格尔森转过身背对客厅,眼睛眯了起来。

"喂?"母亲说,"你在听吗?"

"可是……妈妈?你之前为什么不说?"

"我怕埃伦会小题大做。"玛丽用意第绪语[1]说。

"可是现在……你不觉得我们应该……应该知道这件事情吗?"格尔森也用意第绪语回答。他听到埃伦在他身后教杨妮可说话。

"应该知道,或者之前应该知道,"母亲纠正了他说的话,"可那又怎么样呢,格尔森?战争早就结束了,林南帮派早就不在那房子里了。那是一座漂亮的独栋房子,地段很好,还有花园。这是现在唯一能买得起的还不错的房子了,而且格尔森,我这边需要你。"

---

(1) 犹太人的通用语。(除特别标注外,本书脚注均为译者注。)

格尔森没有说话。玛丽又继续用挪威语讲下去。

"所以你是要我去退掉这座房子是吗？我是要去说我儿子不愿意要这座房子，也不愿意搬家到特隆赫姆来，因为他和他妻子怕鬼？"

"不是的，母亲。"格尔森回答道，他听见埃伦抱着杨妮可从客厅过来了。

他没跟她说这件事。每次格尔森想自己应该把这座房子的历史告诉埃伦的时候，都会有什么事情打断他。除此之外，还有一些别的什么原因，或许他希望能战胜这个故事，掌握住某种力量。春天来了，他们已经做好了决定，现在人已经坐在了车里。格尔森扭动车钥匙——出发。两岁的杨妮可慢慢地忘记了之前为什么生气。担忧消失不见了，他们闲聊着。他们望着农田和原野，一辆又一辆载满干草的拖拉机。杨妮可小小的手指划过玻璃，舌头舔着手指。格尔森看着后视镜笑了。他开始想象在特隆赫姆的生活，在巴黎—维也纳服装店。他深吸了一口气，感到埃伦把手放在他握着方向盘的手上。他飞快地转头冲她笑了一下，踩油门加速，一只手放在她的大腿上。她裙子下皮肤的热度传到他手上，让他脑海里浮现出一个幸福家庭在新房子的花园中的场景。这必须行得通。

B是集中营里的一个男中音歌唱家，他经常被要求给他们表演：正在干活的时候，有几个士兵会去问他能不能给他们唱首歌。然后，所有的锯子都会停下来，木工车间里此起彼伏锤子敲击的声音也会停下，连同酸痛的手脚，每个人心里好像都升腾出些什么。男中音的声音清澈美妙，他仰着头，好像在向天空诉说，他的歌使周围的一切都变得柔和。肌肉的酸痛，手上层出不穷的小伤口带来的持续的疼痛，都在那几秒钟里消失了。看守们的表情也松弛下来，直到他们心中有个声音告诉他们这样不行，才又回到自己的角色中去。

那一刻你会想，这其中的一些年轻人，你可能十年前在德国遇到过。那时候他们也就是十岁、十二岁的样子，在大街上滚铁环，踩高跷，手臂晃悠着，眼睛里闪着好奇和愉悦的光芒。或许你曾冲其中一个看守微笑过，或是在公园里和小时候的他们短暂交谈过。可现在呢？战争把他们变成了另外一个样子。

B是祈祷的经书，你曾帮忙把它们搬到特隆赫姆犹太教的教堂里去，在条凳或是成年礼上用。在那些条凳上，你的孩子还很小，脚够不到地，一边听着布道的声音，感受着屋子里严肃的气氛，一边把脚在空中晃呀晃。

B是战争刚刚结束时在"罪恶的修道院"里拍下的照片。那天下午，我坐在奥斯陆的书房里在网上找资料看。第一张照片拍了房子的外观。这座房子的二楼有弧形的窗户，一楼的窗户外有可以开关的百叶窗。当时围在房子外面的铁丝网已经拆掉了，也没有了从前一直守在那里的守卫的踪影。第二张照片上是林南帮派用过的一个卧室，抽屉、衣服、垃圾和纸片都散落在地板上，地毯被剪碎成了好多块。

第三张照片上，阳光照进地下室的窗户，照在放着很多瓶子的吧台上。有两个大柱子，中间有一条铁链。铁链中间有一道裂痕，大概是太多人跪在地上，双手被绑在上面，日积月累弄出来的。他们曾经被这条铁链吊起来，被帮派里的人鞭打、殴打或是用烙铁烫。一张男人光裸大腿的黑白照片出现在我眼前的屏幕上，一个十字架被烙印在男人一边的屁股下面。我突然听到身后传来的大叫声。我太专心了，都没听到有人靠近，直到女儿跑到我的背后。我赶紧关上照片窗口，可后面还有三张不同鞭子的照片。

"爸爸，这是什么呀？"女儿在我关掉整个浏览器之前问我。"我在看一些关于战争的事儿。"我边回答，边用我的脸贴住她的，把她柔软温暖的身体抱起来，从电脑前带开。

B 是"罪恶的修道院"地下室里的水泥地，是帮派成员手里拿着的斧头上流下的鲜血。那是一九四五年四月末。林南来到洗衣间，他看到地板中央的箱子，鲜血缓慢地流进地上的排水口。林南向那个站在一边的男人肯定地点了点头。男人神情慌张，手中的斧子垂落在大腿边。

C

C是凯迪拉克。

C是牛仔。

C是**提睾肌**，男孩子发育时在睾丸附近出现的肌肉。那段时间他们的身体会因为荷尔蒙发生巨大的变化，腿上和胸口会长出汗毛，声音会改变，面容会变得坚毅、方正，皮肤会出油，覆盖脸庞、鼻子。身体展现出的变化，让他们慢慢告别童年。

有时候，当亨利一个人在走廊时，他会站到镜子前仔细打量自己。他觉得是贫困让自己长得那么矮小。他也曾听到母亲和女性朋友或是小贩说，他只是发育得有点迟，很快会长个儿的。这些话让他有了一点信心，但这一直都没有发生。亨利长大了，可他的个头一直没有追上别的男孩子。他游离在那些人的群体之外。他说他不想一起玩，不想一起踢球，是因为不喜欢。但事实是，他躺在床上想象自己在球场上如何带球过人，单刀面对守门员。他想象着自己是如何优雅地用一个吊球晃过倒地的守门员，队友们冲过来把他高高举起，脸上挂着胜利的笑容。但这一切不会发生，永远不会发生。所以，他只能安安静静，有礼貌，小心翼翼，努力不让人注意到他。只要人家不注意到他，就不会欺负他。

亨利十三岁了。他从舅舅那里借了一本杂志，封面上有牛仔的图画。这个时候亨利开始看杂志。那些故事为他打开了新的大门，牛仔的故事深深地吸引了他，带他离开莱旺厄尔的街道、学校的操场，和那些他必须小心不能单独碰上的男孩儿——他们有时会在回家的路上骚扰他。

他十四岁了。他晚上会惊醒，感觉腹部有种奇怪的冲动，他幻想双手罩住隔壁的大姐姐的胸部，眼前出现一具裸露的身体。

他十五岁了，他行了坚信礼，得到了很多礼物——其中一样是让他拔掉了蛀牙，换上了假牙。他的舌头舔过新牙齿，它们很光滑，在镜子里看，白白的，闪着光。

他十六岁了，不再长个儿了。就这样了。可笑的一米六一。

整个莱旺厄尔最矮的十六岁男孩。他只到大多数同龄人的肩膀，身体特别小，看上去和头部不成比例，好像他和其他人不是一个物种，是人类里更丑的那一类。他比大多数人都敏感，他发现，如果你的个子矮，哪怕你非常有礼貌也无济于事。你坐姿标准，在学校应答自如，但你做的一切都无济于事。或许大人们会喜欢他这个样子，但这仅仅是因为他不给他们制造麻烦，不会闯祸而已。其他的学生会忽视他的存在。男孩子对他不感兴趣，女孩子也是一样。要是他个子能高一点该多好。他向上帝祈祷，请让他继续长高，但什么都没有发生。

如果他的父母身高也是不正常的矮小，或许他还能把责任推到他们身上去。但他们和别人是一样的。他的兄弟们也都很正常。为什么只有他和大家不一样。为什么？为什么是他？没有答案，也没有任何解决的办法。他唯一能做的就是把刘海留长，用发油尽可能把刘海往后往高梳，寄希望于这额外的几厘米能让他更容易混入人群，或更容易和同学相处。但这并没有什么效果。他还是会被一眼挑出来，因为他看起来比别人瘦弱，别的男孩自然就会欺负他。亨利很快明白了这一点，这大概就是大自然内在的规律。他在任何地方都能看到这一点。强者想要什么都能弄到，他们制定出规则，让别人遵守。就是这样。在大人看不见的时候，那些男孩自然会围住他推来搡去。

亨利什么都没说，他努力想把这些抛在脑后，因为他知道对此他什么都做不了。

很多时候，他晚上一闭眼就想到这些。他想着那些男孩把他推来搡去时脸上兴奋愉悦的表情，而自己在那时候脑子里只有一个念头：他不能被打倒，他永远永远都不能被打倒。

C是卡尔·弗雷德里克森运输公司。这是一个"非法组织"的代称，它将挪威的犹太人和抵抗运动的成员从卡尔·贝尔纳斯广场偷偷运到和瑞典的边界。从一九四二年秋天到一九四三年的冬天，这个组织救出了一千多人。你的儿媳妇、丽珂的外婆埃伦·格洛特，也是其中之一。你的妻子玛丽，也是其中之一。

C是卡佩林庄园，在莱旺厄尔海滨大街边的绿色木头房子，它就在水边。时间来到一九三一年的春天。十六岁的亨利路过卡佩林庄园的时候，他的眼里闪着光。他看到几个男孩儿挤在韦丁体育商店门口，他舅舅在那里工作。亨利之前去过那家店很多次，父亲去给自行车或是家里的作坊买点东西，那时候他还得踮着脚尖才能看到柜台里面。亨利现在也在去商店的路上，他想去看看舅舅刚买的福特车。一辆真正的福特，全城第一辆，有着闪闪发亮的黑色车身和深棕色的真皮座椅。他们讨论了很长时间，决定开始做进口车的买卖。他们还同时开了全城第一家加油站，这样以后城里的车都可以到他们这里来加油。在商店开始销售汽车和汽车用品的时候，为了宣传，他们在面向街道的窗户边放了一辆真的福特汽车。亨利只能看见一点点车的影子，因为它的前面被人挡得严严实实。舅舅正弯着腰，好像在给那几个男孩看什么东西，但他直起身子的时候，看到了外甥，大叫了他一声。

亨利简直想转身逃跑，或是继续往前走，装作没听见他叫他的样子。但这太蠢了，他们的眼神明显有交会，舅舅以后肯定会和他妈妈讲他表现得有多奇怪。

"亨利·奥利弗？"舅舅喊着他的名字，冲他挥挥手，"到这儿来，我给你看点东西！"

亨利看了看其他人。那天女靴事件里和他打架的一个男孩就站在那里。其中一个女孩转过身来。亨利眨了眨眼睛，努力想让自己说点什么。他穿过马路，越过一个水潭。该说什么呢？

"嘿，真是太好了！"舅舅开心地和他打招呼，把一只手搭在亨利的肩头。其他人往边上让了让，给他腾了个地方。有舅舅在那里，他们没有人敢做什么的。"你看这儿！"他说着，把另外一只手放在了车顶。亨利的身体往前倾，往驾驶室里看。他看着真皮座椅、能完全贴合手型的带有凹槽的方向盘，还有所有按钮和操作杆。

"是不是特别棒？"舅舅问。

亨利点了点头。舅舅绕着车子走了一圈，打开了车的前门。

"我准备试驾一下。你想和我一起去吗？"舅舅笑着问他。其他的人都嫉妒地看着他。亨利完全控制不住脸上的笑容。

"当然！"他回答，"什么时候？"

"那么……"舅舅开口说。他有意停顿了一下，好像是想再享受一会儿这几个男孩和对面路过的推着婴儿车的女人的注意力。"比如，就现在好不好？"

"现在？"亨利说。

"对，现在就是最好的时间！上车！"

舅舅打开车门，亨利的手向车门把手伸去，他能感觉到自己的心脏在胸膛里怦怦直跳。那几个男孩子站得那么近，他们随时可以揍他、推搡他。如果不是现在呢？难道要在舅舅不在的时候吗？他拉开车门，别的人只能往旁边让了几步，让他进到车里，进到这个金属、木头、玻璃和真皮构成的奇境里。只有**他**才能坐在里面，亨利边想边小心翼翼地关上车门，生怕把它弄坏了。他向窗外看去，看着别人嫉妒的脸，心里生出一种骄傲。别的人只能在一旁观赏这辆车，但他可以坐在里面，坐着它**开出去**。亨利一边想，一边用手抚摸柚木做的仪表盘和闪闪发亮的框架。

舅舅转过脸看了他一眼。

"准备好了吗？"他问。亨利紧张地点了点头，但同时又非常激动，他当然准备好了。这时，舅舅扭动钥匙发动了车子。舅舅的一只脚踩了一下踏板，发动机发出了轰鸣声，他的手放在变速杆上一拉一推，挂上了挡。然后他们开出了海滨大街，左转去了教堂大街。他们开着车招摇过市，路上的所有人都转过头看他们开过。

"看这儿。"舅舅说，给亨利演示怎么上挡，怎么踩油门，控制方向盘。他演示给他看，只需要推一下操作杆，挡风玻璃前的雨刷就开始动。两旁的房子和人们从他们的车窗外掠过。在车子外面的一切，仿佛就是另外的一个世界。

"亨利·奥利弗，你以前开过车吗？"舅舅在他们开出市中心之后问他。

亨利摇头，舅舅抓过了他的一只手。

"来，你来试试控制方向盘。"他边说边把亨利的手按到了方向盘上。亨利被吓了一跳，想把手往回收，可舅舅大笑着说："来吧，亨利，**没事的**。"亨利明白自己没有什么选择，而且这建议是那么有诱惑力。于是他的身体倾斜过去，把另外一只手也放在了方向盘上,他开始控制方向盘啦!有那么一刻,他真的在控制车子,道路在他们脚下展开。他控制了大概有几分钟的时间,还绕过了地上的一个坑,转弯上了回商店的路。这时候,舅舅重新接管了方向盘,让他松开手,转弯到了商店的前面。刚才那些年轻人已经不在了。

车子里非常安静。亨利把两只手平放在大腿上,就像是坐在学校里那样。舅舅清了清嗓子,抽出一支香烟在膝盖上弹了弹。

"亨利·奥利弗,这不太糟,是吧?"

"对。绝对……绝对不糟!"亨利笑着回答,"谢谢您!"

"不客气。想要吗?"舅舅拿出烟盒问他。那是一个漂亮的锡盒,正面有阿拉伯的宫殿,上面写着**梅迪纳**,花体字像蛇一样缠绕在宫殿的一个圆顶上。

"呃,我不知道。"亨利说,虽然他之前也抽过烟,那都是偷父亲的,他还没有像这样大大方方地像成年人一样被对待过。他眨了几下眼睛,决定接受这个邀请。给烟点上火,他感觉到吸入烟的时候胸口的刺痛感。

"现在呢,亨利·奥利弗?"舅舅又问,对着挡风玻璃喷出白烟。烟碰到玻璃就散开了。"外甥啊,你过得怎么样?"

"我……我挺好的。谢谢。"亨利回答道,又抽了一口烟。

"嗯,我知道你在学校里挺好的,别的方面呢?你有没有做点什么运动,或者别的什么的?都还行吗?"

亨利摇了摇头。他吐出一口烟,赶紧又吸了一口。他意识到这会让他看起来特别紧张。他不能用那种放松的姿势拿着烟。不像舅舅,他拿着烟就好像那是他手指延长的部分,无比自然地用食指和中指夹着它。

"没有,我对那些事没兴趣。"亨利说着,瞟了一眼舅舅,想看他是什么反应。

舅舅只是看着前面,特别平静地点了点头,没有什么失望的样子。好像他对亨利这么说也没什么意见。

"好吧。那你的闲余时间还挺充裕的。不过你肯定也会和朋友一起玩,是吧?"

亨利点了点头,又抽了一口烟。烟灰已经很长了,这有点危险,可千万不能让它掉下来烧到车子,他想着。舅舅用一个小小的把手摇下了车窗,就像是变魔术一样,亨利想。他也把自己这边的窗户摇了下来,看着窗玻璃渐渐降下来,消失在车门里。舅舅伸出手把烟灰弹在车外面。亨利笑了,也跟着这么做。

"你知道我们商店。"舅舅说,指着他们身边的店。

"嗯?"

"我们要找人帮忙,斯韦勒和我谈过好多次,我们要招一个人。你愿意来吗?"

"谢谢!我当然愿意!"亨利紧张地笑着回答。他觉得自己脸上的肌肉好像都有点不受控制了。这是件大事。等这个夏天结束,他就要从学校毕业了。他要在这里工作,有一份真正的工作!

"那好,我去和你母亲说。你能明天放学之后就来吗?先来试试。"

"明天就开始？"亨利兴奋地问。

"嗯，可以吗？没有必须再等一段时间的理由，对吗？"

亨利快速地点了点头，他无法相信这是真的，他真的坐在这里，坐在这辆车里得到了一份工作！舅舅对他笑了笑，吐出一口细细的烟雾，然后把烟头扔出了车窗。

亨利跑回家把这个消息告诉了父亲，他没看出父亲有任何兴奋的样子。不过他想这肯定是因为他在嫉妒妻子的弟弟发展得这么好。不过后来他发现父亲在他说之前已经知道这件事情了，整件事情都是母亲帮他安排的。

第二天早晨，他做好了准备。父亲把他的鞋子擦得一尘不染，这大概是某种程度上的道歉。亨利从教堂墓地后面的那条路绕过街角，往商店和作坊的方向走。他从小就打这里走，对这里再熟悉不过了。

现在，哪怕闭上眼睛，亨利还是能描述出商店里面的样子：从一面墙到另外一面墙中间的木板，棕色的收银机上面有很多按钮，还有一个深色转钮，必须转上半圈才能打开底下的抽屉。他能描述出挂在窗口处正在促销的背包的样子，也能详细地描述停在窗前的那辆福特T型车。黑色的金属，闪闪发光的镀铬的细节，坚果色的木质内饰的细节。他无法用语言描述的，是当他从挂衣服的地方拿下商店的制服，把手伸进袖子，在镜子里看到的自己的变化，他仿佛一下子成为了另一个人。他无法用语言描述他在穿上制服的那一刻，紧张感是怎么一下子消失的。这套制服给了他一种陌生的、新鲜的自信。在店员这个身份里，他能很轻松地和陌生人谈话，倾听他们需要什么，帮他们找到他们要买的东西。平常他是很沉默寡言的人，但现在他很自然地就能说出那些话，让他好像能用另一种方式看待别人。好像原本笼罩着他的一层布被揭开了，让他能顺利地进入一个自信的销售员的角色里去。他知道所有的商品在什么地方，他知道哪些顾客容易被说服多买一些小配件，比如皮手套或是棉手套，或是如何给一些送自行车来修的人推销一些小工具和润滑油什么的。他会松开墙边吊着的绳子，把挂在天花板上的物品放低。他能让上门的客人感觉他们受到欢迎。他会把工资带回家交给母亲。他对自己穿上制服后的自信和熟练程度惊叹不已，可这一切会在他脱下制服的那一刻消失。他又变回亨利·奥利弗的老样子，偷偷摸摸地快步走回家，不想被任何帮派看到。

在此之前，他想象不出在拿起加油枪那一刻会如此幸福。极少会有顾客来加油，让他闻到汽油神奇的气味，那种气味好像会让空气都开始颤动，变成另外一种更有触感的物质，就像一堵空气形成的墙。在他眼前，汽油流入汽车，转化成速度、声音和快乐。

一个月就这样过去了。舅舅很为他感到骄傲，斯韦勒·韦丁也是。他的母亲非常感谢他把钱带回家。下午他会到后边的车间和大人们一起看车子。他记住了发动机所有不同的部件和它们各有什么功能。一有时间他就跑到车间里去，弯着腰，弄得一手油。这样的新生活让他快乐无比，只有一点美中不足：他的薪水不够丰厚。扣除兄弟姐妹的饭钱和父母偿还贷款的钱，亨利没有一点钱可以用在自己身上。当然他可以问母亲自己能不能留下一部分薪水,但他不愿意,也不敢这么做。因为,他能想象出母亲在厨房里摇着头,严厉地拒绝他的样子。她会给他列举出所有他们需要用钱的地方。肯定不会成功的,他怎么可能在这种讨论中获胜呢?她永远不会理解对他来说,能和同学说他要和他们去咖啡厅买一杯可可或是一个面包有多重要。他永远得找这样那样的借口——他没时间,他要回家去了。

他应该问一下自己能不能留下一点工资,但他不敢开口,所以他还是继续过着离群索居的生活,远离别人的生活和所有他们会做的事。母亲很清楚他赚多少钱,所以他也没办法偷偷存下一点,自己去咖啡厅或买点什么好吃的。这太不公平了!亨利去店里的路上会这么想。为什么无论他多么努力地工作,他都被拦在那些圈子之外?这不公平!那些过上好日子的人,他们什么都有。他们天生就个子高、自信、英俊,他们还有钱。很多他这个年纪的男孩儿都有钱去商业街上的咖啡厅,大家都在那里,他们都在那里见面。他们有钱买烟、巧克力、电影票。只有他永远只能在外面看,就像水族馆里的鱼看着玻璃另一边发生的事,他永远没有机会去到那里,没有机会参与谈话,没有机会成为那些人中的一员。永远,永远,永远,无论他多么勤奋工作都不行。只有他从来不会被邀请去参加生日会,从来不踢足球,从来不会被女孩子注意到。只有他得穿亲戚们穿过的旧衣服,得把裤子卷起来,外套的袖子也得卷起来,要不然手就会整个缩在袖子里,好像受惊的小动物从洞里伸出鼻子,看外面是不是安全。

"或许我该多要点工资。"亨利想，但他立刻又打消了这个念头，斯韦勒·韦丁是不会给他涨工资的。哪怕现在生意很好，他自己穿着西服和马甲，开着车四处招摇。哪怕在他开始工作之后，因为他表现出色，店里的营业额大幅增长了。这不公平！亨利边用手指摸着收银机的边缘边想。他知道所有的硬币就在冰冷金属的另一侧。他脑中冒出一个想法，简单明了：这方法可以解决所有的问题，非常简单就可以把工资提高到他*应得*的水平。他只需要少输入几笔销售额，把钱放进自己口袋——就当作是一点点红利。毕竟他那么卖力，好多利润都是因为他才得来的。这不过是微不足道的数目，小到不会有人发现。对雇主来说有没有这点钱没有任何关系。对亨利来说呢？有了这点钱他就能和所有人一样去咖啡厅了，那意味他是否能被吸纳进那个群体里。反正这些钱也是他应得的，不是吗？

　　亨利把一只手放在收银机的一侧，眼睛看着通往后面的房间。他看到斯韦勒·韦丁在低头写些什么，鼻孔里喷出的烟弥漫在写字台上。舅舅出去了，也可能在工作间。一位顾客从外面走进来，是一位老人。"他是最合适的实验对象了。"他想，感到自己的心脏剧烈地跳着。不会有人发现的。他笑得很自然，很有礼貌地和顾客打了招呼，就像平时那样。他双手放在柜台上，腰挺得笔直，说话声音清楚响亮。同时，他还仔细地观察了一下这位老年顾客。他能看得出来这位白发的顾客很漫不经心，因为他忙着从口袋里找东西来擦一边鼻孔里流出来的鼻涕。

　　来钱的机会就在眼前。

多么简单。只要用一根手指抵住收银机的抽屉，等到顾客出门，他就能用手夹着硬币，贴着裤子放进自己的口袋了。

几秒钟之后，门口的铃铛响了一下，顾客出门去了。他的心脏在胸腔里猛跳，右手握着硬币，这笔交易没有发生，但是钱到手了。下班之后，他急匆匆地赶去男孩子平常待的地方，遇见了一个邻居家的男孩——他也是那种谨小慎微、不太受欢迎的人。他问他要不要一起去咖啡厅，说他请客。很幸运，那个男孩答应了，他们一起去了咖啡厅。他用右手紧紧攥着那些硬币，脸上笑开了花。

这家咖啡厅是支持禁酒运动的人开的，所以不卖啤酒和烈酒，当然抽烟、吹牛还是可以的。他买了两杯可可，注意到了周围人的目光，听着四周热烈的谈话和笑声，还有咖啡杯碰撞的声音。同伴带他去了一张有几个邻居坐着的桌子。亨利在凳子上坐下来，努力不让别人看出自己有多紧张。他只是小口喝着可可，听他们说话。有人在聊着一部电影，故事是讲一个牛仔拯救了整座城市的。所有人的注意力都集中在那个讲故事的男孩身上，等他讲完故事的结局，大家都安静了下来。亨利抓住机会，问他们有没有听过他在一本杂志上看到的牛仔的故事。所有人捧着可可杯看着他，脸上没有任何讽刺的表情，他们确实在听他说话，"没有啊，是哪个故事？"

那些男孩儿好像原本就在等着别人开口，给他们一点乐子似的。他们专心致志地听亨利讲故事。那个故事发生在美国一个尘土飞扬的小镇，是有关一起劫案和装满钱的手提箱的。他紧紧地吸引着他们的目光，把他们带进了故事情节里。有时候他刻意压低声音，他们会不由自主地凑过来想听得更清楚，听清每一个细节。故事刚开始的时候，他用的是杂志里的人物，但很快他自己成为了主人公。没有人对他更换角色有意见，也没觉得亨利是故事里的一个人物有什么奇怪的。此时此刻，他就是中心。和他一起来的同伴崇拜地看着他。

很快到了他要回家吃晚饭的时候了。他站起身时，有个男孩问他明天还会不会来。

"当然。"亨利平静地回答，好像这是世上再正常不过的事，"这里还挺热闹的。"说完他出了门，幸福和骄傲在他的身体里蒸腾着。回家的路上，他很清楚自己明天得怎么做。他必须得再弄点钱，好到这里来。他一路上都在思考。他都已经想好下次要给他们讲什么故事了。

他就这样继续了下去，在这一年里剩下的时间都是如此。他很小心，不拿太多，不能太贪心，哪怕没有任何迹象显示有人发现了什么。不，不，只拿一点点，只要够他去咖啡厅就足够了，或者是偶尔和其他人一起去主街上看电影。电影院里嗡嗡的声音，红色天鹅绒的地毯仿佛是睁开的眼睛，带他走进一个完全不同的世界。电影里的一切都是那么真实，角色会开口说话，枪、门和车辆发出不同的声音。观众好像会被拉进银幕里，自己就是里面的主人公。音乐、影像和对话，让他突然觉得自己就身在这场戏中，就像一切都发生在自己身上那样，让他激动而紧张。电影票需要一克朗，这意味着他得比从前攒下更多的钱，友善地和面前的顾客聊聊天气或是什么有的没的，他的手指完全不经意地卡在收银台的位置。**谢谢您，欢迎下次**

再来！门口的铃铛发出清脆的响声，然后就可以把硬币悄无声息地从收银盒里拿出来，滑入自己的口袋。它们就待在那里，静静地待在那里，给他带来闪闪发光的机会。

但是……

那天下午，他一个人在店里的时候，门突然被推开了。两个混帮派的男孩闯进了店里。他们一直都在欺负他，只因为他们乐意。当然他们很小心地等到了只有他一个人在店里的时候——舅舅和斯韦勒·韦丁都不在，城里大多数人都忙着做晚饭。亨利觉得自己的心快跳出来了。

"原来你一直躲在这里？"他们中的一个人冲着柜台走过来，"你这个侏儒，是怎么爬到这样高贵的生活里去的？"

另一个人大笑起来，手平放在嘴唇前，发出一串印第安人会发出的声音。

亨利什么都没说。他不能让他们看出来他在害怕。年纪大一点男孩抓起了用来挂起要维修的自行车的钩子，跳上了柜台。亨利想躲开，但男孩已经抓住了他的两只手，把他的脸死死压在木头柜台上。

"你们要干什么？"亨利问。

"我们要帮侏儒增加点高度。"压住他的男孩说完最后一个字，用力地从天花板上的滑轮往下扯钩子。亨利感觉到有东西挂在了他的腰带上，冷冰冰地贴着他的衬衣。然后他感觉到热乎乎的手，干燥粗糙的绳子摩擦着他的皮肤。他面前的男孩松开了他的手，他获得了短暂的自由，然后两个男孩开始拉绳子。他的裤子被拉紧，整个人被吊了起来，挂到离柜台和收银台上方天花板不远的地方。他转了好多圈才停下，离地有好几米远。"上面的风景怎么样？"其中一个男孩问。

亨利没有回答，他绝对不给他们这种快乐。

"你再蹦跶啊，你个跳梁小丑！很快会有人来安慰你，给你换尿布的！"另外一个男孩大喊着。他们的眼睛里闪着恶作剧带来的光，把绳子系在墙边上，笑着出去了。

门上的铃铛又响了一次，金色头发的那个男孩把头伸进门里大喊："谢谢，欢迎下次光临！"门关上了，他们踩在碎石上的脚步声越来越远。

亨利被吊在那里，一动不动。

要多久才会有人发现他被吊在这里？他要怎么和人家解释？所有莱旺厄尔的人肯定都会偷偷讨论这件事的，他要怎么忍受这一切啊？肏你妈的！肏你妈的欺辱和霸凌！没完没了，他想着。他努力想要转过身去，但他怎么都够不到绳子。而且因为他的动作，钩子划到了他的脊柱，灼烧的疼。他心里特别委屈，眼泪逼近了眼眶。但他不能哭。"**我不会给他们这种快乐的。**"亨利想，紧紧地咬住牙关，闭上眼睛，用鼻子深深吸气，把眼泪逼回去。他要振作。**肏，我得振作**。他想象着他改变了发生的一切。他想象着那两个小混混走进来，就像现实中那样洋洋得意，令人作呕，但在自己的白日梦中他改变了后面发生的事情：当他们靠近柜台的时候，亨利直起身子，用目光把他们钉在原地。

"你们他妈的来这里干什么？"他大声说，他看到他们的表情变了，"你们要是不买东西，就滚出去！"他说，"不要浪费我的时间！明白吗？"

亨利笑了起来，他想象着他们看了彼此一眼，不确定事情超出自己计划的时候该怎么办。显然他们没想过事情会这样，绝对没有！他们中的一个人想要抓住亨利的领子，但亨利的动作更快，他像电影的加速镜头里那样迅速转身，手肘往后一击，直接打到了那个男孩的鼻子。又准又狠。突然间，这个混蛋没有原来那么凶狠了，他难以置信地用双手捂住脸，眼泪流了出来。另外一个男孩要来揍他，但亨利躲开了，哦，不对，他不是要躲！他抓起了柜台上的烟灰缸，水晶玻璃做的烟灰缸，连同里面的烟头一起，砸向了他的脸颊！烟灰缸重重地砸上男孩的脸，碎了，砸伤了他的颧骨和牙齿，烟头飞得到处都是！哦，耶，太爽了！大胜，那两个混蛋跌坐在地上，他们吐着唾沫，血和牙齿从嘴里喷出来，现在他们不能打也不能踢他了。

随后，他越过柜台，轻松一跳就到了他们面前，拎起他们的衣领，把他们拖向门口，把这两个不听话的废物扔出去。

他一遍遍地在心里演练这样的场景，时间就这样过去了，每一次的场景都不太一样。只要他一动，裤子就紧紧地勒着腹股沟的两侧，绳子摩擦着手臂下方和身体侧面的皮肤。他不知道自己被吊了多久门才被推开。亨利抬起头，看见一位老人走了进来。幸好不是常客，不是他经常会见面的人，不会每次见面都让他想起这次耻辱的事情。

"我的天哪，这是出什么事了？"他边问边跑到柜台旁把绳子解开。

"就是闹着玩儿而已。"亨利耸了耸肩,向这位陌生人解释这是他们朋友开的玩笑,他们很快就会回来的。他努力想要说服这个男人,让他相信自己说的话。他脸上带着微笑,故作轻松,被放到了地面上后,他把绳子放回原处,然后急匆匆地趁还没有更多人来店里之前,帮这位顾客找到他要买的东西。

那一天他从收银机里拿了比以前更多的钱,因为他想找出另一种解决问题的办法。他认识一个做非法买卖的人,只要给钱,天上地下无论什么他都能给你找来。

很快,舅舅回来了。他问了句亨利过得怎么样,就到后面的房间处理新的订单,抽烟看报纸去了。

后来又有几名顾客来了店里,他们来买球、泵和哑铃,亨利拿到了更多的钱。他把钱都塞进自己裤子口袋里,然后挂好制服,锁了店门,和舅舅道了声再见。

几个小时之后,亨利买了自己的第一把枪。

C是格尔森去特隆赫姆路上路过的咖啡厅。这家店开在松树林里,虽然他还不饿,但他们已经开了很长时间的车。他看到路牌的时候,突然不确定是不是需要再开好几个小时才能到下一个能吃饭的地方。他踩下刹车,埃伦的头往前冲了一下,她睁开眼睛抬头看他。杨妮可把头放在母亲的膝头,闭着眼睛。她鬈曲的头发,粉嫩、胖嘟嘟的脸蛋儿。他竟然能拥有她们俩,竟然能和埃伦在一起。在战争发生前,如果问他,他是绝对想不到自己会有这样一天的。"她长得那么美,"他想,"而且家庭条件那么好。"她来自一个富裕的家庭,在托尔格大街有一家烟草工厂，家里有别墅、汽车，还有司机和裁缝。埃伦和他说过她家里到处都是艺术品和古董，还有一架三角钢琴。在逃亡前，她每天都会弹钢琴。"虽然大多数的东西都在战争中失去了，"但他想着，"说不定还会留一点点东西下来吧。不过他们当时也没有什么更多的选择。"格尔森想。轮胎轧过石子路面，发出咯吱咯吱的响声。在瑞典的难民营中，没有多少女性可选择，他也不可能在难民营外找到女朋友，谁会愿意和一个挪威来的难民、一个犹太人在一起呢？他的母亲也帮忙撮合，请埃伦一家来喝咖啡，让他们俩有时间单独待在一起。当时她的双胞胎姐姐格蕾特·格洛特已经有男朋友了，但埃伦还是单身，所以他俩慢慢发展成了男女朋友。

战争结束之后，他们终于能够回家了。母亲完全掩饰不住对他们只拿回那么一点财产的失望。他曾经想象过自己的另外一种生活，上大学，不断解开新的谜题。他想象自己获得数学竞赛的冠军，但很快这些想象都成了泡影。那已经是另一种人生——那种他不可能得到的人生了。这是被战争摧毁的，可是他不能抱怨，他觉得自己没有任何权利抱怨，因为他还活着。他没有像很多别的人那样，被"多瑙河号"汽轮送到外国的集中营，或是法斯塔德集中营中去。他还活着，他没有受伤，这样的生活也不算太糟糕。

"我们到哪了？"埃伦问。

"我想我们可以停下来先吃点东西。"格尔森转过身对后排座位说。埃伦用手摸了摸杨妮可的脸蛋，拨开了几根头发。

"明智。"她温暖地对他一笑。她这个样子真美，眼睛里闪着光,她的真诚让他有一种深深的负疚感。那一刻,格尔森觉得自己必须告诉她,告诉她他们即将搬进去的房子的真相。

"那个……"他开口说。

"嗯?"埃伦漫不经心地回答,放开他的手,把腿上的女儿抱了起来。

"有什么事吗?"埃伦问。

格尔森摇了摇头。他看着美丽的女儿躺在妻子怀里,那么纯洁,那么干净。

"我的小宝贝,醒醒。"她说。女儿的呼吸突然变得急促,好像刚刚从睡眠的深潭中探出脑袋。这一刻,他又错过了开口告诉她们真相的机会。

# D

D 是鸽子，它们飞翔在法斯塔德上空，组成不同形状的队列在天空中飞舞。

D 是酒，是集中营里看守们休息时喝的酒。他们的声音中透出欢快，有时候你躺在牢房里也能听到他们的笑声。这让你想起小时候，你也是这样躺在床上，听你的父母开派对，他们的声音会变得不一样，更高亢，充满了快乐。德国士兵们也是一样。有时候你会听到一个笑话的只言片语，不由自主地笑起来，然后翻个身，努力让自己沉入睡眠中。

D 是朵拉，那是希特勒准备在特隆赫姆市中心外建造的潜水艇基地的名字。不过，那座混凝土建筑到最后也没有完成。在战争结束几年后，因为它的墙特别厚，那里被改造成了国家档案馆。读到朵拉的消息时，我正在挖掘林南的童年，追寻家族的谜。为什么偏偏是你被挑了出来？只是因为对你传播英国广播公司的新闻的指控吗？还是有别的什么原因。你究竟是怎么被盯上的？

D是舞厅，在亨利长大的那个地方，也等同于找女朋友的地方：其他的男孩子会表现出莫名其妙的自信，冲到一群女孩子面前和她们搭话，完全不在意是不是会被拒绝。他们是怎么办到的。当亨利一次又一次地站在人群边缘，看着发生的一切的时候，他拼命地想：他们是怎么做到对世界的规则表现得那么无动于衷的呢？

亨利没有勇气走到任何一个女孩子面前去，但他每次还是会开车带着他们一起去，因为别的人都没有驾照，也借不到车在街区里转悠，看哪里有舞会。所以每次亨利都开车送他们去，然后晚上接他们回家。这个周六晚上也是一样。时间已经很晚了，这是个成功的夜晚，后座的男孩们在喋喋不休地讲着今晚的收获。亨利没有听。他踩下油门，感觉车子飞速地轧过十字路，他开得那么快，好像沥青路面都会被割开一样。

每周五或周六他们都会开车去一个新的地方。不同的房子和人在他们身边飞闪而过，就像在一条快乐的河流里，充满了期待和友情。然后他们到了开舞会的地方。虽然每个周末可能是在不同的地方，但气氛都是一样的。光线和音乐从开着的门里透出来，每个地方都充满了生命、欲望和青春，每个地方都一样。人们动起来的样子，用摇晃着的醉酒后的脚步穿过草地，每个成功的男人都是一样。还有紧挨在一起的女孩子的笑声。她们穿着夏天轻薄的裙子，头发梳得整整齐齐，屁股和胸部被紧紧地包裹着。男人们用目光包围着这些姑娘，把她们拉向自己的欲望和贪婪，每一次都是这样。

要是他的手能摸着穿轻薄裙子的背脊，手指往下摸，触碰着布料下身体的各个部位，多少钱他都愿意。要是站在墙边转过头看着男人的姑娘的眼睛里是他，多少钱他都愿意给。如果她头微微后仰，半张的嘴唇准备迎接亲吻的对象是他，多少钱他都肯付。

但这都不可能。他根本连门都不进去，谁会和一个站着脸才到自己胸口的男人跳舞呢？谁会想要像个灯塔一样矗立在人群中，只因为舞伴比自己矮一个头？他的身高让他对一切望而却步。所以他每次到了舞会场外，就把车开到边上停下，自己不下车。别人问他为什么不一起来的时候，他总是会对他们坏笑一下，说自己有约了。

然后他的朋友们进去参加舞会，亨利把车开走。

有时，他会把车停到路边。

有时，他只是漫无目的地在周围转着圈。

不过，在他的幻想中，一切都是不同的。

在他的幻想里，轮胎轧过吱嘎作响的砾石，进了一个庄园的院子，停到白色的农舍旁，旁边有一个红色的谷仓，路边还长满了一丛丛的覆盆子。墙上探出一盏灯，温暖的灯光下，很多小虫飞舞着。亨利敲了敲门，等了几秒钟。他脱下皮手套，塞进外套的口袋里。住在那里的女人打开门。她长得几乎和葛丽泰·嘉宝一模一样，只是个子要矮很多。亨利看过很多很多遍这个瑞典女演员的电影。他抚摸着她的电影海报，摸她的脸，在没人看见的时候，用手抚摸海报上她的胸部、肚子，还有藏在衣服里的私密处。葛丽泰·嘉宝也出身贫寒，一无所有，可看她后来成了什么样的人！国际巨星，光鲜亮丽，永远那么优雅性感，就像在电影《魔女玛塔》里，她扮演一个间谍，用性感的舞蹈魅惑男人，从他们口中套取情报。最后她被判了死刑。那一幕是那么残酷，让人心碎，幸好死去的只是角色，不是演员。葛丽泰·嘉宝之后还可以出现在别的场景、别的电影里。当然，她也出现在他的幻想中，就像他现在想象中的女人一样。她就在这里，在他开车送那些男孩去舞会的时候，以长相和她相似的女性的形象出现。

在这座偏僻的房子里，这个单身女人冲他微笑着伸出了手。温暖，柔软，主动。有些时候他们就在门口做爱，她穿着高跟鞋，他把她的裙子拉到肚子上。有时候她会把他带到卧室，把衬衫的扣子一颗颗解开。他用手抚摸她的胸衣，看她在他面前把衣服一件一件脱掉，直到露出全部的肌肤。

他的这些白日梦如此真实，有时会让他把持不住，一个人到树林里把手伸进裤子里，抚慰自己。一开始只是轻轻的抚摸，然后逐渐用力、加速。一个长相酷似葛丽泰·嘉宝的女人躺在他面前的床上，金色的长发披散在枕头上。在森林的边缘，离车子不远的地方，他在那里进入她，温暖的、湿热的，这是他从未在现实中感受过的感觉。一阵阵热浪席卷过他的身体，直到精液射向黑暗，洒在青草和树叶上。然后他突然从这个白日梦中醒来，裤子褪在膝盖上，意识回到路旁的灌木丛中。他在树叶和青草上擦一下手，找个小河或是水潭把皮肤上黏糊糊的东西洗掉，把手凑到鼻子前面，确保没有留下任何气味。然后再用树叶擦干手，看看表，继续等待。

其他男孩在听亨利说和那些比他年长且有经验的女人约会时，都觉得难以置信，嫉妒极了。黑夜里回家的路上，他和他们讲着整个过程，生动而详细，就好像这些事真的发生过。就像这个星期五，他们刚刚从纳姆索斯回来，他又讲了他最近的战果。他看着他们听得越来越兴奋，越来越嫉妒，他们最多也就和女孩子跳过舞，或者接过吻。

路边的路牌在汽车大灯的光线中忽隐忽现。后排座位上的小伙子们欢笑着，为他们的经历兴奋不已。他们交换着微小的细节，说着女人的名字，添加一些旁人难以理解的简短评论，比如某位女士的乳房的大小，然后大笑起来。他们好开心，真的是好开心，可是对正在开车的亨利来说，听他们说这些一点儿都不开心。正相反！他们坐在那里讲着只有他们经历过的事情。他们把他排除在外，虽然没有他，他们根本不可能来这里的舞会，只有他能弄到车。可他们像一群蟑螂挤在一起，夸夸其谈，完全不考虑他的心情，完全不让他有机会参与谈话，好像他只是他们的私人司机！

好吧，让他们看看我的厉害。**如果只是来开车，那起码我得找点乐子**，亨利边想边舔了舔嘴唇。他握紧了方向盘，他的皮手套是用自己的钱买的，关节的地方有开口，就像是赛车手戴的那样，紧紧地包裹着他的手指。每一次他戴上手套，就好像成了另外一个人。他的身体靠近方向盘，重重地踩下油门。他听到活塞加速的声音，踩下离合换挡。灌木丛在车前灯上划过，有时候会打到车上。现在后座的男孩笑不出来了。他看到笑容从他们的脸上消失。砾石的路面很硬,雨水在路面上形成水坑和水潭,溅回车身上。

"开慢点儿!亨利!"一个男孩说,他是平常带头,最有话语权的那个。他紧紧地用两只手抓住靠枕。"我们不赶时间吧?!"

亨利对着后视镜冲他笑了笑,在他的眼睛里看到了恐惧。

"怎么了?你害怕了?"亨利问,更重地踩下了油门,他感受着车在转弯时候的离心力,他们的身体都被挤到了一边。

他开得越来越快。

那个人没有回答。没有人说话。他们只是挤在一起,身体靠着后座。车速的指针继续往上,他的面前是一条长长的直道。现在是可以测试这辆车究竟能开多快的机会了,他这么想,又加了一挡。突然,他在车灯光线里看到了什么东西。两只闪着光的眼睛,像是只猫在路边。然后他看到了这只动物的全貌,一只兔子停在路的正中间。模糊的目标,意想不到的奖品,就像是彩票中的玩具熊那样。

"嘿,看!明天晚餐可以有烤兔子吃了!"他大喊着,猛地踩下油门,几乎踩到了底。

"亨利!"那个坐在前座的男孩大喊,他平常几乎从来不出声。亨利没有回答,他紧紧地抓住方向盘,在那漫长的两秒里陶醉在喜悦、速度和兴奋中,汽车咆哮着向蹲在那里的披着毛皮的动物冲过去。

然后。

它突然跳到了一边,跑进了路旁的灌木丛中。**它不能这**

样，它不应该这样，亨利想着，打了一把方向盘。不能让它这样跑掉，它不能这样耍他，**它他妈的不能这么耍我**，他想着，转动着方向盘。他瞄准着方向，觉得自己能办到。

之后的一切发生得太快了。

兔子从车灯的光线中消失了。

后座的一个同伴尖叫着喊他的名字。

车子滑出了道路的边缘，开始打转。一声巨响，侧面撞上了什么东西，然后他的脸贴到了门上。车身倾斜着贴在了一块岩石上。他的腿上扎进了几块玻璃，挡风玻璃上有一条大裂缝。有人呻吟着骂着脏话。

亨利眨了几下眼，感觉胸口撞到了方向盘，很疼。但他活着，他还活着，手和脚都还能动，他想，发生的事情不严重，只要保持冷静就好。他现在不能想等他把车的残骸还给舅舅后会发生什么，他现在还不能想这些，要不然一切都会动摇，所以他只是装作什么事情都没有。他转过头，看到坐在他旁边的同伴，身上的衣服褶皱里都是玻璃碎片，他的手捂着脸。流着血。

"后面的人还活着吗？"他问，他努力让自己的声音不受影响，和以前一样有气势，但除了模糊不清的抱怨和呻吟，没有听到回答。

"好吧好吧。明天还是没有烤兔子吃。"亨利低声自言自语，摇下了窗户。幸好门没有卡住，他成功地把窗户完全摇了下来，钻了出去。他旁边的同伴也跟着他爬了出来，鼻血还在不停地滴下来，流到车门上。

亨利站起身,把裤子上的玻璃碴弹掉。后座上的两个人猫着腰从车里钻了出来。其中的一个人牙关紧咬,抓着自己的小臂,好像断了。

"该死的兔子!"亨利说,"它为什么就从路上跳开了?在我就要撞到它的时候?!"

别的男孩紧张地看着他。

"别傻站着了!"亨利大喊,"帮我把这玩意儿弄回路上去啊!"

他走到驾驶座门边,抓住金属车框。其他人迟疑地走到他后面,一字排开。他们的眼神里满是服从,好像要是亨利不发令,他们就什么都做不了。他说推,他们就使劲推。他下令停,他们就停。在亨利冲他们大吼的时候,他们就更加用力地推。车子沿着斜坡往上,终于被他们推回路上。

所有人坐回车里。一片安静。引擎发动了起来。亨利转身看着后座的人,他们的注意力都集中在他身上。如果他们有一个人把撞车的原因告诉斯韦勒·韦丁,他就会失去工作,他会再也借不到这辆车,永远地被排除在人群外。

"听着,我来告诉你们刚才发生了什么,"亨利低声说,他又确定了一次所有人都在听他说话,"没有兔子。从来就没有什么兔子。对吗?"

"你是什么意思?"一个人问,亨利很严肃地看着他,就像所有他看过的电影里英雄的眼神那样——那种控制全场的眼神。

"仔细听着,"他说,"当时有一辆车朝我们开过来,开得极快。我们除了车灯，什么都没看清。是那个混蛋把我们挤下路，没停下就开走了，虽然他肯定看到我们被挤到沟里去了。这就是刚才发生的事情……听明白了吗?！"他问。

他们迟疑地冲他点点头，虽然这一切对他们来说难以理解。"明白了吗？我问你们！"亨利又提高声音重复了一遍，所有人都点了点头，结巴着说："明白了，亨利·奥利弗。"

没人敢和他唱反调，简直不可思议，他想。他们脸上的男子气和戏谑的神情一扫而空，突然像是站在父亲面前惊慌失措的孩子一般。

D 是露水，清晨监狱外草地上的露水，让地面在阳光下闪闪发光。

D 是葡萄架，战争开始前，你常去德国看最新的服装秀或是和批发商开会，坐火车的时候经常会在路途上看到它们。

D 是日期，是一九四二年一月十二日，是玛丽·科米萨尔打电话给格尔森声音中的惊慌失措，是她用颤抖的严肃的声音说出的那句话："他们抓走了你父亲！"

# E

E 是行刑队。

E 是徽章。

E 是**电力局**和电力标志,是一九四二年一月十二日格尔森在特隆赫姆郊外的一个小木屋中使用的电话上的标志。

他穿着羊毛衫和秋裤,和一群朋友坐在客厅里闲聊。大家都是学生,空气中充满了笑声,烟雾环绕着汗渍渍的滑雪服,交错的眼神中传递着挑逗的讯息。起码在电话铃响、小木屋的主人喊格尔森的名字,说有电话找他之前,这里的氛围**曾**是这样的。简直荒谬。这家人居然会在小木屋里装电话,居然会有人打电话来打断他们的谈话,更糟的是:电话居然是找他的。大家都停下了谈话,为什么会有人打电话到这里来找他?

"他们抓走了你父亲!"母亲在电话里低声对他说。他完全听懂了这些词句,但他还是不明白,这让他沉默地盯着电话。他身旁的地板上摆放着他们的雪鞋,黑色扁平的雪鞋就像是鸭嘴兽一样。有些鞋子上还有一些冰块，就快融化了。

"格尔森，你在听吗？"

"嗯，我在……是什么时候的事情？"

"就在早上！他们打电话来，让他必须立刻去传教士酒店接受问询……"

"对他的指控是什么？"

"我不知道……我们就不应该从瑞典回来！"母亲说。他能听出来她快要哭了。

小木屋的门被推开了，格尔森的一个朋友拿着一桶要融化的雪走了进来，他满脸的笑容在发现屋里一片安静后一下子消失了。

"他能逃跑吗？"格尔森低声问。

"不行，他不想这么做，因为我在医院里！而且这也是为了你们好。"她低声说。格尔森听得出她的眼泪已经涌出来了。

"雅各布知道了吗？"

"嗯，他受了很大的惊吓。你父亲和他说了。"

他听到母亲把话筒拿开，不想让他听到她的哭声。

"我现在就回来。"格尔森说。然后他挂了电话，回头看到所有人的表情，脸上神情都很严肃，满是问号。

"出什么事了？"一个朋友问。

格尔森的一只手还握着电话。一股热流穿过他的身体，在脸颊上跳动。

"德国人抓走了我爸爸。"

"为什么？"一个金发女孩问。

"我不知道……我必须回家。对不起。"

格尔森用最快的速度把衣服塞进包里。他注意到朋友们的眼神从欢愉变成了同情、羞愧和疑惑。他能感觉到他们其实很高兴他要走了。当然他们肯定也为他觉得难过，但心里还是希望他能离开的——他的存在会带来暗沉和严肃的气氛。他们出来度假就是为了摆脱这一切。**我早该知道的**，格尔森心里想着，把最后一件毛衣塞进包里，穿上鞋。他们所有人心里其实早就知道，这是迟早的事。他拥抱了所有的女孩，和朋友握手道别。朋友开车把他送回家。

格尔森背着包和雪板走到路边，然后安静地坐上车。车往特隆赫姆的方向行驶着。他把额头靠在冰冷的车窗玻璃上，想着全家在一九四〇年返回挪威是个悲剧的决定。他们在挪威被入侵的那一天就成功地逃到了瑞典。当时他们收拾好行李飞快地开车去了火车站，把车子留在了那里。他们赶上了大检查前最后一班跨过边境的火车。一段时间后，他们听说回挪威是安全的，针对犹太人的情况已经平息了，只要不出格，他们就可以像从前一样生活。于是他们回到了特隆赫姆，回到了他们的公寓和习惯的生活——除了妹妹利勒莫尔。要是当时他们和她一起留在瑞典就好了！格尔森睁开眼睛向外看，新下的雪铺在田野上，在阳光下如同水晶般闪闪发光。一只兔子从洞里跳出来，在雪地上留下条纹般的脚印，好像自家店里卖的一种布料的样子。他在父母的店旁边下了车，透过玻璃他看到了德国士兵。母亲出院了，虽然她的腿还站不住，但还是给了他一个紧紧的拥抱。一个穿制服的人说他的住处已经被搜查过了，格尔森必须跟他们回去接受问询。之后他被推进了一辆车，母亲在后面喊了些什么他没有听清楚。他们要去哪里？他脑中想象着监狱或者是集中营的样子。不久车子穿过市中心，停在了被盖世太保改成办公室的地方——传教士酒店。

士兵推着他进了大门，里面一片混乱，到处是士兵、挪威囚犯和临时的床铺。

犯人们身后站着一个穿着骑马裤和靴子的年轻人，他的个子很矮，越过几个办事员，直接和领导谈话。格尔森最先注意到他是因为他的身高、他炯炯的目光，还有和身体不成比例的大脑袋。但他后来真正记住他的原因，是他的口音。那个男人说的德语有非常多语法错误，而且带着明显的特隆赫姆口音——他是挪威人。

E 是偷苹果，是那群在莱旺厄尔城外活动的男孩中无法无天的气氛。他们越过漂亮的围墙，闪闪发光的金色窗户外，树上挂满了水果。亨利·林南是领头的。

"就是这儿。"其中的一个男孩低声说，冲着那边花园里一棵长满苹果的树点了点头。

"完美！我来给你们放风。"亨利边说边从衣服口袋里拿出了枪，从一边转到另外一边。其他人都凑上来看。

"枪？！"一个人低声说，"你有枪啊？！"其他的男孩面面相觑，不明白发生了什么事情。

"觉得它看起来像什么？"亨利说着，咧嘴笑了一下，"快点爬过栅栏!"伙伴们照他说的做了,他们笨拙地翻过围栏,努力不让裤子勾在上面,然后消失在树冠投下的阴影里。

四周一片寂静,天色已经暗了下来,四下无人。这一切仿佛是一个电影的场景——好像他们不是来偷苹果的,亨利站在原地想,刺激的感觉顺着他的血液,在身体里四处撞击着。要是这一切不在莱旺厄尔这种小地方,而是在美国一个大城市该多好?比如纽约和芝加哥?要是那样,他们要闯入的就不是一个**花园**,而是**联邦银行**了。他们会用狂欢节面具或是头套把脸遮起来,只露出眼睛。他们会压低声音,让柜台后面的职员把钱交出来,不让他们的手指按动警报按钮。

亨利望着树冠底下伙伴们的剪影。他看着他们拽着几个苹果,可它们牢牢地长在枝头,一下子摘不下来,树枝大幅度地震荡着。突然一扇窗户打开了,一个男人的身影出现在那里。

"嘿,你们在干吗呢?!"他大喊。似乎完全出于本能,亨利把枪举了起来开了一枪。他感觉到反作用力穿过手臂,就像一道闪电穿过。枪响回荡在街道上。他的伙伴害怕极了,他们松开苹果,它们沿着坡滚了下来。亨利捡起一个苹果,那种刺激的感觉在他的身体里奔腾着,他跑过了一个街口又一个街口,直到他们都到了安全的地方。其他人也停下了脚步,大口地喘着粗气。

"你从哪里弄到这个的?"一个男孩紧张地问,冲着武器点了点头。

"你凭什么觉得我会回答你这个问题?"亨利边说边咬了一口苹果。其他人都盯着他看,看着他的牙齿碾碎果肉。一秒钟，又一秒钟。问问题的男孩没有作声，显然是不敢回答他的问题。亨利看着他脸上的不安和恐惧，觉得快乐在自己的身体里生长着。现在，他朋友们的眼睛里有了别的东西。

那是钦佩，是尊重。

之后的几个星期，他的自信大增，这让他和之前完全不一样了。他的眼神也变了。这种变化用某种方式显现了出来，让他身上散发出不一样的东西，使他变得更有魅力。就在这件事之后，他遇到了克拉拉。

很快，那个女人改变了一切。

E是埃伦·科米萨尔。他们终于开到特隆赫姆城里的小街道了。杨妮可又在她的怀里睡着了，汽车就像是个机械的摇篮，她想。车一开起来，马达振动一下就能让两岁的小女孩睡着。埃伦的头转向一旁，看着小小的木房子，有点歪歪斜斜，奇怪的可爱的小房子，好像是剧场里的布景，或是玩偶的房子一样。她为可以重新开始感到高兴。他们在奥斯陆一直也没过上特别好的日子。现在，他们可以在这里重新开始了。她已经开始为再次看到服装店感到高兴，她可以试穿玛丽从欧洲大陆进口的那些衣服。她想要改变自己，让自己变得更自信，她也想那样。她会成为穿着从法国、德国、意大利进口的衣服的女人。她注意到他们开的路线，身体探到前座中间想看清楚他们是要往哪里去。弯腰的时候，她的肚子碰到了女儿的头。她指了指旁边的一条街。

"不是在这里面吗？"她问。

格尔森显得有点不太自然，他的手紧紧地把着方向盘，僵硬地面向前方，眼神闪烁着。

"是在这里面吗？"他说，很紧张的样子，他几乎要错过那条路了。他总是这个样子，埃伦想，他总是不相信她懂什么东西，觉得她什么忙都帮不上。

"就是啊，看那里！北街就在那里！"她说。

格尔森骂了一句脏话，她看到他出汗了，急着想要换挡。但是因为后面跟着一辆车，他的动作太着急，结果卡在了两挡之间。变速箱发出尖厉的声音，杨妮可被吵醒了，一下大哭起来，就好像她也感受到了车厢里紧张的气氛似的。

格尔森又握住变速杆，用力快速向后拉。他转过身，从埃伦的脑袋旁往后看，开始打轮子倒车。但他们后面有车啊，她边想边回过头去。

"格尔森！"她大喊道，后方的车子已经靠得很近了。司机满脸疑惑地看着他们。格尔森终于挂上了挡，拐进了旁边的路。车厢里一片死寂。埃伦注意到杨妮可的目光，她握住她的手，努力平静地对她笑了一下。

格尔森把车子停在了巴黎—维也纳服装店的门口。这家店就在街口，一扇大大的落地玻璃冲着街道的方向。埃伦把杨妮可抱了起来，指着那扇窗户。

"看，"她说，"这是奶奶的店！我们现在要进去看裙子咯。"她说着，杨妮可的大眼睛盯着那里，手臂环绕在妈妈的脖子上。

埃伦打开车门，看见格尔森拿出打火机，点了一支烟。然后他们一起往店里走。门开了,玛丽从里面走了出来。她戴着一顶系着丝带的宽檐帽,身上穿着一件宽松的衬衣,花边一直延伸到腰间,一条黑色的裙子勾勒出臀部的形状。她举起手优雅地和他们打了个招呼。她的身上永远有种贵族气,一举一动都那么完美。埃伦想着,掸了掸自己衬衣上的灰尘。

"欢迎欢迎!"玛丽说着,拥抱了一下埃伦,然后对杨妮可说:"让我看看你,我亲爱的宝贝!"杨妮可一下把头扭到了另一边。玛丽没试着再去逗她,而是转头看着埃伦。

"一路还好吧?"她问,但还没等他们回答,她就转身打开了门,"你们能来真的太好了!"

埃伦转身望向格尔森,摇了摇头,他显然没明白她是什么意思。他对母亲的行为太过习以为常,以至于看不出这有什么不正常的。他们进了门。埃伦决定把一切放下——旅程以及婆婆对他们的漠不关心——因为这家店看起来是那么神奇。她边想边走到了货架和衣架前。她用手指抚摸着那些布料——丝绸、雪纺、羊毛,闪闪发光的美丽纽扣,就像一个藏宝箱。格尔森现在有工作了,她想,会有固定的工资。他们从奥斯陆把家搬到这里,离开父母和自己的双胞胎姐妹格蕾特是值得的。她和格蕾特之前一直都在一起,什么事情都一起做,她们会分享一切。之前从没分开过超过几个小时的她们,现在要在不同的城市生活了。

"看看这个,"玛丽从柜台底下拿出了一瓶波特酒和三个小杯子,"咱们必须庆祝一下!"她说。

"谢谢妈妈。"格尔森说着接过了杯子。他看了一眼埃伦,似乎是在等她允许他喝一口。埃伦也接过了酒杯。他们碰了一下杯,她抿了一口,立刻感觉到身体里涌起一阵热流。她把挣扎着想要下地的杨妮可放到了地面上。

"是啊,我们已经到了这里了。"埃伦说,"有工作,有孩子,很快还会有房子!"她说这话的时候,突然发现格尔森的反应有点奇怪。他的眼睛快速地眨了几下,嘴唇抿得紧紧的。

"是啊,我们很幸运。"他只说了这一句话。

"你们确实是很幸运。"玛丽边说着,边把杯子放到柜台上,发出了叮的一声,"还好因为那房子过去发生的事情,没有那么多人想要搬进去。"

埃伦疑惑地看着格尔森。那房子过去发生的事情?

"当然好的一面就是你们可以狠狠地压价。"她说。

"什么意思?"她问。

玛丽疑惑地看了看格尔森。

"可是?……你没告诉她?"她问。

"告诉我什么?"埃伦问。

"有关那座房子的历史。"

杨妮可在地上冲着一个挂衣服的衣架爬了过去。埃伦急匆匆地过去把她抱了起来。

"那座房子之前发生过什么事?"她问格尔森。他的眼睛盯着小小的波特酒杯,摇晃着里面的酒。

"嗯,我们能用那么低的价格拿到房子确实是有原因的。"他说。

"是什么原因?"埃伦问,"是房子的状况很糟糕吗?还是里面发生过什么事情？"

"那房子在'二战'的时候是亨利·林南的总部。"玛丽说。

埃伦觉得自己手臂上的汗毛都竖了起来，她手上还在和杨妮可较劲，小家伙想回到地面上去重新开始自己的探险。

"亨利·林南？"她问，"是他们的地方？我们……我们要住进林南帮派的房子？"

"是的，不过，亲爱的，"玛丽微笑着说，"要不然你们怎么可能买得起在城里带花园的别墅？"

E是橡皮筋，是苹果，是最初几天被摆放在墙边的装着衣服和厨房用品的箱子。它们像是需要时间适应这里，才敢从箱子里爬出来，被摆放到自己的新家里。

E是被集中营中的劳动消耗掉的精力，最终它会让你觉得怎么样都可以，消失才是最好的——只需要平躺在地上，脸颊贴着尘土，闻着针树叶和泥土的气味；就躺在那里，终于可以放松每一块肌肉，闭上眼睛，不再在意看守大喊的声音，不再在意从旁边踢来的脚，不再在意别的同伴试图把你从地上拉起来。就躺在那里，感受那种沉入大地与其融为一体的冲动，感受死亡不是自己想要竭力逃脱，而是想要拥抱的东西。毕竟死亡是逃离集中营最快，也是唯一保险的方式。

F

F是大牙。

F是抓捕。

F是犯人。

F是集中营。

F是坠落,是衰败,是危险。

F是犯罪。

F是依旧存在的过去,是依旧在生长的法西斯主义,是文化中的恶性肿瘤。

F是轻蔑。

F 是法斯塔德。那是在十月中旬，天气还不是很冷。那天早上我从特隆赫姆北边一小时车程的火车站坐上出租车，一条乡村小道分开了两边的田野，仿佛是一个巨人用一把巨大的剪子剪开了这片景观。

一个画着国际通用的景点符号的指路牌：带着循环的弯角的正方形，就像历史也是如此循环，重复着一样的模式。爱，渴望，从属，仇恨。欢笑，喜悦，恐惧，愤怒。相恋，欲望，疾病，分娩。

然后，它就在那里。

那是一栋黄色的两层建筑，楼前有弯曲的车道，上面有钟楼。原本设计这座漂亮的建筑时，是打算在远离城市的地方建造一所特别学校，接收有智力障碍的学生。

墙壁围出的中庭耸立着一棵桦树，所有的叶片都是金色的，有好多已经落到了地面。

你被他们逼迫着穿过这道大门，走过这条路的时候，那棵树就已经在那里了。它的边上有一片树林。

太阳照着这处风景，照在所有金色的叶片上。露珠在阳光下闪着光，树皮慢慢地被烘干。树冠投下的阴影像是时钟一样指示着时间，直到最终黑暗笼罩这片风景，吞没一切。

几个小时后，一队新的犯人排着队被带进了这道门。他们中的一些人目光直直盯着前方，生怕触怒守卫，另一些人抬头看自己被带到了什么地方来。尤利乌斯·帕尔蒂尔也在他们之中。这个年轻人之后会加入科米萨尔的大家族。在雅各布和薇拉离婚之后，尤利乌斯·帕尔蒂尔和薇拉·科米萨尔一起写了一本书，书中描写了发生在桦树旁的广场上的场景。那是一九四二年的十月，就在你刚刚被杀害之后，尤利乌斯和几个犯人在院子里放风时，一个德国士兵命令他们把地上的叶子弄掉。

"有耙子吗？"一个犯人问。德国士兵开始笑起来，强迫他们趴到地上，让他们用嘴来扫叶子。

尤利乌斯·帕尔蒂尔被逼着爬过了整个广场。脸埋在叶子里，舌头都能感觉到已经开始腐烂的叶子散发出令人作呕的气味。所有人的目光都是呆滞的。他们低下头，把叶子吐出来，然后再爬回去，头低着，脸贴在地上。

尤利乌斯·帕尔蒂尔忍过了在法斯塔德的日子，过了一段时间被送到了奥斯陆，然后被塞进前往南方集中营的火车。

他在穿越欧洲的火车旅行中活了下来。

他在奥斯威辛集中营度过了三年，经历了穿越捷克的死亡之旅，到了布痕瓦尔德集中营。他和其他一些人躲过了对犹太人的枪决，经历了一九四五年三月不能和其他犯人一起被释放的失望，直到五月美国军队把他们救出来。

差不多五十年后，我在格尔森家的一次晚餐上见到了他。给我留下特别深刻的印象是这个男人的状态。他是极少数从集中营和死亡之旅活着回来的人，但他并不会一直抱怨生活的苦痛，充满怨气，正相反，他是我见过的极少数那些说话做事都不紧不慢的人。

尤利乌斯·帕尔蒂尔坐得稳稳的，说话声音不高，袖子挽起来，手臂上奥斯威辛集中营编号那个粗糙的文身清晰可见，整个人都好像在发着光。

　　当我站在法斯塔德的二楼从窗户向外望的时候，我仿佛在楼下的桦树边再一次看到了他的脸。人类的友善一点点变得坚硬，一次次被清洗，最后只有最硬的部分被留存了下来。究竟是什么东西会让人对抗，让邪恶变得更恶，让其他人跪下、崩溃、变黑暗、残缺，最终被毁掉呢？

　　是因为人们之前的状态不同吗？是因为在童年时不同的经历吗？还是因为被爱的感觉被压抑在心灵最深处，或是因为生性冷酷？那么林南的兄弟姐妹呢？他们中只有两个人站在了他那一边。

　　亨利·林南曾经在开车的时候向弟弟坦言自己在给德国人当间谍。当他让弟弟和他一起干的时候，弟弟让亨利把车停下，自己下车走回了莱旺厄尔的家。

　　带我参观法斯塔德的工作人员从办公室里走出来，手里拿着车钥匙。他问我是否准备好去参观为当年被枪杀的犹太人建立的纪念碑。我跟着他出去了。我们开车穿过树林来到了墓地：石楠花丛中露出一些金字塔形的石头，上面刻着粗糙的罗马数字。他留我一个人在那里，我穿行在松树林和石楠花丛中，折断的树枝挂在树干上。地上有一块像贝壳一样的大石头，上面刻着所有在这里被杀死的人的名字。一些名字上落着一些小落叶，我几乎是立刻就找到了你的名字。我用手摸着它，闭上眼睛努力去想象。在很久很久以前的那个清晨，你曾站在这里，就在这里，或许就在这几棵树的中间。法斯塔德的工作人员指了指那块金字塔形的石头，告诉我你最初被埋葬在那里。我拍了张照片。我和那位工作人员几乎没有说话。回到车上，我对他表示了感谢，然后开车离开了。

我见的第二个人，是被亨利·林南当成总部的那座房子的现主人。约恩斯万大街四十六号——"罪恶的修道院"，这一次我要进到这座房子里去了。

F是弗莱施，听上去就像人们用英语念"肉"这个字一样，挪威总部新任警察局长姓这个。你在法斯塔德的日子里见过这个局长好几次，你注意到每一次在格哈德·弗莱施身边的士兵都是那么紧张，会变得更加无情。他们会展现出更严格和粗暴的一面，生怕长官因为他们的软弱或是还保留些许人性处罚他们。他是个很普通的人，长相平平，金色细软的头发，眼睛长得很友善——这和他做出的事情形成了巨大的反差：毫无缘故的拳打脚踢和突然的处决决定。最后一次发作就是那天早晨，你被杀害之前。

F是好天气。F是约恩斯万大街的果树。那些老树的枝丫蔓延出了栅栏，绿色的叶子中开着白色的花，埃伦知道再过几天，那些花就会凋谢了。

"看这儿！"格尔森兴奋地说，"这儿有很多苹果树和李子树！你没想到这里会这么漂亮吧？"他对坐在自己肩膀上的女儿说，但显然这句话是对她说的，埃伦想。她点了点头，说了句"很漂亮"。这话她并不觉得违心，这个院子确实很漂亮，面积很大，里面长满了果树和灌木丛。这和他们在奥斯陆住的地方大不相同。而且他们买下的是这整座房子，在一个小山包上，地段特别好。楼不高，建筑结构有点特殊，因为它在地面上只有一层。屋子是 L 字形，包围着一个花房，里面有一张长桌子，上面摆放了花盆。她认出了从格尔森妈妈那儿拿到的照片上拍到的天花板的拱形窗户。她也在林南案件的照片里见过这扇窗户，她不能去想这个，必须管住自己。埃伦边想边看了看女儿。坐在爸爸肩膀上的她是多么得意，见到花园的时候整张脸都笑开了花，脸蛋胖嘟嘟的，用小小的手指着眼前说着："树！"

埃伦瞟了眼地下室的窗户，思绪不由自主地涌动起来，但她还是强迫自己转过头看向女儿的方向。

"嗯，我们在这里是再好不过了。"埃伦微笑着说，用拇指和食指抚摸着杨妮可柔软的小手，看着格尔森。他们简直是太幸运了。她必须这么想，不能去想别的。

她不能去想这座房子的历史。格尔森说的是对的，这里曾经开过好几年的幼儿园，所有不好的东西肯定都不在了。某种程度上说，这座房子已经是民居了，它已经重生了。她不应该一看到房子周围的栅栏，就想到犯人从车里被拉出来带进房子里去审讯，她得把注意力放在它**另外的**历史上。想象那些在院子里跑来跑去的孩子，一级级踩着台阶爬楼梯的孩子们，想着他们胖胖的腿和可爱的小脑袋上卷曲的头发。她必须把注意力集中在**他们**身上。她得振作起来，想他们是多么幸运。他们真的是幸运的。她找到了一个好男人，她要搬进这座独栋的大房子，他们全家人都在战争中活了下来，除了经济上受了点损失，别无大碍。他们认识的好些犹太人家庭只剩下了空荡荡的公寓，全家人都被清洗了，只有名字留在了犹太教堂里。还有在老熟人相遇时提起的，那个谁和谁怎么样了？他们家有多少人活下来了？然后，他们会看到对方惴惴不安，不停眨眼，或是手臂似乎突然发痒。他们会回答，他们都不在了。不要问孩子的情况，埃伦很早就明白了这一点，永远不要问那些孩子的情况，无论两岁，四岁，还是七岁的，他们都不在了。

她是幸运的，他们是幸运的，他们躲过了这一切，他们没有像格尔森的父亲，或是玛丽的哥哥那样被杀死。虽然战争毁掉了他们曾经拥有的财富，但他们最后还是在特隆赫姆这个安全、美丽的街区买到了这座独栋大房子。他们是很幸运的，埃伦一遍一遍地告诉自己。但是她无论如何都无法甩掉那种不对劲的感觉——冰冷的感觉从身体里爬出来，让她在靠近花园的时候就打了个寒战。你知道他们曾在这些房间里对好几百个人施以酷刑吗？

格尔森把杨妮可从肩头放了下来，她迫不及待地开始在院子里四处探险，就像小狗一样从这儿跑到那儿。她用手掌摸摸晾衣服的架子，看看一列列的花盆、蔬菜盆和所有她能爬的树。

格尔森找出了钥匙。这座房子应该是空着的，之前住在这里的塔姆斯·吕谢一家搬到奥斯陆去了。玛丽办好了一切手续，现在这座房子是他们的了。他们用在奥斯陆霍尔门的那个小房子加了一点点钱，换到了这座房子。

这里。他们要住在这里。一切都会好的，埃伦把手滑进了格尔森的臂弯。他真的很好，她想。棕色的眼睛、黑色的鬈发、麦色的皮肤，既聪明又温柔。她把头靠在他的肩膀上。一切都会很好的，她对自己说，再一次强迫自己把目光从地下室的窗户移开，金属的网格，十字架上的铁环，就像手铐一样。

F 是隐藏。

F 是福特。

F 是工厂。

F 是狂热。

F 是虚荣，那是你在法斯塔德的那个春天，玛丽和雅各布去探望过你几次。其他被关押的人也时常有家人来看他们。虽然你很高兴他们还活着，看起来很不错，他们俩都是，但当你们站在围栏的两边，笼罩你们的还有一种别的感觉。穿着囚服的你觉得很羞耻，那么疲惫，那么劳累，那么虚弱。这种感觉让你几乎不想伸出手越过铁栏杆去触摸他们柔软的皮肤，因为你已经不认识自己了，你看到他们的眼神时，知道他们也不认识你了。

F 是二十世纪二十年代时挪威乡村地区的贫穷。一些有关亨利·林南的传记里都强调了他的家庭非常贫困，比如佩尔·汉森的《谁是亨利·林南》,但也有些人写的书里指出了这种说法的不妥之处:二十到三十年代当然是比较困难的时期,但林南家并不比别人家更困难。或许正相反。他们家虽然可能不太富裕,有很多的孩子,但他们住在市中心,他父亲有自己的生意,舅舅合作经营了一家体育商店,还卖汽车,之后还开了自己的加油站。亨利的祖父母在城外有个农场,有些人说,如果他父母家里真的困难,他们还可以从农场弄到肉和蔬菜。没有任何理由能证明亨利·奥利弗·林南比别的人过得更痛苦。林南的老师在一次采访中提到的女式靴子事件,也不过是一个有很多小孩的家庭在某个忙乱的早晨的一个决定导致的结果。这并不难理解,毕竟很多父母都有类似的经历——一个太过忙碌的清晨,突然发现前一天戴过的手套还湿着,藏在书包里,或是装在从幼儿园带回来的袋子里。于是他们只好随机应变,找个变通的法子——要不戴上大一号的手套,或者和小朋友说,你要不想冻死,就在去幼儿园的路上把手插在外套的口袋里。

F是化油器,是汽车的过滤器和轮毂。所有不同种类的钳子和螺钉、螺栓和软管。亨利了解这辆车的一切,一有时间他就往车间里钻,为自己修理的福特车深深着迷——所有的部件都运行得那么好,他能感觉到自己心中的自豪,随着舅舅的每个微笑不断膨胀着。

"你太聪明了!"当亨利双手沾满油迹和污渍,在车前抬起头的时候,舅舅经常这么说。他知道他说的是对的。他真的很懂车。

G
---

G是西班牙的格拉纳达，坐落在山上的城市。一〇六六年的时候，从海边要走好几天才能到达。那里曾经发生过罗马帝国最早的大屠杀，约有四千名犹太人被摩尔人迫害、追逐和杀害，开启了这一类的迫害故事。

G是拇指和食指间虎口上磨出的茧子，那是你一次次拿起铲子挖着法斯塔德边上森林里的土地后留下的痕迹。几天过去，开裂的皮肤变成灰紫色，留下老皮覆盖在鲜嫩的肉上。

G是集中营中几个守卫的善意。他们其实看到了偷偷运进来的信件和食物，但故意将头转向了一边。孩子们很快发现了可以和哪些人开玩笑，哪些人会特别严厉。孩子们会察觉他们在口音上的细微差别，然后模仿他们。你很快看出哪些守卫是在认真地执行任务，真心信服自己做的事；哪些人只是为了完成工作，身上的这身制服就和医生的白大褂或是牧师的袍子一样。同伴笑着和你说过这样一件事情，他收到了从农场偷偷送来的东西,但在他干完活儿从大门进来的时候,那些吃的从他藏着的兜子里掉了出来。一瓶牛奶和一块羊肉掉落在地上,特别醒目。但是,当时的守卫只是冲他友善地笑了笑,然后把头别过去了几秒钟,正好够让他蹲下身,把食物藏好。

G是格蕾特。"我还记得什么?我记得院子,那里有个架子,我们经常在那里玩。杨妮可和我一起住在厨房边上的房间里。我记得二楼有扇拱形的窗户,妈妈偏头痛犯了的时候经常躺在那个房间里。我们必须要很安静,不能到那个房间里去。我记得杨妮可和我在阁楼上有个秘密俱乐部,战争给杨妮可留下了什么,得让她自己说。我记得我们在地下室里演过话剧,我被安排站在门口的台阶上发票。除了这些,我记得的不太多了,但我知道,妈妈一直被那座房子压得喘不过气来。"

G是在索菲恩贝格的犹太墓地,我刚和丽珂在一起时,她就住在那边上。几乎所有的教堂墓地现在都成了公园,活人会在那里躺着晒太阳,用手推车推孩子散步,或是在大树间做拉伸和平衡训练,完全不在意他们身下埋葬着的尸骨。唯一遗留下来的是公园一角的一块小小的犹太墓地。从很早以前我就知道犹太人的墓碑是永远不能被移除的,不能忘记那些名字。这是我们去布拉格的犹人墓地时丽珂告诉我的。那里的墓碑像是森林一样,黑色的小石头上写满了名字。沉睡在墓地里的人是几百年间过世的。索菲恩贝格墓地里的犹太墓地比较小,历史也短很多,但丽珂能认出里面的好多名字。有一次她告诉我,每次路过那片墓地，都会提醒她自己的家族史。在那里长眠着很多她曾在各种谈话中听到过的名字。那里有德沃尔斯基家和克莱恩家。在格尔森爷爷家吃饭的时候，或是讲挪威的犹太人历史的书籍中，那些名字都被提起过。大约二十年前，有一次我们路过那块犹太墓地，看到好些墓碑都被翻了过来，明显是有人故意这么干的。丽珂非常生气，当即就想把它们恢复原样。我完全能体会她内心的感受，这是绝对无法容忍的行为。我记得自己紧张地环顾四周，然后试着去搬动其中一块墓碑。我们一人抓住一边，手指触摸到的石头干燥而冰凉。我们用尽全力想要把它搬起来，但它实在太重了。我们只能离开，任由这些名字被压在地上。

G是盖世太保，是种族灭绝，是格尔森。所有即将被杀死的人都会先被剥夺人的一切，去掉所有服饰和风格上的不同。去掉蓝色天鹅绒的西服，最喜爱的细条纹白扣子的衬衣。去掉手链和皮鞋。去掉收腰的裙子和花衬衫，珍珠项链和闪闪发光的戒指。

然后是发型。去掉垂在眼前、轻轻一甩就会扬起的刘海。去掉长头发、马尾辫和用发夹固定在脖子后面的鬈发。去掉脸颊两边硬硬的胡子，去掉柔软下巴上的胡子——曾经在吃饭时，有面包屑或汤汁落在那些胡子上，妻子会用手帕温柔地帮着擦掉。

所有会让人联想到个性的东西都会被去除。这样刽子手就不会从行刑对象的脸上看到自己的样子。这是必要的距离，要不然下一步的行动就会像是攻击镜中看到的自己，无法进行下去。

在这样的改变之后，他们就可以抓住犯人，挑出几个来杀死。没有任何同情心地，用规律、干净的方式执行，就像人类处理在城市里繁衍、散播粪便、引发骚乱、传播疾病的老鼠一样。

在三十年代的特隆赫姆，格尔森慢慢被赶出了人类的行列。随着战争的开始，他从越来越多的类目中被划去。他不再是挪威人，不再是学生，不再是特隆赫姆人，不再是鼓手、爵士爱好者、女性的宠儿、数学家、儿子或是兄弟。他是犹太人，对犹太人做什么都可以的。他的哥哥雅各布、母亲玛丽也是一样。他们的公寓被搜查。士兵们在他的写字台里找到一些女孩的照片。格尔森被叫去审讯，他们拿照片警告他，如果不想和他父亲一样被关进法斯塔德，就离挪威女孩远点。然后他们把他放了出来。

他们商量了一下，觉得最好还是到奥斯陆去重新开始生活。很快，家里的财产被政府没收了，他也不能再继续自己的学业了。

他托父亲的一个朋友帮忙，找到了一份做会计的工作。其他牵连进电台和英国广播电台新闻事件的人都被处决了。玛丽的哥哥也在其中。又过了些日子，他们的公寓被没收了，雅各布被迫搬到另外一家犹太人那里，玛丽搬去了养老院。很快雅各布听到风声说他们都被监视了，所以他们决定一起搬到首都去。那是在春天。一九四二年的夏天，格尔森听说了关于你的只言片语——你突然被送到挪威北部去了，为那些搭建雪栅栏的俄罗斯犯人做翻译。

在一本打印出来的 A4 大小的册子里，格尔森讲述了自己的成长经历和挪威局势突然的变化。一切都突然改变了：

> 一九四二年的春天，局势还算和平，被捕的犹太人还不太多，德国人接管了特隆赫姆的犹太教堂，他们把它改造成了宿舍。有些证据表明，在特隆赫姆的德国当局正在准备进行系统性的行动。……
> 然后就是十月八日的突然袭击。

一九四二年十月八日，报纸没有像往常一样出现在格尔森的卧室外。他穿上衣服，听到女房东在厨房里哭泣。他敲了敲门，推开门看到她从厨房的座位上站起来，手里拿着当天的报纸。她的眼神里有一种令他感觉陌生的僵硬。

报纸上写着，前一天你和另外九个人在法斯塔德被处决了。你是被枪决的十个人之一，这是为了报复抵抗运动组织进行的破坏行动。最近，他们炸毁了铁路，破坏了德国军工业必需的矿产供应。报纸上把你们称作是"替罪羊"。

奥斯陆宣布进入紧急状态。女房东把手放在格尔森的肩膀上，他感觉自己的眼睛刺痛，胃在抽筋，一种奇怪的麻木感弥漫在身体里。他必须离开这个国家。他、哥哥和妈妈都得走，必须走，越早动身越好。他整理好自己的东西，用颤抖的手给雅各布打电话。他让哥哥马上过来和他会合。他说话的时候止不住地打嗝，好像需要更多的空气才能发出声音。他接受了女房东含着泪的拥抱，然后偷偷溜了出去。

他们在一个小时候给他们做过保姆的女人家住了几天。屋子里的气氛一直很紧张。德国人随时可能来敲门，那之后会发生什么呢？

后来，那家的男主人告诉他们，可以把他们藏到一个地方去——在市中心一个寡妇的家里。格尔森听他说地址的时候都笑了出来，以为他是在开玩笑。但这真不是玩笑，他们要去的地方就在维多利亚阳台——奥斯陆纳粹总部隔壁。

G是位于奥斯陆卡尔·贝尔纳斯广场的一个苗圃，每天都有犹太人家庭和抵抗运动的人藏身于此，隐藏在绿色植物中，然后由被称为"卡尔·弗雷德里克森运输公司"的组织安排送到瑞典去。

这一切始于一九四二年十月二七日。罗尔夫·叙韦森走进一排排盆栽植物和花盆间的时候，透过枯叶和常绿的藤蔓，看到角落里有轻微的动静。是什么呢？是动物？还是有人偷摸着进来了？

那是四个兄弟，在附近经营一家商店的四个犹太人兄弟。他们听到消息说警察得到命令要抓捕城里所有的犹太人。园丁之前就认识他们，所以他去找了几个朋友帮忙，其中就有一家运输公司的老板。加上耶德·帕特森、阿尔夫·帕特森和雷达尔·拉森，很快凑齐了四个人。他们开来了一辆货车，准备把四兄弟秘密地送往瑞典。可是其他那些也必须逃亡的人怎么办？

四兄弟写下了他们认识的可能需要帮助越过边境的犹太人的名字。耶德·帕特森开始联系那张名单上的人，等到第一辆车到达边境的时候，这四个人已经开始计划第二趟运输了。

后来发生的事情创造了历史。六个星期里，这四个挪威人救了接近一千个男人、女人和孩子，让他们免受杀害或是驱逐。这里面既有犹太人，也有参与抵抗运动的人和他们的家人。

一千个人。他们中的多少人后来有了后代？又有多少人因为大屠杀而没有出生？如今距离关闭集中营、打开坟墓已经过去了七十五年，那些幸存的家庭痛惜着自己原本可能拥有的生活。如果在欧洲的六百万犹太人没有被杀死，他们会有多少后人？五千万？还是更多？

与此同时，如果没有那些冒着失去生命的风险帮助难民的人，那些人又怎么可能活下来？如果那时候瑞典关闭了边境或是将那些家庭再送回来，那些人又怎么可能活下来？

二○一七年一月，在奥斯陆市政厅举行的盛大纪念活动中，四位组织了卡尔·弗雷德里克森运输行动的英雄被授予了"世界义士奖"。丽珂的家庭是幸存者之一，所以我们也收到了活动的正式邀请。经过安检，我们从中间的大门进到会场，看到会场里坐着好几百人，很多老人、孩子的头上都戴着小帽，这是我从没见过的场景。我认出了其中的几位老人，颁奖前一天的早晨，我和其中几位当时成功逃亡到边境的幸存者以及成功逃亡的父母的子女们，一同重走了一趟这条历史上的逃亡之路。

一月的天气不是太冷，阳光洒在大地上。我搭了门德尔松姐妹的车，当时她们的父母就是这样被送到瑞典去的。一个对历史很感兴趣的朋友在卡尔·贝尔纳斯广场接上了我。当时的逃亡也是从那里开始的。我们沿着当年的路线从花圃离开，出了奥斯陆，穿过利勒斯特伦，弯进菲特湖边的道路，那些在晨光中伸出水面的柱子让一切看起来更加宁静。失去功能的人造物体安静而孤独地留在那里，几乎有种奇幻的感觉。在穿越森林之前，我们开过了那座货车一定曾经过的桥，那里曾经时常有德国士兵把守。小道上，灌木下的冰层已经积得很厚。我们停下车，跟另外两个准备和我们一起去边境的人会合。他们中的一个是弗雷迪·马尔科维茨，小个子，灰头发，面容很和善的七十八岁老人。路非常滑，我们只能很小心地开在道路的中间。在我们缓慢前进的时候，弗雷迪和我们讲了逃亡的经过。那个时候，他才四岁，他很清楚地记着自己被放在货车的最里面，就在驾驶室的后面，妈妈在他旁边，和别的陌生人紧紧挨在一起。他们的头顶上盖着篷布，免得被别人发现。他说当时一路上车里极为安静，因为他们得到明确的指示，在到瑞典之前，一个字也不能说，悄悄话也不行。他说，在篷布下没有人说一句话，只有马达的声音，还有在每个转弯时大家身体压在一起发出的声音。

突然货车停下了。他闻到了着火的气味，然后篷布被掀开了。弗雷迪听到有德语和挪威语的喊叫声，但过了好一会儿才明白发生了什么事——有一袋木屑着火了。阿尔夫·帕特森急忙爬到车顶上去灭火，他冲着拦路的守卫行了一个纳粹礼，然后冲他们大喊，让他们别站着傻看，赶紧过来帮忙灭火。可能是他表现得特别有信服力，守卫们确实一把拿走了着火的口袋，忙着用铲子铲雪盖在它上面。他们干得很专注。货车很顺利地开走了，弗雷迪是笑着说的。

后来，我们开到了森林里的一块空地。这里有五米宽距离的树被砍掉了，路边竖着一块很旧的黄色牌子，上面用黑字写着"瑞典边界"。

我们站在那里，五个人环顾四周，弗雷迪和我们说，当他听到瑞典那边传来兴奋的喊叫声时，几乎不敢相信这是真的。

"我们得到命令要保持安静，你明白的，"他嘴边带着笑意，"你知道孩子对这种事情是最认真的，所以我在听到他们在大喊，说欢迎来瑞典的时候可担心了。"

说到这里，他很短促地笑了下。后来那天晚上在市政厅举办的颁奖典礼上，屏幕上播放了对他的采访，那时他的笑容和此刻一模一样。那天的活动上，先是首相讲话，随后一位驼背的老太太被她的女儿搀扶着走上了舞台。她走到了演讲台前，两只手抓住讲台的边，用身体凑近麦克风，目光扫视了一下坐满人的奥斯陆市政厅。

"我是耶德。"老太太说，声音洪亮清晰。第一排坐着挪威首相、以色列大使和那些因为卡尔·弗雷德里克森运输行动得以幸存的人。最后一排是摄像师和戴着耳机、穿着黑西服的保安。我和家人就坐在他们的前面。孩子们都很安静，儿子把手放在我的手心。

"我是耶德,"她又说了一遍,"一九四二年十一月二十六日,警察来找我的时候,我十二岁。一个挪威警察和一个没有戴臂章的德国士兵。他们对我说我得跟他们走,妈妈问我们要去哪里的时候,他们只让我们快点。妈妈只匆匆整理了一个袋子的东西,我们就出了门。我们等了很久,出租车才来。"她说话的时候,眼睛依旧环视着大厅。"不知什么原因,出租车来晚了。我们被送去了码头,那里有条船。我刚要去够扶手开门,就看到一个德国士兵冲我们走过来,用德语说'回去!'他只说了那一个词——'回去!',我从窗户往外看,发现船上的踏板已经被收了回去,船要开了。于是我们又被送回了公寓。"

我安静地坐在那里,看了眼我的两个孩子,他们也一动不动地坐在自己的凳子上,完全被故事吸引了。在台上的那位老奶奶,是儿子一个朋友的同学的曾祖母,事情发生时她和我的孩子们差不多大。

"事实上,我本来是要被送上那条船的,"她接着说,"他们的计划是要将我送去奥斯威辛。到了那里,我会被送进毒气室,我的身体会被烧成灰。这是他们的计划,只因为出租车迟到了,我才逃过了一劫。"她边说边挥了一下手臂,这简单的手势显示着一个人的人生的偶然性。

整个大厅一片寂静,眼泪涌出来。我看了一眼丽珂,她泪眼蒙眬地冲我笑了笑。如果不是因为卡尔·弗雷德里克森运输行动,她就不会出生。

耶德被扶下了舞台。她的生命在延续着。这里距离她要上的"多瑙河号"出发的码头只有几百米远。在那之后的那个秋天里,在组织卡尔·弗雷德里克森运输行动的四个人没日没夜的努力下,她被送到了瑞典。不断有新的司机加入这个行动,用超载的卡车将那些沉默的人送走。

后来,运送难民过国境线的行动还是终止了,不过不是因为行动中的成员筋疲力尽,或是感到害怕,而是有人混进了他们的行动。一个挪威人假装难民混进了这条线路,并且偷偷返回挪威,把情报传了出去。这个人应该就是亨利·奥利弗·林南秘密情报组织里的成员。

曾经位于卡尔·贝尔纳斯广场的苗圃已经不在了,那里建起了住宅楼,不过,人们在旁边的一个小山坡上建起了一个小小的纪念公园,给它取了个简单但应景的名字——"这是一个好地方"。犹太艺术家维克多·林德设计建造了它。他也是因运输行动得救的人之一。

如果沿着卡尔·贝尔纳斯广场的拐角走下去,爬上一个小山包,你会看到一块形状像大卫之星[1]一样的光滑的纪念石,上面刻着一些纪念的话语。我的女儿就在那附近上芭蕾舞课,所以我每周都会经过那个纪念公园好多次。不久之前,我还在一个特别不可思议的地方见到了艺术家林德——就在弗罗格纳游泳池跳水池的池底。

---

(1) 犹太教的标志,是一个由两个等边三角形交叉重叠组成的六芒星形。——编者注

那是二〇一七年十月七日，距离你被杀害的那一天已经过去了七十五年。晚上的天气很冷，但我和丽珂还是带着孩子们站在弗罗格纳游泳池的跳水池池底。

这个五米深的水池抽干了水，看上去光秃秃的，没有热气，没有嗡嗡的声音和踩在石头上噼啪作响的小脚掌的回声，没有从七米高台上跳下时挥舞在空中的双手，没有紧张地站在跳板边缘往下看的青少年。唯一有的只是壁砖上的水渍。

游泳的季节早就结束了。我们站在空荡荡的游泳池的中间。游泳池边设置了灯光，直直地照向游泳池上方刷成白色的混凝土墙，它在十月的夜空中泛着白光。在这里上演的作品叫《新人类》。我们站在池底，头往后仰着，看着站在跳板上穿着浴袍、全身被照亮的演员。在我们的身旁有位老人，他坐在一张能随身携带的折叠椅上。丽珂靠近我，在我耳边低声说这就是维克多·林德，是设计了卡尔·贝尔纳斯广场纪念公园的艺术家。我们看的这部戏是他的女儿写的。

游泳池的演出结束之后，我走到维克多·林德身边，询问他有关纪念碑的问题，他为什么做了这个设计。

"你知道的，他们其实不需要做这些事情。他们只是园丁、妻子和货运公司的老板。他们没有必要去做这件事情。他们其中的一个人还被枪杀了。"

我冲他微笑。灯已经关了。我没有询问他任何有关逃亡的事。天上下起了毛毛雨，我们是在游泳池底留到最后的人。有颗星星就在十米台边上闪烁。年少的时候，我曾经无数次爬到那里，但没有一次敢往下跳过。

"他们并不需要做这些。"

G是"罪恶的修道院"里的走廊。如果我们把一座房子看作是身体的话,外面的走廊是人们进去的第一个房间,但那并不是房子的脸,更像是人们通过握手,或是第一眼得到的流于表面的粗浅印象。在房间的走廊里,通过地砖、地毯的选择,咖喱或是肉饼的气味,会让人对住在这里的人产生一些印象。

最初进入这间房子的人是二十年代建造它的工人。他们穿着鞋子,身上挂着木匠的工具袋,嘴里叼着烟,烟雾在空气中形成一团团雾气,渗进墙壁和天花板。

然后是第一任主人:植物学家拉尔夫·塔姆斯·吕谢教授和他的妻子埃尔斯。他们满怀期待地走进门廊,看了看客厅,然后他拉着她的手带她去参观各个房间。他们将要住在这里。他们准备在这里的地下室里开一家幼儿园,然后拉尔夫去大学教书。

然后出现的是孩子的小脚。二十码和二十一码的小靴子。小小的手套和外套。婴儿的哭声和笑声。有关战争的谈话出现了,然后侵略开始了。

再然后,几年之后,有人敲门。拉尔夫抬头看到站在门外的士兵,神情严峻,制服上的扣子闪闪发光。

"你是拉尔夫·塔姆斯·吕谢吗?"离他最近的士兵用德语问,想当然地认为他能回答。

"呃……什么事?"拉尔夫回答着。他听到从楼下地下室传来的孩子们的笑声和妻子对一个孩子充满活力大喊的声音。

"你得跟我们走。"

"为什么?"

"因为你错误的政治观点,还有你在大学的工作,你被捕了。"

"啊……那我能和我妻子说一声吗?"

士兵点了点头。

"不过,不要做什么傻事。"穿着制服的男人说,他轻轻挥了一下手,让手下包围了整座房子,等他出来。

拉尔夫被带去了法斯塔德集中营。房子被没收了,埃尔斯只能带着自己的东西离开那里。

钥匙转动了一圈。

走廊里一片安静。

几个月过去了。木地板上积了厚厚一层灰,就像颗粒沉到海底一样。小小的房间亮起来又黑下去。车辆引擎的声音出现了,脚步声从门外传来。一九四三年九月的一天,门被推开了,亨利·奥利弗·林南走了进来。他搓搓双手,走进了客厅。

一箱箱的烈酒被搬到了桌子上,还有武器、火腿、面包。左轮手枪的子弹飞过走廊,射入墙壁,木屑四射。帮派的成员进进出出,他们把犯人拉到房间里,把他们的双手绑在身后。

过了几年。一箱箱的尸体被运了出去。鲜血从箱子的底部滴下来,滴在地毯上,渗入羊毛织物里。

又过了几年,格尔森搂着埃伦的腰,走进了这条走廊。

埃伦牵着杨妮可的手,她犹豫了一会儿,不想让女儿继续往前走。

小女孩抬起头，试图从母亲的目光里确认她的想法。格尔森看了看她们两个人，伸出手把她抱了起来。

"看这儿，宝贝儿！"格尔森笑着说，"看这里！"他指着客厅对她说。

他们要在这里住下来。

H

H 是希尔施。

H 是希望。

H 是亨利在咖啡厅讲的故事。他希望别的男孩能听他讲故事。他们会围在他身边，屁股挪到凳子的一个边上，一脸专注，好像被他讲的故事吸了进去。可在那之后他还是会孤身一人离开，因为他没有足够的胆量和那些人一起去公园找女孩，只能不断地找借口先回家。他很清楚那些女孩永远不会对他青眼有加，他一走近，她们就会假装开始一段新的谈话，或是突然对什么东西产生了兴趣，不管是什么，只要给她们机会转身离开就行。所有的女孩都是这样，所有的都是。但是，在那一个周末发生了一件事——新鲜的、出乎意料的事。当时亨利和往常一样开车把几个男孩送到了莱旺厄尔外面的一个派对。

六月的空气被笑声充满了。

他一下车就看到了她，因为她转过身看着他，他们的眼神交会了。她是谁？她之前听过什么有关他的可笑的事情吗？不，看上去不像是这个样子，她的眼神里没有任何嘲笑的意味。他边想边关上了车门，刻意地用手指顺了顺头发，然后又往她那边看了一眼，想知道她是不是还在注意他。她的脸上露出羞涩的笑容。亨利笑了。他必须向她走过去！幸好她和他的一个同伴站在一起，他就是来接他的，这给了他最好的靠近的理由。那个陌生女孩稍微往边上让了让，让他能靠过来。她微笑着。她个子很矮，比他还要矮。

"我们得走了吗？"同伴问。亨利摇了摇头，他注意到身边的女孩也在等着他回答。他连忙说："没有，不着急……"

就这样，幸福像一股暖流突然涌进了他的生活。这个女孩突然出现在他的面前，十八岁的年华，长长的头发卷曲着挂在耳朵边。她比他矮一些，但差距不大，刚刚好。最大的惊喜是她没有想要离开的样子。她留在这里和他聊天，目光没有飘向室内的女伴或是熟人。她只是站在那里，微微带着点不安，带着点羞涩。这让他无法置信，一切都太美妙了。那么多年来他一直都在局外看着这个世界，就像是看水族馆一样。可是现在，她就在这里，在他面前：明媚的、活生生的、温暖的、喘气的身体，嘴唇微微分开露出笑容，两只眼睛小心翼翼地看着他，胸部把裙子撑了起来。

亨利小心地伸出手触碰了一下她的上臂，轻轻地。他的食指划过密布着小雀斑和金色细密汗毛的白色皮肤。这一下触碰就像是火花，一股电流穿过，从指间流向手臂，到腹股沟。她对此好像也是乐意的，因为她没有把手拿开。甚至，她的手臂靠他的身体更近了,脸红红的。他的眼神更深了,用手臂搂住了她的腰。

他们聊了一会儿。他知道了她的名字——克拉拉。他也说了自己的名字,告诉她自己是从哪里来的。几天之后,他们又单独见面了,在她家。

多么幸福!

看着她在自己面前解开衬衣的纽扣,就在他的面前,不是在幻想中,是真实的,能感觉到那柔软的皮肤。终于能切实感觉到女性的身体靠在他身上,第一次体会到身体的所有部分都被唤醒,感受到闪着白光的快乐和颤抖。

第二天,他在她身旁醒来,转过头,一下就看到她闪闪发光的眼睛。她抱住他,把头靠在他的胸口。周围的一切都是安静的,但他心里胜利的感觉在冒着泡泡。她是他的,只属于他的。

他们结婚了。

亨利的祖父根据他的身量给他做了套西服。他要给他们看看,给那些一直觉得他不可能会遇到什么人、不可能会成为什么人物的人看看。他们会看到他走在教堂中间的走道,看到他带着自己的妻子走出教堂的大门。他们会看到他把家具搬进他们租的公寓——那些新潮的桌子和椅子。因为他在体育商店的工作收入很稳定,银行批给他们贷款购物。深色的双人床。用上好的棉布做成的柔软的白色桌布和床单。它们被晒在阳光笼罩的晾衣绳上,似乎能把过路的人都罩起来,让他们成为网中的猎物,包裹住身体和渴望。

这是多么美妙而唯一的幸福：亲吻她的脸庞，然后出门去上班。

在几年之后，将结婚戒指套进无名指，感受金属贴着皮肤的坚硬的感觉。

当她告诉他，他们即将有孩子的时候，他看着她的眼睛闪闪发光。他在她身后，用鼻子蹭她的脖颈。

这样的幸福给了他一种不习惯的安宁感，好像他这辈子肩膀一直都是紧张着的，时刻警惕着所有周围路过的人和声音。而现在终于能放松，吐出一口气，好好享受四周的环境。他终于发现了所有存在这世上的东西，哪怕它们之前一直在那里，可他似乎从未得到允许看见它们似的。

在这幸福中，唯一欠缺的就是钱。他们并不穷，不是真的穷。但克拉拉会暗示自己想要那些东西，他也真的想给她那些东西，只是他没有能力。他应该从店里赚更多钱的，那样才公平，他这么想。他在柜台后卖东西的时间最长，一直站到腰酸背痛，脚也会酸痛，他总给顾客讲笑话，记住他们孩子的名字，或是用什么别的细节哄他们开心，让他们下决心多买点什么，买下那些他们之前不知道自己需要的东西。但是他赚到的钱不够多，不够给克拉拉和他儿子应得的所有东西。他一边整理货物，搬箱子和清扫架子上的灰尘，一边想。他们需要新的衣服，他想要给他们买新衣服。克拉拉想全家人一起去咖啡厅，像别人那样点一杯咖啡或可可，再加一块小蛋糕。凭什么那些人可以？

为什么最辛勤工作的**他**，不能拥有和别人一样的生活？虽然体育商店一直在盈利，顾客盈门，他还是没办法过上那样的日子。是谁从早到晚笑脸迎人，和顾客寒暄为卖出更多东西？是谁让那家店生意那么好？是他，是亨利，可他还是得节衣缩食地过日子！

这不公平，他想。他必须想点办法，想办法赚更多钱，要怎么才能做到呢？只拿点小钱是不行的了，那完全不够用。接待客人和把新货品放上货架的时候，他一直在思考。回到家把假牙拿出来放到水杯里的时候，他一直在思考。在房子门口空地和儿子踢球的时候，他还在思考。

终于，他想出来了。他突然想通了，想到了解决这个问题最完美的办法。

H是在集中营中的每一天：清晨五点被门外的喊声叫醒，用最快的速度穿好囚服，吃上几片面包和一杯咖啡替代物，然后和其他人一起排队走到楼下的空地上听晨间训话，被分成不同的劳动组。如果幸运，你会被分到木工车间，在友好的室内环境里享受新鲜木头和木屑的气味。如果不那么幸运，你就会被分到去采石场或是森林——被要求用锤子把大石头砸成碎石，或是拔出树根、锯碎，做那些没有任何实际意义的事。

每天的午餐都是汤，灰乎乎的汤里面漂浮着一些土豆和甜菜根。

每天空地上都会传来尖叫声，那是有人被殴打，或被惩罚趴在地上爬，直到他们再也爬不动，躺在地上动弹不得为止。

H是植物标本室。一九四二年三月十日,你在餐厅里看到了前一天新来法斯塔德的熟人。那个男人个子很高,目光清澈,穿着和所有人一样的囚服。他看到你,举手打了个招呼。那是拉尔夫·塔姆斯·吕谢。之前你和玛丽一起见过他很多次。有时是在大街上,他经常会去树林里为自己的植物标本室找新的样本,有时是在学生会里听他讲世界上资源分配不均和劳工的权益。你去过他们家一次,在约恩斯万大街的一座别墅里,你们参观了二楼那间有着拱形窗户、面对着花园的植物标本室。

H是家。是你醒来时候的房间,是你进入梦乡的房间。是你躲开周遭世界的目光、真正做回自己的房间。二十世纪中期,一九五〇年的七月,埃伦看着保姆陪着杨妮可在客厅里玩,她努力想要微笑,但就是做不到,仿佛自己的脸不受自己的控制。四面墙向她压来,所有的怨念都在冲她低语。刚开始的时候不是这样的。那时候她也为能够跟丈夫和孩子住在这样的大房子里欢欣不已,有花园,还有保姆。她当然是高兴的。刚开始的时候她喜欢去巴黎—维也纳那家店,去看玛丽新做的帽子,试穿裙子,订购在店铺后面的工作坊里制作的大衣。她和格尔森会推着杨妮可的推车,手挽手地穿过城市中心,有时候和保姆一起。她能看到别人都羡慕地看着他们,他们是一对如此赏心悦目的夫妻。格尔森帮忙运营的服装店让她紧跟着欧洲的潮流。这是她在乌普萨拉的挪威犹太人难民营中梦寐以求的东西,那时她被困在那里,没有任何对未来的向往。现在她得到了梦寐以求的一切。可这种日常渐渐在她的热情里落下了一层灰。那些生意成了理所应当的事情，她需要的衣服其实也只有那么多。格尔森也让她明白了这一点。最近这一年，她的笑容变得僵硬了。她越来越清晰地发现，所有人都有自己的角色、自己的任务，只有她没有，她被剩了下来，只有她是别人的负担。她不工作，不照顾孩子，不做晚饭——因为她不会。她的任务只有消磨时间，去城里的咖啡店，去逛街。到了怀孕后期，她的肚子太大，出门变得很累，试新衣服也没有了任何意义。她肚子里的孩子有时候会踢她一脚，大家看到都会冲她微笑。婴儿的存在会让陌生人突然停下脚步，用手摸她的肚子，或是告诉她孩子是多么美妙的存在。虽然她自己根本不觉得这有什么美妙的。埃伦觉得自己这么想很羞耻，但她真的不觉得再有一个孩子是美妙的事，何况她的预产期还在新年之后。到时候天气很冷，开始下雪了，她不能出门，又被困在了房子里，在这座"罪恶的修道院"里。她从前能尽量不去想这座房子之前的历史，就像一只鸟误打误撞飞进了一扇开着的窗那样。但在她听到越来越多这座房子里发生的事情之后，这种逃避变得越来越难。越来越多的细节，让她越来越崩溃。

她穿过地下室的门的时候，完全无法忘记曾经有那么多人的双手被绑在身后，被逼着走下这段通往地下室的楼梯。她能想象他们被链子吊在两根柱子中间，尖叫声、痛呼声混杂着棍子、鞭子击打身体的声音。邻居、朋友都是这么和她说的。还有烙印的酷刑、鞭打、拔掉指甲。为什么他们要和她说这些？好像他们控制不了自己，必须要复述出所有的细节，好像大声将这些邪恶的事情讲出来能让他们更容易接受这一切。难道他们不明白这样的想法会一直伴随着她，就像鬼魂一样等着她孤身一人的时候袭击她？

他们就不应该搬家，她想。她转身走向楼梯，去那间离地下室最远的房间。那是二楼的一个房间，有着一扇拱形的窗户、一张床。他们就不应该搬家。现在她不光要忍受所有人都经历过的战争创伤，她不光要摆脱不安和偏头痛——那让她只能躺在楼上，躲避光亮和声音，脑袋里像有什么东西在不停敲打一样地痛。除此之外，她还得忍受这座房子的历史。

她带格尔森在这座房子里走过一次，告诉他那些她从别人那听到的，还有她自己读到的事。她指着壁炉，说他们在逃跑前，在这里烧掉了所有的文件。她指着客厅，说林南就在这里宣判，给帮派里的好几个人判了死刑。她指着房间，说他们当时就睡在这里，大家睡在一起。然后她走向地下室，在门口停下了脚步。

"格尔森，那下面！"她说，能感到自己的愤怒升起来，她自己都不知道自己会这样，"你知道他们在下面干什么吗？"

"嗯，我知道。"格尔森平静地说，但她能感觉到他也越来越生气。

"那你不会受影响吗？"埃伦问。

"这些事情都快过去十年了，埃伦。"

"所以呢？"

"所以……你知道这些年在这座城里有多少地方发生过残酷的事情吗？从石器时代，从最初有人类在这里定居以来？肯定每五十米都会有吧,人们不会因为这样的事情就放弃生活了吧?"

"那不一样!你知道的!昨天杨妮可从地下室里捡了一颗子弹,我知道那是什么,但她不知道。我要怎么和她讲呢?我要怎么告诉她,这是什么?"

"我不知道……你不能说你也不知道吗?"

埃伦低下头,闭上了眼睛。

"格尔森,"她说,声音又细又弱,"你看不出来这房子就快把我们毁了吗?"

格尔森把手搭在她的肩头。

"埃伦,我下楼去把所有战争留下的痕迹都消除。我可以重新把墙刷一遍。那样会不会好一点?"他问。可这有什么用。埃伦转过身,躲过他的手,和他说自己要上楼去休息。她不想被当成和一个晚上怕黑的愚蠢小孩一样。她需要他的理解,但显然他给不了她。

H是手。系鞋带的手。把孩子抱起来看花和果树的手。用果断迅速的动作掸掉桌上的碎屑的手。将钉子钉进鞋底的手。握紧鞭子的手。握紧拳头,打到另一个人脸上的手。被绳子绑在一起的手。握住杯子的手。抚摸脸颊的手。滑进手套里的手。抚摸织物的手。按在窗户上、拉住手柄的孩子的手。女孩的食指按在嘴唇上。那是杨妮可·科米萨尔。她的脸被手中的烛光照亮了,呼吸时呼出的风让烛火有些抖动。她转身对着妹妹低声说:"来,格蕾特。这里有条秘密通道!"

H是生意和秘密。亨利开始和一些顾客商量，他们买东西的时候可以分期付款，但必须直接和他谈。他们的关系很好，都认识很多年了。好多人都接受。这太容易了，在正确的时刻说正确的话，很轻松地就能消除他们的不安，就像抹平床单上的褶皱一样，让他们信任他，把钱给他。亨利就像在这个公司里开了自己的小公司一样，赚取盈利。他买了更高级的食品、新衣服和家具。他不断买新的东西，再加上要还银行的贷款还是有点困难，不过他不会妥协的。他绝对、绝对不会和克拉拉说星期天买不起牛排，或是那条新裙子，或是厨房里新的锅。绝不。他必须想别的办法。

很快，亨利开车到城外的农场去向人们推销他知道他们会需要的东西。那些农民非常容易骗，他很容易就说服他们买下任何他想卖给他们的东西。只要在周末或是下午出去转一小圈，他就能赚到额外的钱。克拉拉看起来应该是满意的，虽然她在看见他带回家一块新桌布或是一辆自行车的时候，也会小心翼翼地问：他们是不是真能负担起这一切，他的收入是不是真的那么好。不过他会抱抱她，说他有钱的，然后她就会笑起来，很满足地笑。

然后，毁灭的那一天到来了。

那是正中午，亨利正在做逼真的白日梦，让他几乎没听到门被打开时的铃声。进来的是舅舅，他的动作又快又猛，脸上满是气愤和愤恨。他的嘴抿得紧紧的，拉成了一条直线，他的手放上柜台的时候还在颤抖着。

"亨利，你知道我今天听说了什么？"

"不知道……是什么？"亨利问，虽然他心里很清楚他要说的是什么。舅舅刚要张嘴继续往下说是什么让他那么生气的时候，门被推开了，一位年纪很大的顾客走了进来，手臂上挂着一个自行车的内胎。舅舅立刻转过身进了旁边的房间。他在那里站着，等着亨利帮顾客决定，他是不是可以再给内胎买个轮胎皮，不过因为破口太大不好修，还不如重新买条新的轮胎更合适。这段时间里，舅舅一直背着身，整理着架子上亨利平常在卖的货品。

等顾客一出门，舅舅就转过身，径直走到了柜台前。

"亨利·奥利弗，你很清楚我在说什么，是不是？"他说。

亨利眨了眨眼，他心里很清楚一切都完了，但他竭尽全力把这个想法抛在脑后，没有回答。

"不知道？好吧，那我们只能选困难的方式了。你认识克里斯托弗森吧？"

"是的，怎么了？"

"他今天来找我，很高兴地告诉我，他说有个人在周边开着车，帮我卖东西……他买了一些手套，价格特别合适……这事情听起来耳熟吗？"

亨利什么话都没说。他低下头，感觉力气从自己身上流失，最后那一点点希望都没有了。一切都完了。他被逮住了。

"他热情地抓着我的手告诉我这一切，整个人好像在发光，我在那里跟傻子一样，什么都不知道，因为我完全没想到。那么长时间我一直都太轻信你了。你现在知道我在说什么了吧，亨利·奥利弗？"舅舅的声音越升越高，最后几句已经是在大吼。

亨利没有回答。

他没有尝试逃跑，没有用。他也没有试图道歉，他为什么要道歉呢？不管怎么样他都还是会这么做的。那是唯一的办法，唯一能够赚到足够的钱过好日子的办法，舅舅还有他的合伙人都没有发现货品少了。舅舅什么都有，他时不时会举行宴会，邀请客人参加三道菜的晚宴，用福特车接他们。是他修的车，然后开到他们家门口。这一切都是谁干的呢？当然是亨利，他要把他们送到宴会的地点，扶着盛装的老太太下楼梯。舅舅拥有的太多，他根本发现不了什么东西不见了，反正生意那么好。但亨利有了这些钱才能让他们过得不错，享受生活，而不只是凑合地活着。

这样才是公平的，但他要如何开口解释呢？不可能的。所以他只能紧紧闭着嘴，把大衣拿到柜台上，然后一语不发地离开。羞耻和愤怒，还有恐惧在他的身体里蒸腾着。他回到家要怎么说？克拉拉会有什么反应？还有他的父母？所有的一切都坍塌了，他想着，脑子里一团乱麻。他们的整个家庭生活都建立在这份收入之上，现在收入没有了。难道他永远都不能再融入这个社会了吗？难道他永远无法再享受一点点快乐和幸福了吗？

亨利低着头，快步地穿过街道，克里斯托弗森！那个蠢货把一切都毁了！为什么他非得说出来？城里别的人就什么都没说，他们只是带着孩子，推着婴儿车，聊着自己的天，做着自己的计划。而他，又一次被这个兔蛋的小城市踩到了尘土里。这个该死的兔蛋的地方！

他现在要怎么办？

他该死的要怎么办？

逃跑？这行不通。他不能丢下克拉拉和儿子，他也没办法对他们撒谎，因为当银行来收债的那一刻她就会知道发生了什么事。他走进了银行和收容所。他知道会发生什么。他们会失去一切。所有的一切。房子，内饰，所有的一切。他想哭，想砸东西，但他紧紧咬住牙，走出了门，必须离开那里。

兔，兔，兔！他的腿带着他走向海边，沿着水边，水草覆盖在礁石上。然后他穿过市中心，穿过教堂前的广场。没有别的办法。他只能把一切都说出来。

克拉拉只是静静地点了点头。她没有发火，也没有大哭，这是最糟的情景，因为没有人需要他的安慰。他的手、他的脸面、他的不安无处安放。克拉拉只是直挺挺地站着，手臂垂在身侧，小心地点了点头，好像他和她讲的只是邻居的事情，或是天气什么的。

"亨利，我们能留下什么？"她问。

亨利重重地吸了口气，崩溃了。

"我不知道。"他回答道。

"房子呢，我们能留下房子吗？"

亨利摇了摇头。他听到克拉拉小声地呼喊了一声"**上帝啊！**"，然后用手蒙住脸，开始哭。亨利把手放在她的肩膀上，但她躲闪开去。她抽泣了一声，抬起了头。

"家具呢？"

"克拉拉，也不行。他们会把一切都拿走，除了床之外。但他们会给我们安排一个住的地方……"

"他们？谁是**他们**？收容所？"

亨利点了点头。他听见她的啜泣，感觉悲伤将他身体里的力量和自信全都抽走了。他崩塌了，变得软弱，就像从前一样，这让他无法忍受。他不想这样，这不是他的错！如果他们给他更高的工资，他是绝对不会从柜台偷钱的。他不会这么做的。这其实是**舅舅**的错，这一切都是，可他要怎么告诉克拉拉这些？她不会理解的。她也不会理解这一切都是因为她的缘故。他是为了她和他们的儿子才会这么做的。开车到城市周边，一个农场到另一个农场，一个小城市到另一个小城市。他从早到晚地工作，都是为了他们。她难道不明白吗？

克拉拉从裙子里掏出一块手绢。她的双眼湿漉漉的，脸上两道泪痕闪着光。然后她望着他，冷淡地，冷静地。

"好吧，亨利。他们什么时候来收所有的东西？"

"明天。"

"好吧。"她边说边用手指抚摸了一下桌子的边缘，好像是在与它道别。"好吧。"

第二天，银行的人来了，他们搬走了他们星期天吃晚餐用的桌子和椅子。他们搬走了克拉拉用来熬酱料和炖菜的闪闪发亮的锅。亨利站在旁边的一个房间里，被迫看着他们搬走所有的东西，门口还有很多人在围观。他们窃窃私语，每个人的眼神都那么贪婪。很容易看出他们很高兴，他们压抑不住围观这样一出闹剧的欲望。他们想把他们一家人踩到脚底，抬高自己。肏你妈的。他们什么都不知道。这帮肏蛋的小市民永远永远都不可能放弃毁掉他们的机会，毁掉他们这些没有出生在对的人家的不幸的人的机会！这帮被宠坏了的蠢货，他们含着银汤匙出生，就拥有了世界上所有的机会。肏！

等到所有的东西都搬光了，一个穿西服的人出现，他让亨利签了一个移交房子的文件。他让他们带他去收容所的办公室。亨利想要挽着克拉拉的手走，但她躲开了。她的胳膊只微弱地动了一下，但他明显感觉到了拒绝。他想，这也可以理解，她会好起来的，但她的冷淡在他们分到政府的一套公寓之后持续了下去。

在他想抚摸她的时候，她似乎在微微地闪开，她的眼神里会出现一种僵硬的陌生感，一种控诉，好像她没有享受过他给家里弄来的钱。好像她没有享用过羊排，去过咖啡厅，穿过新衬衣。双重道德标准，肏！他想。她没有权利这样！他做的所有事都是为了她，为了他们。她现在不能躲他，她不能拒绝他，他想。他在晚上抓住她，拉起她的衬衣，不管她想不想要，把一只手放在她的那里。他用一只手抓住她，把另一只手的手指伸进她的两腿中间，哪怕她一点都没有湿。然后他会把她推到床上，解开她的裤子。一个字都不说，呼吸变得急促。他感觉着愤怒从身体里升腾起来。"不知感恩的婊子！你不是一直都知道，一直都享受这一切的吗?！哼！你总是抱怨我们钱太少，在我拿更多钱回家的时候你从来没问过钱是哪里来的！从来没有！"

他压在她身上，抓着自己的那部分，挤进她干涸的入口。她把脸扭到一边，一动不动地躺着。

他没有什么事情做，时间变得无比漫长。日子没有了目标，没有工作，没有安全感，没有钱。亨利受不了每天坐在家里，面对只有他能感觉到的克拉拉的指控，不断提醒他自己的错误。每一次她开口，每一次她看他，每一次她从他身边躲闪开，他都会想起这场闹剧。他宁愿出门游荡，离莱旺厄尔远远的，躲开所有他见到的人眼里的侮辱。一点不难想象，他们是怎么聚在咖啡厅的桌边，靠近桌子，降低声音，讲亨利·奥利弗·林南身上发生的事情。他们从来都很擅长这个。

亨利想象着挂在他们嘴角的笑容，与桌边人对视时那种恶心的、洋洋得意的目光。他们该死，他们所有人！他们都在受着别人想法的束缚，在意别人怎么想。他妈的他们会见识到我是怎么样的人的！他谁都不需要。不需要。不需要朋友，不需要邻居，不需要家人。如果不是现在这样的话。有太多次他坐在森林里大哭。可这一次他没有眼泪了，它们像是洞穴顶上滴下的水滴落到地上，逐渐变硬，成为石头。"**我要重新站起来！**"亨利边想边咬紧牙关，他的气息重重地穿过鼻孔，他边这么想边走出城。"**不管用什么方法，我得重新站起来，让他们看看！**"他边想着边从两个住在附近街区的人身旁走过。他们停下了谈话，偷偷地看了他一眼。亨利觉得脸上灼热，能感觉到他们的目光因为他的耻辱而感到兴奋。他才不在乎他们那么小的脑容量在想什么。

这帮白痴，他有什么好和他们聊的？他们不请他和克拉拉去吃晚饭、去喝咖啡有什么关系？反正他也不想去。他一点都不在意！

这都没关系，因为他完全不在意他们这些蠢货的派对。他一点不想和他们坐在一起，在那些最好的小资的客厅里，所有的一切，新餐具、新沙发，都是为了让别人赞叹。不管手指到哪里，他们都有要解释的，最重要的是他们会假惺惺地说："哦这是祖辈传下来的"，或者，"我们是分期付款才买下的这个东西！"去死！

"去死吧，那帮混蛋！"林南边想边艰难地在街上走了下去。

H是头发。那是格尔森和雅各布一九四二年十月藏在奥斯陆市中心纳粹总部旁一个阁楼里时的头发。所有人都知道，他们深色的、近乎黑色的发色不属于雅利安人。

"你们必须把头发染了。"埃里克森太太把从药房买来的一个棕色瓶子放在格尔森和雅各布面前的桌子上。她曾经给他们做过保姆，那都像是上辈子的事了。那还是战争和分裂之前，她当时和自己的父母住在他俩在特隆赫姆的家旁边。她经常负责照顾这两个孩子，给他们做饭，给他们洗澡。用肥皂清洗他们瘦弱的身体，在泡沫进到他们眼睛里的时候安慰他们。她会把他们包进大毛巾，抱着他们，轻声说："嘘，小宝贝，没事的。"现在他们都长成大人了。雅各布把瓶子转过来，看了看标签。过氧化氢。

"嗯？过……氧……化……氢……"雅各布慢慢地拼读着标签，他冲格尔森抱歉地微笑了一下。格尔森拿起瓶子，把标签转过来看。

格尔森听说过这个。在战前，有些女人会用它来漂头发，让头发颜色更浅。现在轮到他们了，他们得把头发的颜色去掉，隐藏自己的身份。

保姆打了一盆水放到桌上，找出两块毛巾搭在他们肩膀上。然后她让格尔森把头低下来，浇了一些药水到他头发上，用手指抹开。在她按摩他的头皮的时候，他感觉自己都要起鸡皮疙瘩了。头发很快湿了，液体顺着脸颊流下来。然后她用一只手托住他的下巴，把他的头抬起来，仔细地盯着他看。那一刻他突然有点害怕她是要吻他，怕她会低下头，用嘴唇堵住他的嘴唇。他在年少的时候曾经这么幻想过，但她只是用食指抹了抹棕色瓶子的瓶口，仔细地抹在他的眉毛上。先是一边，再是另一边。

"好了。现在你往后靠一下，等药水起效吧。"她边说边冲着雅各布走过去。格尔森低头看了眼桌面。他知道她也对弟弟做了同样的事。他又想起了母亲，她曾经也会像这样把爸爸和他们俩按在厨房里，给他们理发，一个接一个，深色的头发落在地上，就像是黑色画笔在地板上画出的道道。

最后埃里克森太太拿来水盆，用杓子一杓杓地把水浇在他的头上。水像冰一样流过头皮，流进脖子和耳朵里，但他什么也没说。她把药水都冲干净，然后帮他们擦干了头发。

当他终于抬起头来的时候，他第一眼看到雅各布的脸，就开始大笑起来。他立刻就用双手止住了笑声。雅各布的头发没有变成金色,而是变成了一种像胡萝卜一样的橘色。格尔森从来没在任何活人身上见过这种不自然的发色。

保姆努力想要憋住笑,因为他们不能让人家发现阁楼上有人,可是她忍不住。雅各布也被传染了。

格尔森站在墙上的镜子前,也被自己的样子逗乐了,毕竟除了乐呵也没什么办法。他变了样子,只是没有变成金发挪威人的样子,而是一根自己会发光的胡萝卜,或是儿童剧里那种搞笑的演员。

"现在我们得藏起来的是这个了。"他说着,用手指抓起脑袋上橘色的头发。

他们试着又冲了几次头发,可已经太晚了。脱色剂已经完全渗进了每一根头发丝,去掉了里面的色素。他们现在只能从这里逃跑了——离开奥斯陆,逃离德国人,逃离战争。

他们在阁楼里等了几个星期,什么事都不能做。有好几次,他们的保姆上来告诉他们很快就会被接走了,但每次又在最后一刻没有成行。每次都有人被逮捕,或是一些抵抗运动的人被审讯、被逮捕。

保姆说她会尽最大努力找到让他们离开的办法。现在和母亲联系风险太大。他们不能透露他们还活着的消息。还不是时候。

他们唯一能做的,就是想着已经离开的人。父亲被杀的消息,隐藏在所有的谈话之下。那是平滑持续的杂音,忽强忽弱,有时会把别的一切都推开。悲伤并不像海浪那样平稳而可预见，它更像是在他的胸口的一个装得满满的沉重而冰冷的容器，必须时时小心，不让它倾倒。有时候，眼泪会在他洗脸看到橘色头发的时候突然找上门来。刚开始他还能笑得出来，可当他想起父亲用梳子把头发梳到后面的样子，想起父亲在客厅里路过母亲身旁抚摸她背脊的样子，他的微笑就变得僵硬了。有时，他会突然听到父亲哼着歌，或是和母亲或教友讨论问题的声音，他心中那个容器就被打翻了，眼泪顺着脸颊流下来。

十月很快到了十一月。走廊对面的公寓住着一个为盖世太保做秘书的女人，经常来看她的一个朋友是士兵，总是在楼里踩着靴子大声喊叫。有一次这人砸开楼下的门要进来，格尔森和雅各布一动不动地贴着阁楼的墙壁，等着脚步声走上楼，但士兵们找的不是他们。他们是来抱怨女房东在百叶窗之间透出的光斑的。

十一月十五日了。他们在静谧、恐惧和无聊中等待。十一月二十日了，他们仍然在等待。

十一月二十五日，你的儿子们终于得到了收拾行李、准备出发的消息，会有一辆出租车在第二天，就是十一月二十六日的早晨来接他们。

他们装好了自己的行李。他们想要早点睡着。他们感谢女房东让他们在这里住了那么长时间。可是格尔森还是睁着眼睛直到凌晨。城里有好几百个出租车司机也为各自的任务做着准备，他们要接到名单上的所有人，把他们送到码头。格尔森在黑暗中静静地躺着。终于到了这一天。第二天早晨他们就要离开了。

一切都被剔到骨头时，生命原来是这么小。当公寓里的家具都被带走。当盘子和餐具，绘画和地毯，书籍、鞋子、钟表和首饰被带走，剩下的只有自己的身体和极少几件换洗衣服。格尔森和雅各布坐在小床边，等待着要来接他们的出租车。他们的背包里装着一点吃的、喝的，还有一套换洗衣服。几代人的劳动，从俄罗斯一个小村庄到在欧洲的体面生活之间这样的阶级变迁，再到现在只剩下了这一点。一切都没有了。

他们等待着，等待着，等待着。终于听到有辆车开过来的声音，就停在了门外。是士兵们吗？

台阶上传来了脚步声。钥匙插进了锁眼，门开了。埃里克森太太进来了。

"来吧。都准备好了。"她轻声说。格尔森站了起来，雅各布跟在他后面。他们和阁楼道了别，走出了楼梯。格尔森看了一眼夜空。金星——那颗在几百年里被人们错称为北极星的行星在夜空中闪耀着。

他们小心翼翼地走下台阶，一级又一级，直到门口。埃里克森太太先走出去，确保没有士兵过来，然后叫他们出来。

"我已经说了你们要去哪里，你们坐进去就好。"她边说边拥抱了他们一下。

格尔森猫着腰走向等候他们的出租车，坐到了后座，他从反光镜里看到了司机的脸。雅各布从另外一边上了车，整理了一下盖住橘色头发的帽子。

"我们去车站。"格尔森说。司机点了点头，扭动了钥匙。

二十米外有一个德国士兵回头看了一眼，但继续往前走了。他们的车开了，太阳还没有升起，街道黑漆漆、空荡荡的，只有一些鸟儿在垃圾堆里扒拉吃的东西。他们一路开到了码头，岸边停靠着一些大船。他们继续往前开，到了东部线路大厅门口。司机在那里停下车，说女房东已经付过钱了。他们很小心地走在阴影里，低着头，向站台的方向走去。站台上亮着灯，太亮了，感觉所有的灯都要从灯柱上跳出来那样。现在站台上只有他们两个人，火车要十五分钟后才会来，橘色的头发从帽子的边缘露出来。突然，雅各布走到离他们最近的灯泡边，快速往四周看了一下，然后用戴着手套的手拧了一下灯泡。灯泡的光灭了。

他看了看格尔森，在昏暗中羞涩地笑了下，格尔森拍了拍兄弟的肩膀。他们等待着，关注着站台上其他人的一举一动。火车终于来了。他们坐进了一个车厢，车厢里只有他们两个人。火车开出了城。他们到了斯特罗门站，然后按照别人说的在那里换乘一辆公交车。他们一路都缩着身子，特别想蜷成一团，让别人都看不见他们。只有两顶帽子从座位上露出来。

兄弟俩坐上公交车的那一天晚上，有几百辆出租车穿梭在城里，将犹太人家庭送到等待在码头的船上。他们在每一次有货车经过的时候都会转过身，最终他们停靠在森林深处的车站边。他们站在松树林中等待着，等待着，等待着。

他们能听到在黑暗中传来的汽车引擎的声音。

**保险起见，或许我们该先躲到森林里去？**格尔森想。他看了看雅各布的脸，知道他也在这么想，只是他们都没下定决心,万一来的不是士兵,而是来接他们的货车呢?要是货车司机没看到他们就直接开走了呢?他们身上只有一点点吃的,一个保温杯,要是被留在十一月末北欧冬天的森林里……

他还来不及想更多,两个圆圆的车灯就出现在了转弯处,照亮了他们和身旁的树干。货车放慢了速度,靠在路边关掉了引擎。格尔森的手放了下来。一张微笑的脸出现在了他们的面前。男人问他们是不是格尔森和雅各布。他们终于放松下来,微笑着上车出发了。

树不断被他们甩在身后。他们能在树干上看到橘黄色斑驳脱落的树皮。

他们微笑着,但还不敢开始庆祝,还不到庆祝的时候。

司机拐进了一条两旁都是茅草的小路,远远能看到篱笆围着的一个荒芜的农场。格尔森看着司机的脸,那是个和他年龄差不多的年轻人,是什么让这个陌生人愿意冒这样的风险?是什么让所有人冒着牺牲自己生命的危险,组织步行、汽车、轮船等各种方式帮助像他们这样的陌生人逃亡?

很快,农场出现在他们眼前,那里有一座红顶的仓库和一座白色的农家房子。一辆蓝色的拖拉机、一架生锈的铲草机停在路旁,尖端弯曲着,就像是一根手指一样。四周还散落着一些工具和机器,有些锈迹斑斑但随时准备继续下田的样子。

一个留着络腮胡子的强壮男人穿着条纹工作服站在门廊前,冲着司机向仓库的方向使了个眼神。

他们在那里等待下一步的行动。一辆空的货车停在一大堆干草的旁边。三个二十多岁的男人和一个女人也在这里等,大家都是犹太人。其中有一人是个钢琴家,叫罗伯特·莱温。

"我们要躲在哪里?"雅各布问。

"那里。"强壮男人说,笑着指了指空着的货车厢。

"躲在干草下面吗?"格尔森问,男人点了点头。

"你们得先吃点东西,上个厕所。下一次就得等到瑞典了。"

一小时后,格尔森、雅各布和罗伯特进了货车的车厢,大家都紧紧挨在一起。格尔森像法老那样把手放在胸口,这样能方便他挠挠脸,或是把钻进鼻子和嘴巴里的草屑弄出去。随后他们把干草倒在他的身上。有些干干硬硬的,有些因为之前压得太紧而变得有些潮湿。

格尔森闭上眼睛,屏住呼吸,感觉着干草落到皮肤上、嘴唇上、手指上,钻进衬衣和裤子里,很痒。一场干草的葬礼,不是棺材被埋到地里,这场葬礼在一辆货车中进行。然后他们躺在货车里,被运到码头,越过边境。希望,只能希望一路上德国人不会检查这辆车。

他们的车去瑞典必须要通过一趟轮渡,在挪威这边,无论是车还是轮渡都会被德国人检查。

他的身体在他看不见的道路上行进着。草戳着他的脸颊、脖子和手。他能感觉到道路的起伏,一下下地撞击着他的头和肩膀,唯一能听到的声音就是身下柴油发动机的声音。

他唯一能感觉到地形时靠的是身体微弱地前倾和后仰。离心力让他的身体在车辆拐弯的时候左右晃动着。

格尔森躺着的时候一直闭着眼睛,他的幻想里时不时会有士兵出现。在不同的版本里，德国士兵会挑起稻草，两个或是三个粗暴的士兵会把他拉起来，暴露在光天化日下，干草夹在裤子和外套里，还有些从头发里伸出来，就像个鸟窝。他想到了自己在奥斯陆时刚开始约会的那个犹太姑娘。她现在在哪里呢？

他努力把这样的画面挤出脑海，拼命去想另外的事情，比如他希望开的公司，但这只能持续很短的一段时间。不管是路上的一个小包、小石头，或是车辆在一个十字路口停下时传来的火车汽笛声，都会让他立刻回到纳粹强迫他下车的场景。一遍一遍，又一遍。

有几次的想象中，他会被当场处死，被拉出车厢，手枪冲着头上开一枪，然后被扔到路边。别的几次他会被带到另一辆车上送去监狱或是审讯室。那时候他的幻想会模糊一点，不那么具体，因为他没有足够的经验来构建出那样的画面。他听说过一些犹太人逃亡的故事和传闻，但不知道他们说的具体是什么样的场景，所以他想象不出除了棚子、铁丝网、士兵和泥土之外的画面。

时间过去多久了？一刻钟？一个小时？格尔森想上厕所，但他必须忍着。不知过了多久，车终于停下了。他们到了吗？他觉得心跳声震荡在肚子里、耳朵里，这种生命的节奏，世代不间断地传承着。稳定的击鼓声，从母亲传给孩童，一次又一次，从第一颗跳动的心脏开始，一个世纪又一个世纪持续不断地延续。生命的锤击声。

然后，他听到引擎发出的声音变得低沉，慢慢地完全停了下来。外面有人在叫喊，是男人的声音，但不是司机的声音。他说的也不是瑞典语，好像……是德语吗？

是的。

车门关上了。草盖在他脸颊上、眼皮上，有一根插进他的鼻孔里。有些人在货车旁边讲话。士兵们先问司机要去什么地方，然后他听到士兵们说要检查货物。

检查货物。

格尔森听到干草上有手拨动的声音，他的直觉让他闭上眼睛，他觉得一切都完了，那双手很快就会找到他的。然后有人用德语说了点什么，格尔森没有听清楚。他们发现雅各布了吗？

他拼命竖起耳朵，但现在周围突然一片安静。士兵们没有说话。旁边的石子地里有一些响声。突然他听到有什么东西戳进了干草。是干草叉吗？是机枪的枪口？有什么东西在干草里戳进来，又拔出去。

"为什么会有人把干草运过边境呢？"在金属物体戳着干草的时候，格尔森忍不住想，很后悔没有提前问一下，这难道不是很糟糕的掩护吗？为什么会有人把草运过边境？难道有人会相信瑞典的农民不会种草？

咻。有声音，德语。他的周围有一点微弱的动作。

他极力保持着静止，几乎不敢呼吸，眼睛紧紧地闭着。任何一刻他都有可能被戳中。如果叉子击中他的大腿、胸膛、脸颊，他能保持一动不动吗？

咻。

咻。

咻。

有个硬东西戳到了他的膝盖上方,他感觉到草冲他的髌骨压了过去。另一下打到了车厢底板,就在他的耳朵旁边,发出响亮的撞击声。第三下戳到了他的上臂,没有重到刺破他的皮肤,但足够重到让他疼痛不堪。士兵能感觉到吗?他手臂的延长部分碰到了阻力?

过了一秒钟、两秒钟,这硬东西转了一下,顺着他的皮肤往上,然后被提了起来。格尔森听到一个声音说好了,他们可以继续开上渡轮了。

格尔森的脊背感觉到引擎再一次发动。车开了。他好想高声欢笑、喜极而泣,但他什么都没做。他只是闭着眼睛躺在原地,感受着受压迫的膀胱,和刚才金属戳到上臂皮肤带来的尖锐的疼痛。

轮渡在行驶的时候几乎没有晃动,船上引擎的振动带着他们的身体一同震动。声音比之前更大了。渡轮轻轻地靠上了另外一边的岸,极慢。有声音在外面大喊。金属的船舱门打开,他们继续往前行驶。格尔森感觉自己的心已经跳到了嗓子眼儿。他们不是应该已经到了吗?现在是发生了什么?他边想边感觉着车厢每一次的移动。路上的不平坦让他的身体摇来摇去。随后车子慢慢减速,完全停了下来。引擎被关掉了。格尔森完全静止地躺着,几乎忘记了呼吸,他不确定他们是不是又碰到了一个检查站。然后他上面的掩护被掀开了。格尔森坐了起来,看见一张脸和司机手中拿着的一把枪。他是要他们给更多钱吗？还是他们掉进了陷阱，这是流言中说的双面间谍做的事？

"出来吧！"司机边说边转过身。这时格尔森才敢完全站起身，环顾四周，确定这里只有他们。四周没有别的货车。没有德国士兵站在一旁等着他们，把他们抓到集中营去，或是直接在森林里处决他们。

这里只有一条小路，两旁都是松树和树林。他和雅各布目光对视了一下，他的帽子抓在手里，橘色的头发里满是干草，可笑极了。格尔森开始笑，钢琴家也笑了起来。

格尔森爬出车子，把裤子上的草拍掉，感觉自己的腿在一动不动躺了那么久之后无比僵硬。

"你们从这条路往前走几百米，"司机指着那个方向说，"然后你们会越过一块牌子，那里就是瑞典了。"

钢琴家和其他三个人伸出手，握住了司机的手。格尔森和雅各布也在感谢他，一遍又一遍地。然后他们开始向前走。格尔森感觉自己时刻想要跑起来，但必须强迫自己稳稳地走。

格尔森走了几米之后回过头，看到司机又坐进了货车里。他们转过一个弯，看到森林里的一些树被砍掉了，在那中间竖着一块牌子——瑞典王国。

雅各布一脚跨过那条隐形的国境线，微笑起来。格尔森也走过去了，他又走了很多步，确保自己完全跨越了边境，没有任何疑虑。哥哥冲过来抱住了他的脖子。轻松的感觉席卷格尔森全身，令人意外地，他开始大笑。他笑啊笑，脸上都被泪水打湿了。

他们做到了。他们安全了！

# I

I是冬天挂在犯人胡子上的冰块：一缕缕的口水和鼻涕凝结在胡子和下巴的毛发上，好像那张脸是在大自然里自然生长出来的东西。

I是不得不在院子里做俯卧撑，时不时还有棍子击打在身上。

I是因为排挤、缺少食物和让他们装作狗的行为造成的痛苦。当你身处的整个系统存在的唯一目的就是要摧毁你的尊严，你要多努力才能保留自己的尊严和人性呢？

I是伊瓦尔·格兰德。这是一九四二年五月林南帮派建立后第一个二把手。他是个高大健壮的男人，因为和基蒂·洛朗厄搞外遇而离了婚。后来基蒂嫁给了他，随了他的姓。伊瓦尔很讨人喜欢，大家都说他是非常有效的渗透者。他又高又帅，很有自信，是那种回头率很高的人，大家会不由自主地听他说话。在帮派里林南也发现，当碰到事情的时候，大家都会看向格兰德，想听听他是怎么想的，哪怕他才是他们的头儿。这是个问题，必须要解决的问题。后来林南把格兰德调去了奥勒松，很快他就被杀了。基蒂·格兰德成了寡妇，退出了帮派。

I 是采访。一九四六年，参加林南案件审理的三名医学专家之一在接受挪威通讯社的采访时说：

> "毫无疑问，林南对他帮派中的成员有着相当独特的控制力。我和他进行过几次谈话，毫不惭愧地说，我也感受到了他的暗示的力量。他的谈话让人印象深刻，智力水平很高。他最终成为重罪犯人，可能与他情感生活中的严重异常有关。我不认为他对同伙的控制力有任何病态的情况。"

J

J是一月。

J是跳动。

J是"约星者"，抵抗运动者的昵称，与"吉斯林"（叛国者）相对。这个词来源于德军在约星峡湾吃的败仗。一九四〇年二月纳粹的一艘战舰被击败，三百多名英国战俘被救出，这可能也促使德国做出了同年五月占领挪威的决定。"约星者"这个词最初是纳粹拿来骂犹太人的，但很快被抵抗运动用起来，成为了荣誉的象征，并成为很多地下非法报纸的名称。

J是犹太人。犹太文化拥有自己的语言，有非常非常多的故事留存在所有信仰者的记忆中，代代相传。几千年前，我孩子的母亲那边的祖先曾在耶路撒冷地区徘徊，他们逐渐向北向东迁徙，大约在公元七百年到了俄罗斯。中世纪的时候，那里大概是世界上最大的犹太人聚集地。十八世纪末，所有的犹太人被命令集中到一个区域生活，然后一八八〇年迫害和大屠杀开始了，几十年中有两百万犹太人逃离了俄罗斯，到了美国或是斯堪的纳维亚。你也是其中之一。

你的后裔之一就是丽珂。

J是六月，是你在挪威北部居住的夏天。当时你为俄罗斯的战犯做翻译。你向他们解释怎么堆屏障，要堆多高。你是他们有关工作时间的谈判对象和交往者。你在永远不会黑下来的天空下工作、生活，午夜的阳光照耀在平原和布满石头的贫瘠土地上。你看着俄罗斯人在道路边堆雪屏障，你看到了他们眼中的恐惧，你知道你的眼中也有同样的恐惧：在他们不再需要你的时候，德国士兵会做什么。你打着在你耳边嗡嗡作响的蚊子，喝着稀薄的汤，每天晚上都在想家中的家人怎么样了。秋天来了，十月，你突然被告知要被送回法斯塔德。有传言说要进入紧急状况，他们要采取针对挪威抵抗运动的行动。你在不同的汽车和火车窗中看着挪威北部的风光。山谷中低矮的灌木丛和草地，逐渐地，云杉树出现了，先是矮小的，然后越来越多，越来越密，越来越靠近特伦德拉格，越来越靠近监狱。

J是一九五〇年的圣诞节。埃伦·科米萨尔爬上玛丽新公寓门前的台阶，这是全家人迟到的光明节庆祝。格尔森和杨妮可手拉手地走在前面。她怀着八个月的身孕，已经到了随时会生产的阶段。她的身体很沉重，能感觉到自己的腿随着脚步碰到肚子上，她从巴黎—维也纳店里拿的尼龙丝袜不停地往下滑，她只能把手伸进外套里面，透过裙子的布料努力把它往上拽一拽。突然她感觉一阵燥热袭来，汗从脊背上流了下去。

埃伦停下脚步，在台阶上喘口气，把外套拉开，让冷空气能进去。她不能浑身汗淋淋地进去，她想，但这种恐惧让事情变得更糟，她觉得身体几乎不是自己的了。她觉得自己一点都不好看，没有女人味，浑身肿胀，手和脚都浮肿着，像是吸满了水的木桩子。这个样子还有什么好看可言？她想着，继续爬剩下的几级台阶。她看到格尔森抱起了女儿，让她跨坐在他的胯部，然后回头看她。

"你还好吗，埃伦？"他问，埃伦点了点头。他穿大衣非常帅，围巾松松地绕在脖子上，而她很快又要卧床，被喂母乳和缺乏睡眠笼罩，衣服上沾满了婴儿吐奶的痕迹。她会毫无生趣、毫无吸引力地躺在床上。格尔森平时见的都是特隆赫姆上流社会最美的女人，她们有能力在巴黎—维也纳店里订购欧洲大陆来的最新的衣服，或是定制一顶自己指定花样的帽子。**他肯定会厌倦我的**，她对自己说，想到了自己的父亲。他刚刚离开母亲，和自己的秘书搞在了一起。母亲现在在奥斯陆城外的精神病院，已经住了好几个星期。**我应该在那里的，我应该去看她的，但是我做不到，我快要生了**。这一刻她感觉自己所有的防卫都要崩溃了，只想一屁股坐在台阶上大哭。但是她知道自己不能这么做，她必须冲格尔森微笑，必须说我很好。我必须坚强，必须想着我是多么多么幸运，我必须对自己这么说，对杨妮可微笑，她正在上面看着她。这个可爱的小姑娘，闪闪发光的眼睛，黑色美丽的头发。她接着爬上了最后的几级台阶，到了门口。格尔森用手扶了一下她的后背，他肯定是好意，但她的背上都是汗，埃伦躲了一下。她不安地微笑，想要抬手抓住丈夫的手臂，用微笑告诉他自己不是想要疏远他，但已经来不及了。他已经把自己封锁了起来。格尔森弯腰抱起了杨妮可，就好像她不存在一样。

他们敲门，过分激动的玛丽把他们请到房子里。她好像把自己的魅力值调到了最大，笑得无比灿烂。她说话的声音特别大，笑得特别大声。他们很快脱掉外衣，走进房间。他们是最晚到的了。埃伦坐了下来，杨妮可坐在她旁边，他们开始吃饭。她想要消失在谈话中，不去想自己有多想念自己的姐姐，她每天都会想很多次自己的双胞胎姐姐格蕾特，她一下子就能明白她的。她会看到她有多幸福，不过更重要的是：她的姐姐永远不会因为她的困惑、她的想法指责她，永远不会因为她没办法真正为自己还活着、能住在这间房子感到感恩而批评她。埃伦伸手去拿酒杯。她看到格尔森冲她使了个眼色，他不喜欢这样，但她一杯总是得喝的。埃伦拿过了土豆，玛丽又问了她一遍，她感觉怎么样，埃伦露出自己最楚楚动人的笑容，说："谢谢。一切都很好。看看我有多幸福。"她边说边冲着格尔森微笑，就在这一刻，她几乎相信自己说的是真的了。

J 是同意，是庆祝。J 是将林南从经济困境和收容所中拯救出来的工作。他被恩斯特·帕罗开的运输公司雇用，任务是开车在莱旺厄尔周围的区域送货，从一个农场到另一个农场，覆盖所有小的聚居地。这份工作让他的生活看起来变得正常，但距离他想要的生活状态还差得很远很远。他想要的是别的，是更大的东西，虽然他还是时常会去咖啡厅，但他的目的已经不是为了和别人坐在一起，给他们讲故事，对此他早就没兴趣了。他在去那里之前会看杂志和报纸上的文章，然后在那里问客人们一些随机的问题，只是为了让他们难堪。

"玻利维亚的首都是哪里，你知道吗？肯定不知道吧。"

或是："这里有人知道 diskrepans[1] 是什么意思吗？没有人吧？我想也是！"

他只是想感受他们的不安和尴尬，这带给他莫大的快乐。他看到他们口吃、疑惑，看到他们因为努力去想答案而突然变得弱小。这让他感觉自己达成了目的，又一次证明了自己比他们优秀那么多。

或许有时候他也想过自己可以像从前那样在那里坐一会儿，可他有什么理由那么做呢？林南开着车从一个农场到另一个农场，兜售货物。他会和所有住在那里的人交谈，记住他们的名字，把工作做得更好。这样他能赚到更多的钱。他也了解了人们的政治倾向，了解了一些他暂时还不知道有什么价值的秘密。

冬季战争开始了，芬兰的士兵们在冰天雪地里与俄国的共产党打仗，他们穿着白色的制服，躲在巨石和松树后面，就像是一堆堆雪。晚上，他一闭上眼就好像能看到那样的场景。俄罗斯冬天的景象一片寂静，新下过雪的地面上，只有野兔留下的踪迹。黑暗中，云杉树剥落的小块树皮被劲风吹去，松鼠的

---

[1] 挪威书面语的"差异性"，英文 discrepancy。

小脚丫踩着头顶的树枝。绝对的寂静。然后他从雪地上爬起来，没有人会看见他，他开始了射击。

很多人都想参战。莱旺厄尔也成立了一个征兵报名办公室。亨利也去排队说他想要参加战斗，抵抗东边的俄国共产党，他不是胆小鬼，他真的不害怕。事实上，他对此充满了**期待**。

所有报名的人都要测量身高体重，亨利也必须经过这一关，虽然他说没有必要，可逃不过这一关。测量身高体重的是一个年轻可爱、留着刘海穿着白大褂的**女孩**，手臂修长，眼睛里好像闪着光。她让他把靴子脱掉，靠墙站好，那里有一根量尺从黄色的仪表盘中垂下来。亨利很耻辱地听到尺子被从上一个人测量的结果往下拉了起码二十厘米，压到他吹得蓬松的头发上，继续向下压，直到碰到头皮。他静静地站着，牙关紧紧地咬着。她记录下他的身高，虽然没有大声地报出数字，只是轻声说了一句**一米六**。是的，她似乎是对此若无其事，可他还是注意到她觉得这很可笑，她尽力想要掩饰这一点，可只让这一切显得更屈辱。她这么做似乎是因为她觉得大声念出来，他会受不了。好像每一天，他接受到任何的眼光都不是在提醒自己有多矮一样。

亨利回家开始了等待。漫长的日子里，他一直等待着出发的消息。这样他就能将一切抛在脑后，有机会离开莱旺厄尔，离开所有这些普通和庸俗的小资产阶级，到一个战斗真正发生的地方，真正的英雄诞生的地方。别人也有去报名的，但人数很少。亨利能感觉到他在咖啡厅告诉人家自己去报名的时候，别人眼中透出的尊敬。他出发去北边只是时间问题。

一个星期过去了。

两个星期。

他终于收到了邮件。林南用手指扯开信封,感觉自己仿佛扯开了这漫长的无聊、无力,打开了去往另一个世界、另一种生活的出口。可他看到的是拒绝信。**不适合服役**。

他无法相信自己的眼睛。他又看了好几遍才敢相信上面确实是这么写的,白纸黑字。那上面写着他不适合服役。没有理由。

肏。是因为身高吗?

冬季战争难道是身高的比赛吗?难道人要两米高才能按下机枪的扳机吗?不,根本不是这样!难道男兵必须要一米九才行吗?才能闯进房子,射死敌人?

不,才不是!愤怒在他的身体里蒸腾着。哪怕这样,他也没准备好面对那天下午回家路上受到的侮辱:有几个年轻男子和几个年轻女孩在一起,显然他们是想引起她们的注意。亨利路过的时候,其中一个男子压着声音,但音量又足够让他听到地说:"嘿!我听说林南不能上战场,是因为他们还没造出小到能适合他坐的战车。"

肏!

肏他妈的!

他真想将这群混蛋的脑袋拧下来!他真想把他们的笑容从他们丑陋的面孔上抹掉,这条街上所有的人,这个城市,这个郡里所有的人。所有这些漂亮的、穿着华丽衣裳,除了生来就有正常的身高之外什么事都没做过的蠢货们!

"真想让他们也尝尝这种滋味。"林南眼睛盯着路面,边走边想。总有一天,他他妈的会让他们看到,他是如何成功,让这个城市跪在他脚下,只为了和他说话。"你们等着!"他在心中大声地呐喊。

"你们等着!"

J 是杨妮可。"我和格蕾特有个俱乐部,我们叫它蜡烛俱乐部,因为它在阁楼里面一条黑黑的秘密走廊里,我们必须点上蜡烛才能看见。当然这很疯狂,弄不好可能会把整座房子都点着。走廊尽头有个秘密的房间,那肯定是林南藏身的地方。我们是在那里找到那个东西的,那个袋子……"

我曾经觉得在那座房子里长大并没有什么特别的,直到发生那件事。那是在我们刚刚搬家回到奥斯陆不久。我已经大到可以在马约斯坦地铁站边上的纳维森便利店打工了。有个奇怪的人经常会到这个店里来,是个有点邋遢、脏兮兮的男人,他经常来,所以过了一段时间我们也会偶尔聊两句。有一天他说他曾经是林南帮派里的人。我不知道他的名字,但肯定是逃过了死刑的其中一个人。他从监狱里出来了。他一直说他在那里曾经做过什么,他们抓来的那些人,他们对他们施加过的酷刑。我感觉我都要晕过去了。后来同事和我说,我整个人异常苍白,后来我在后面的休息室里待了很长很长时间才缓过来。

# K

K是寒冷。

K是身体，冬天几个月见不到阳光的苍白身体。

K是**卡洛特**，或是**基帕**。我记得我第一次听到有人说这两个词，是在二十世纪末的一个冬日，在巴伦游泳池边。我穿着短裤，露着冬天苍白的腿，站在游泳池边。冬天的时候，我从来不会这么穿，因为我对自己的腿有些不自信，我觉得这会让我的腿看上去更细。可那个冬天，为了夏天能去奥斯陆城外的卡尔沃亚岛上的户外运动俱乐部打工，我去参加一个救生员培训，只能这么穿。在我走进游泳池大厅的时候，看到一个年轻女人。她穿得整整齐齐的，坐在游泳池边上。她是当时那里唯一这么打扮的人。只交换了一个眼神，我就觉得我们之间会发生什么，虽然她看起来和我一直觉得自己想要找的那个人非常不同。这个短发年轻女生，穿着黑裤子、蓝黑色的上衣，有着清澈的棕色眼睛。我们看了看对方，眼神的交会比寻常情况下长那么一点点。然后她继续和女伴聊天,说她过得不错,刚刚交了男朋友。我能清楚地记得,失望的情绪一下穿透了我的身体。这种经典的故事桥段。我也只能把她放下。后来我在池边和一个熟人聊天,我记不太清楚我们是聊到什么,或许是一本书里或是电影里的一个细节,让我站在那里拼命回想犹太男子头上戴的帽子的名字,可我怎么都想不起来了。那个年轻的女生注意到了,告诉我那叫**基帕**或是**卡洛特**。

后来我才知道她就是这个夏季俱乐部的管理者。她在挪威过完这个夏天后,就计划去西班牙读书了。她的名字非常特别,叫科米萨尔。不过在夏天过完之前,她结束了之前的感情,我们在一起了,她也决定留在挪威。我搬进了她的公寓。我们旅行、学习,然后结婚。很快,我们有了一个孩子,两个孩子,二十年就这样过去了。我们两人的生命缠绕得越来越紧。

K 是爱情。

K 是艺术。几年前有个犹太艺术家维克多·林德做了一件行为艺术作品。他重现了一九四二年十一月二十六日所有那些犹太人家庭被送走的夜晚和白天。他预订了几百辆出租车,就像当时挪威警察克努特·勒德做的那样,让这几百辆出租车排队停在教堂路上,亮着顶灯,就像警灯一样。时钟敲响,无形的船停靠在奥斯陆的码头,静静地飘向峡湾。

K是战争,那场四处蔓延的战争。好像有人在一幅地图下方点燃了一根火柴,火焰就在德国的下方。热量让纸慢慢变黑,地图上的道路逐渐消失,突然燃烧起来,洞越来越大,吞噬了一个又一个国家,一个又一个城市。

对林南来说,战争是从卧室窗外的一声喊叫开始的。他睁开眼坐了起来。克拉拉还没穿好衣服,她站在窗户边,把一半的身子藏在窗帘后面。亨利冲到窗户边往外看。他勃起的部位倒向一边,就像每天醒来的时候一样。然后他听清了下面的人在喊什么。挪威被攻击了。战争开始了。

终于!亨利边想着边穿上衣服,没吃早饭就匆匆忙忙出门了。终于!这次没人会关心他是高是矮了。现在他们肯定会一下子接受他。要是他们开口问,他就会让他们知道自己是多么有经验的司机。还有谁能像他把车开得那么快那么稳?他对这个地区了如指掌,每个上下坡,每个转弯都记得一清二楚。从前他开车送朋友们去舞会,后来又开车去推销货物,在整个北特伦德拉格地区,谁能比得过他?

没有人!

没有人,没有人能做到,只有林南可以,他们都知道,所有人都知道,这一次没有人能从他手上夺走这个机会。

亨利拿到了自己的制服。他们得到命令要用一些旧的制服,但也不强制要这么做,反正他们面前放着好几箱崭新的制服。亨利找到了适合自己的尺码,这个大小的其实有很多,一点问题都没有。他边想边开始换衣服。他能感觉到制服一下子改变了他,人靠衣装这句话一点都没有错。他在镜子前穿上长裤，扣上外套上金色的扣子，套上长靴。他看着镜子中的自己，觉得自己敢于面对任何事情，无所畏惧。

他加入了桑内斯穆恩行动，这是一个隐藏在农场的秘密组织。他要开车去机场，把一箱箱的子弹装进货车，然后坐到方向盘前，感受着驾驶手套下硬邦邦的方向盘，感受着他身后那一箱箱子弹可以带来的危险。那些爆炸物等待着被发射出去，穿透德国士兵的身体，杀死他们。

他太爱这种生活了。和战友们并排躺在一起，就像大家都是一样的。他给战友们讲故事，和他们一起听广播，讨论前线最新的消息。

一个星期过去了。两个星期。

然后他听到了全国投降的消息。南边的军队已经缴械投降，一切都结束了，他们也被要求投降。

他们被命令这么做。亨利想要说服其他人继续战斗，说他们可以组织秘密的抵抗。但一切都是徒劳，蓝色眼睛、穿着蓝灰色制服的德国士兵已经出现了。

投降仿佛带走了他的朋友们所有的勇气。他们崩溃了，失去了勇气，什么都做不了。整个部队都被解散了。一天天过去，所有的士兵都被带到了位于斯诺萨的俘房营。

亨利站在铁窗前，感觉寒冷通过金属传到手指和额头。他在泥泞和无聊中等待着。在雾中，在寝室里，在漫长的、永久的、一成不变的日夜里。很快他的想象力又开始发挥作用，改变眼前正在发生的事情。

他想象自己和一个战友合力用石头砸昏了一个看守，然后他们从栅栏下爬出去，悄无声息地在黑暗中穿过树林来到一排德国人的卡车前面，那是用来运输武器的。一切都很完美。没有人看到他们偷偷钻进其中的一个车厢，拿出了自动武器。他们静静地蜷缩着身体，因为紧张微微颤抖。他们就这样一路回到了特隆赫姆。货车在一个十字路口停下的时候，他们跳了车。司机从后视镜里看到了他们，拿出了手枪，但亨利拿枪瞄准他开了枪，德国司机倒了下去。随后他冲进了树林。

"喂！说你呢！"

亨利从白日梦中醒来。喊声击碎了他逃跑的场景，他又回到了现实的俘虏营，脚下一片泥泞。

"离栅栏远点儿！"士兵用德语喊着，亨利走了几步，回到别的俘虏身边。他在脑海里加工着这个逃亡的故事，直到所有的细节都变得很完整。

整整两个星期，他们被笼罩在不知会发生什么的恐惧中。整整两个星期的无聊和等待。终于，亨利得到命令，让他们把衣服装进口袋，到寝室外的广场集合。那里停着一些货车，大大的轮胎，盖着绿色的篷布。亨利和其他人一起挤上车，车往城里开去。

这大概算是他的战争的结束吧。

他又干回了从前的工作，继续和从前一样的生活，只是克拉拉在见到他的时候，看上去并不太高兴。运输公司的老板对此很感恩，他确实是帮了大忙，要不是他还有谁会帮助他呢？剩下的春天和夏天，亨利一直在四处运送货物。从前他就认识很多在农场和城里的人家，现在战争成了日常谈话的一部分，在开往下一个地点卖货之前，他就能注意到谁是支持德国人的而谁不是。他获得了很多赞誉，也赚了不少钱。他的老板特别高兴，有一次还请他和几个德国军官一起吃晚餐。那种真正的晚餐宴会，跟老板和军官一起的晚餐宴会。

他！被邀请！去和军官们一起用晚餐！

亨利洗了澡，梳好头发，试穿了好几件衬衣，左挑右选。克拉拉完全不理解他为什么对这件事情那么重视，他也没有责怪她。他只是在她问为什么他那么在意这个晚宴的时候，牢牢地控制住了自己的愤怒。什么都别说，他想，什么都别说。

亨利扣好了衬衣上最后一颗纽扣，把手伸进爷爷给他做的那件西服的袖子里，然后用脚踢开了门。他听到自己刚出生的女儿在厨房里尖叫着，这个还不会说话的婴儿用这种方式表达不合她心意的情绪。这是克拉拉该去处理的事情，他对此一点都不关心。他出门去晚宴。他能感觉到路上碰到的人看他时，目光中充满了羡慕。那些没有看见他的人，他们真应该知道，他这么想着。

不过，他心里的这些幸福与骄傲在见到德国人之后变得无比可笑，他们完全忽略他的存在。他们只和他打了个招呼，就开始继续用德语聊天。亨利几乎听不懂德语。他们穿着笔挺的制服，聊着自己的天，咧嘴大笑，而亨利只能沉默地坐着，内心充满了不安。

晚宴上只有第三个人对他表现出了一丝丝好奇。格哈德·斯图博斯，他会说挪威语，很有礼貌地问亨利是做什么工作的。亨利紧张地笑了笑,然后告诉他自己是怎么开货车的,是如何在整个地区的农场间穿梭、运送货物。他做这个工作已经很长时间了。

"那你肯定很了解这里的居民吧?"他问。他突然显得特别专注,别人和他讲话他都没有听到,全部注意力都集中在亨利的身上。

"嗯,对啊,我了解他们,"他说,"我很了解所有的村庄和农场……我不觉得整个特伦德拉格有比我更了解这里的人了。"他边说边喝了一口酒。他面前的德国人盯着盘子看了一会儿,用白色餐巾擦了一下嘴,然后抬头看着他。

"那你大概也知道哪些人支持我们,哪些人不支持我们吧?"

"是啊,"亨利点了点头,"我当然知道。我在这里大大小小的农场之间走了有十年了,也包括最近几个月。我当然很清楚谁支持占领,谁反对。我也知道谁藏了武器,谁家里阁楼藏着无线电,如果你感兴趣……"

这时候另外两个军官也抬起了头,他们脸上轻松的神情一扫而空。一个德国军官俯身过来,将一个打开的烟盒递给亨利,让另一个军官给他点烟。突然整个晚宴的注意力都集中在了他的身上,就像是曾经在咖啡厅一样。只是这次比之前更好、更重要,这就是他想要的。坐在他面前的德国人用德语快速地和另外两个人说了几句,应该是总结了一下他们刚才说的话,然后又把目光投向了桌对面的亨利。

"听着,林南,"德国人说,"我们在进行一场战争,我们要取得胜利,为了我们的孩子、孩子的孩子,还有我们共同的未来。"亨利又抽了一口烟。他能感觉到他们的目光,房间里的寂静,和自己心中升腾起来的快乐。只是他装作满不在意的样子,呼出一口烟,点了点头,表现自己在听。"战争中信息是非常重要的,尤其是你掌握的这类信息。你能再多说一点吗?"

格哈德·斯图博斯想详细了解每个农场、每个村庄的情况,亨利可以清楚明确地向他描述一切,清楚得就像是说自己从小长大的房间一样。他们喝酒吃饭,亨利给他们讲那些装武器的箱子和参与抵抗运动的人。他们中谁在阁楼藏了无线电,谁认识把人送出边境的人。到晚上结束的时候,斯图博斯和他告别,说希望和亨利保持联系,他会成为他们重要的资源。

他的眼中没有任何怜悯、轻蔑或蔑视的痕迹。亨利能看到他眼中的认可,这让他不由得微笑起来。

几天之后,他在家的时候收到了信息。亨利听到有人敲门,然后克拉拉双手捧着一封信进来了。一个小小的米色信封,上面用漂亮的黑色字体写着"亨利·奥利弗·林南"。亨利站起身,他立刻就知道信是谁送来的,在怦怦的心跳声中,他读了信。帝国委员会的格哈德·斯图博斯再次感谢他参加上次的晚宴,并邀请他第二天去特隆赫姆凤凰酒店的三二〇号房间与他见面,讨论一项"可能的合作"。

可能的合作!

和他的合作!

亨利又把信读了很多遍,用手抚摸着那上面的文字。

可能的合作……三二〇号房间……非常高兴……明天，三二〇号房间……此致　格哈德·斯图博斯。

第二天是一九四〇年六月二十七日。亨利从莱旺厄尔开车过去。他踩着紧张的脚步走进了特隆赫姆凤凰酒店前的广场。他又看了一下表，他已经在周围晃悠了一刻钟，因为他来早了。现在距离他们的约定时间还有十分钟，可以进去了，亨利想着。这样他们会觉得他很准时，他很重视这件事情。在门外有一座雕塑，除了觉得这是个障碍物，他没看出那是什么。他必须经过这只高大的绿鼻子铜鸟才能进到门厅里去。他的脚步声发出的回音让他觉得更紧张了。一个男人坐在柜台后面看报纸，听到声音抬起头问他有什么能帮他的。

"我……呃……我是来见格哈德·斯图博斯的，"亨利说，"三二〇号房间？"

"电梯在那边。"前台的人边说边随意地指了一下旁边的那座墙。

电梯里有明亮的镜子和闪闪发亮的黄铜做的三层楼的按钮。门滑向两边，面前出现了走廊。他找到了那个房间，敲了敲门，被人带了进去。

给他开门的是那天晚上见过的人，只不过他现在穿着德军制服。他和亨利握了下手。

房间里还有两个人，他们也和亨利打了招呼，他们是来旁听的。他努力想要放轻松，可能感觉到自己太兴奋了，他觉得自己的表情太刻意，太专注于自己说的是什么词，从房间这头走到那一头坐下时候的动作。别人是怎么办到的？亨利边把凳子从桌子边拉出来，边这么想，他不知道自己的手该放在哪里。要怎么样才能表现得自然一点，不要想自己该怎么表现，别人说了什么，做了什么，只是做自己呢？如果下巴或是头皮突然觉得有点痒，他们只会挠挠头，不会想更多，只是自信地继续说下去。就像德国情报部门的那个人，在请亨利重新讲一下秘密藏着武器的地点和与抵抗运动有关的情报之前，挠了挠脸上痒的地方一样。

不过还好，他努力控制住了自己的紧张，开始讲述。在德国官员鼓励的目光中，他很快就放松下来，专注于讲故事，就像在咖啡厅里那样，吸引所有人的注意力，一点点地讲出事情的真相，就像用一小块一小块面包排成连续的陷阱一样。他能从他们的目光中，看到他们上钩，跟随着故事一步一步走到情节的最高潮。

从他们的脸上，他看出他们对此很满意。他们对这一切感到惊讶。而格哈德·斯图博斯，他的脸上几乎闪耀着父爱的光芒。等亨利说完之后，他们向他提出了邀约，是他之前想都不敢想的。

德国的情报警察要雇用他。

他们希望亨利能记录下所有可疑的事情，所有他觉得不应该做的事情。比如：谁拥有违禁的无线电，谁支持错误的一方。他们希望他做他们的眼睛和耳朵，格哈德·斯图博斯是这么说的，然后希望他把所有的信息通报给他们。

"就像特工一样?"亨利说。

"就像特工一样。"格哈德·斯图博斯点了点头,友善地笑。他们还希望他渗透到挪威的抵抗运动中去,向他们通报那些人藏在哪里,把武器藏在哪里,然后把一切报告给格哈德·斯图博斯。

他的代号是罗拉。

他的报酬是每星期一百克朗,这比他在体育商店赚得都多,而且他还能得到免费的香烟、高级食品和烈酒。

格哈德把烟按在了烟灰缸里,用食指把它压成一团。

"好了,林南。你要考虑几天吗?"他说。

亨利只是摇摇头,他不需要考虑。他们握住了彼此的手,讨论了一些具体的事情,然后亨利被送出了走廊,进了电梯。

在电梯门关上的时候,他几乎想要大声欢呼,电梯下行,他在镜子中看着自己的脸。他看到自己眼睛中闪耀着胜利的光芒。柜台边的人没有看他,他是什么人?无名之辈,学生,失业的人,酗酒的人?门童在亨利经过时好像说了什么,但他大步向前,好像眼睛前方的轻纱一下子被撕开了,视力都好像变好了。他打开门,走入温暖的夏日傍晚,空气中充满了丁香和青草,香烟和香水的味道。这一次他看清楚了那座雕塑是什么。"那他妈的是一只凤凰。"他心满意足地想,轻轻地拍了拍它的脑袋。

亨利没有告诉克拉拉他要做的事情的细节,她怎么可能理解这一切呢?于是他只是和她说,他们有救了,他得到了一份重要的工作，为德国在特伦德拉格郡最高的指挥官工作。他让她保守这个秘密，然后又告诉她，他在未来能赚多少钱。他看到她脸上的担忧被抹去，露出了微笑。他们刚刚生了个女儿，还有个儿子。克拉拉也必须成为纳粹党的成员，她对此没什么意见。很多人为了在新政权下生活，也都被迫这么做了。

她紧紧地拥抱了他，亨利闭上了眼睛，感到她身体的温暖，感到一种轻松感在胸中升腾起来。

清晨当他睁开眼睛的时候，亨利就知道自己要做什么了。吃完早饭后，他出门去为晚上买了衣服——一套深棕色的西服，和格哈德·斯图博斯的制服有些相似。然后他开着车出了城，开往几个月前他们被德国士兵突袭过的农场。这一切都是在为一个更大的计划服务。亨利身上经历过的一切，将他带到了这里。

他是多么幸运被德国人抓过！他作为司机，刚好在收网前去过那里，看到了挪威人的行动。这一切多么适合用来做秘密特工呀！

亨利把车停在了仓库和房子的中间，看到一个小女孩站在厨房的窗口，拿着一个木勺子玩。然后她妈妈出现把她拉开了。很快大门打开，一个穿着胶鞋和长长的破旧工作服的男人走了出来。他花了好几秒的时间，才认出了亨利。

"啊呀……你被放出来啦？"农民问。亨利严肃地点了点头。

"没错，还好他们关了我们两个星期就把我们放了。"亨利回答说，握住了农民的手，热情地握了握。

"他们要是知道我们藏了什么信息……"他继续说，声音压得很低，脸上挂着一丝狡黠的笑容。他们俩之间的空气好像格外凝重。

"武器还安全吗？"

农民点了点头，眼睛里都是光。

"你能让我看看它们在哪里吗？"

农民带他绕过了仓库，走到了被蓖麻和覆盆子灌木丛覆盖的空地，只有观察得特别仔细的人，才会注意到有一些蓖麻梗微微倒向一边，能看到叶子浅的那一面，边缘长着浓密的小细毛。

"在这下面两米的地方。"他说。

"太好了！它们在那里非常安全，"亨利边说边拍了拍男人的手臂，"这些武器继续安全地留在这里对抵抗运动特别重要。可以吗？"

"嗯。"

"我必须感谢您的勇敢。"

"哪里，这没什么。"农民低声地说，但亨利能看到他心里有多么骄傲，虽然他努力用微笑掩盖这一点。

"不，这非常重要，就是因为有像您这样勇敢的人，我们才能战胜德国人，把他们从我们的国家赶出去！"

农民点了点头。亨利又友善地拍了拍他的手臂，就像是对好朋友那样，然后开始往自己的车那边走。

"还有最后一件事情……"他打开车门的时候低声说。

"嗯？"

"之后德国人可能会来这里打探,也可能会有挪威人叛变……所以你绝对不能把这些武器的事情告诉任何人。你明白我的意思吗?"

"我懂!"农民回答说,"我不会和任何人讲的!"

亨利·奥利弗·林南坐回到车子里,戴上了驾驶手套。他发动车子。他能想象出德国老板在听到他上班第一天就带来这样的情报时会有多么高兴,他能想象出盖世太保的领导看着他微笑点头。他会把一切都挖出来的。他已经有了一个把他觉得可疑的事情记录下来的本子,无论事大事小。他开始考虑他要去哪些商店和咖啡厅,哪些地方是抵抗运动的人经常去的。他会证明给他们看,他会让他们所有人看到,他是他们能找到的最好的特工。

K是特隆赫姆的钟表店,虽然你已经有好几块腕表了,你还是经常会去拜访那里,你还是会在路过那个区域的时候推门进去。一来是去看看那个犹太店主,二来你也想看看新到的货,它们总是越来越精美,有更多的细节。之后你会上楼到二楼的咖啡厅去。

K是特隆赫姆的码头,那里有方方正正的仓库,深蓝色的海水以稳定的节奏拍打着混凝土,海浪不断拍击着码头边悬挂着的拖拉机轮胎。我想,清晨你会走到那里,阳光照向城市,重型起重机投下长长的阴影,延长的钢铁横梁跨在码头上方。整天这里都充斥着机械发出的尖厉的声音和零星的喊叫声。有个男人吹着口哨。我想，你会沿着码头往下走，和几个船长聊几句，想象着你等待的那条船慢慢地滑入峡湾里。这几乎像是某种冥想，就仿佛人盯着噼啪作响的火堆那样。虽然峡湾不会有什么变化，船滑入峡湾也非常非常慢，可就是会吸引你的注意力。橘黄色的船体，成群的海鸥在船的上方盘旋，直到它们明白这是一艘货船，没有任何的食物。你能看到有小小的人影在甲板上移动。这所有的一切把你钉在原地，一直盯着它看，直到船停靠到岸边，用来降低冲击力的巨大的拖拉机轮胎被挤压着发出声响。然后船员们准备好船缆，那么粗的绳子让人想起巨人的岛屿。那些绳索重得不行，必须先用小的绳子将它拉起，然后才能系到码头的桩子上。

我想你去码头散步的时候应该是你练习你会说的那些语言的机会。你和德国工人讲德语，和法国的批发商人讲法语，然后和船长讲俄语。之后你会把那些装着丝带、羽毛和纽扣的箱子带回店铺。我也知道，就是这些去码头的经历让你被怀疑。商店，家庭生活，这一切都是为了掩盖什么：你一定是俄国人的间谍，或者是英国人的间谍，或者索性是双面间谍。

K 是开往约恩斯万大街的旅途，出租车驶入公园那边的道路时，轮胎摩擦着砂石，停了下来。那是十月份的一个傍晚。我终于来到了那座装满故事的房子。这一次我提前好几个月通过邮件预约了。司机打发票的时候，我看了看手机上的时间。六点差五分，我稍微早到了一点点。寒冷的天气让孩子们放弃了蹦蹦床和平衡车。整个街区几乎寂静无声，只能听见几个街区外一辆摩托车的动静。

"祝你好运!"司机说。他很清楚这座房子的历史,他还是孩子的时候来过几次,只是为了看看这里,只是想到这边来看看。我说了谢谢,关上车门,然后转身看了看这座独栋别墅。我沿着石子路走了几步,按响了门铃。

一个高高瘦瘦的男人开了门,我曾经在很多不同的报道中见过他。我们握了握手,简短地聊了几句我的旅程,然后他请我进去。

我眼前出现了那些房间,让我很惊讶的是,它们看起来那么正常,就像我想象中的博物馆一样。有一道走廊通向旁边,我认出那些是格蕾特给我画的房子平面图中的那些门。

"儿童房是不是在那里?"我问。主人打开了门。那间房间被改成了一间放漫画书的图书室,按照年份排列着几十年的唐老鸭漫画,还有一箱箱的黑胶唱片。他也是个喜欢收藏的人,就和塔姆斯·吕谢一样。我看了看格蕾特画的放她和杨妮可睡觉的床的角落。

帮派中有一个成员的八岁的女儿也曾经睡在这里。那个女孩躺着的时候一定能听到地下室传来的声音,然后就在那些惨叫声中睡着。

然后他带我去了客厅,一转弯就通往了客厅。壁炉上放着一排小铅球,它们在碰撞到墙壁后出奇地柔软扁平——房主在换厨房的木板时发现了这些弹头。他带我看了厨房和通往花园的通道,然后我们爬楼梯去了二楼。那里有一道门通向一个好像是放老旧装饰品的仓库,我看到屋顶上有个小小的开口,杨妮可和格蕾特曾经从这里爬进去发现了一个秘密的房间。在那旁边有一道门通往带有拱形窗户的房间。林南就是在那个地方进行联络的,他有打给传教士酒店的直线电话和电报机。房主从垫子上清理掉了几张纸,我转身看到那张固定在墙上的床。埃伦在偏头痛发作的时候,会躲到这里来。她当时就躺在这里,我想着,但我没有和住在这里的房主说。我只是问他能不能拍几张电话机的照片,然后就下了楼。

"我想你应该也想去地下室看看吧?"他边说边拉开了那扇深棕色的门。我点了点头,冲他微笑了一下,然后跟着他走下了台阶。地下室里的那种气味扑面而来,那是一种老旧的墙的气味。地下室的门是开着的,或许是我来之前他已经下来过,做了些准备。

从前这整扇门都是被纸盖住的。林南帮派里的一个人画了一扇中世纪风格的大门,画出了木板、铆钉和金属件,用马克笔画出了圆环。最后他在把手的地方挖了个洞。在拱形的门上写上"罪恶的修道院",还有一句有关喝酒的话,只是我一直没有弄明白写的"要是你累了,记住……"究竟是什么……

进了屋子我立刻转过了身,因为我知道门的背后还有另外一幅画,上面是拿着镰刀的骨架,上面涂着那句话"欢迎来到派对!"。

那里面的天花板很矮,我想象着这里曾经有的东西。左手边有个吧台,格蕾特和杨妮可把这里当成舞台。那两个柱子,还有早上我在司法博物馆看到的好多东西。

房主给我看了他在重新装修的时候在墙上发现的一些子

弹，然后他让我看原先那些牢房的位置。从墙上留下的螺丝孔的痕迹里，还能看出两个小牢房的位置，墙上浅色的条纹显示出原先栅栏的位置。

K 是那个你只能偶尔透过窗户或是院子瞥到一眼的在门厅中的女人。K 是冬天院子里的冷意，是一直出现在晚餐中的大头菜。K 是 Komissar，是你从父亲伊斯拉埃尔·科米萨尔那里继承的姓氏。它和那些逮捕你、将你分类，处理你的事情的人的职位头衔读音相似：他们叫"国家专员"，Reichskommissar，和你的姓有相同的词根。据我所知，你的父亲因担任俄国沙皇的护林员而被冠以此姓，科米萨洛夫（Komissarov），就是服务沙皇的人。

K 是约恩斯万大街四十六号地下室传出的寒意，它让埃伦僵在原地。她知道她必须下到地下室去，因为保姆带着格蕾特出去了，她想穿的那件衬衣正晾在下面。格尔森去上班了，杨妮可去上学了。她考虑了一下是不是穿件别的衣服，或者就别出门，上二楼躺下休息，但这也太愚蠢了，不是吗？

有些时候埃伦觉得自己还不如消失，或是索性逃跑，离开这一切，就像娜拉离开海尔茂那样——离开，重新开始弹钢琴，办音乐会。她想象着自己面对着坐得满满当当的音乐厅，大家都起立鼓掌，眼睛里闪着光，脸上挂着灿烂的笑容。她想象着自己整理好旅行箱离开，离开这衰败的婚姻，离开这些会突然出现在她脑海中的恐怖画面，离开这让她觉得失败的一切。可她能去哪里呢？钱要从哪里来？这肯定行不通。她什么都不会。她的爷爷是犹太人，是莫里茨·格洛特烟草工厂的老板，奶奶是挪威人罗莎·奥利维亚。她是在那种豪华的大别墅里长大的姑娘，家里有华丽的钟表，有女裁缝和保姆。可他们家的财富在这场战争中消失殆尽。哪怕在那之前爷爷想把所有股权转给自己的孩子和挪威妻子，可政府还是没收了他们家全部的财产。奥斯陆的烟草工厂、爷爷在北滩岛的别墅、孔仑根的乡间别墅都被没收了。父亲在海格力的别墅也被没收，变成了纳粹的赌场。他们被迫逃亡。他们的妈妈是挪威北部人这一点也没有用，因为现在任何程度的犹太血统都会让他们被抓起来。他们在德国士兵敲响北滩岛的别墅大门之前完全没有意识到问题的严重性。德国士兵是来逮捕爷爷莫里茨的，就因为他是犹太人。让人不敢相信的是，就在那时，他心脏病发作了——就在他的妻子和士兵争论他做了什么错事要被逮捕的时候，爷爷突然心脏病发作了，非常讽刺地用这种方式救了他们所有人。因为当时士兵无法执行之前的命令，就只好离开。他们说，如果莫里茨活下来了，再去找他们报到。而莫里茨躺在地板上，心脏剧痛，等待着救护车的到来。他被送进了医院，全家人得到了计划逃亡的时间。爷爷奶奶藏到了居德布兰河谷的小木屋里，在那里待到战争结束。埃伦和其他人呢？他们在卡尔·弗雷德里克森运输公司的帮助下逃到了瑞典。他们也去了花房，在那里与陌生人见面，然后藏进货物中。在恐惧的黑暗中，她和双胞胎姐姐、父母坐在一起，等待着他们被拦下来的一刻。

他们成功活着越过了边界，到了那里的难民营，但她再也没有找回真正的安全感，再也没想过在音乐会演奏，或是重拾成为艺术家的梦想。在难民营里，她遇到了格尔森。日子就这么过去了。战争结束了，可它又永远不会结束。那些过往会永远跟着她，不管她自己愿不愿意，就像这天早晨她站在通往地下室的台阶前一样。

门就在她面前，埃伦静静地站在原地，然后她摇了摇头，握紧了门把手。门被拧开的时候发出了一声吱嘎声，不过并不是每次都会发出这样的声音。没什么好害怕的，她想着，把头探了进去。她感觉地下室的空气飘了上来，冷冰冰的，混杂着尘土和石头的气味。然后她拉着扶手走下去。她突然想到，从前林南在下楼的时候一定也是这样拉着扶手的。她就像手被烫到一样，赶紧把手收了回来。她的呼吸变得急促，但她还是强迫自己继续往下走，一级台阶又一级台阶。她低下头，不去看天花板。

"喂?!"她冲着空气喊，她想确认没有人在里面。没有人回答。埃伦继续往前走，踩到了地板上，她之前也来过这里，没有必要那么焦虑，她不停在心里说服自己。但之前她从没一个人来过，孤身一人的时候，想象力会把眼前看到的东西变成另外的样子，让这些房间沉浸在记忆和想象中。在地下室里，埃伦路过原来吧台的位置，那是林南在继续审讯前疯狂饮酒的地方。埃伦想着，仿佛看到他们是如何用鞭子和链子抽打一个被绑在凳子上的犯人。她仿佛听到了那些尖叫声，那些别人和她讲述的可怕的细节，他们脸上挂着贪婪的微笑，那么不近人情,完全不理会这些话会给她内心造成多么大的伤害。

埃伦眨了眨眼,想把那些画面都赶跑。她急匆匆地穿过房间,看到了地板上的子弹,但继续往前走到了洗衣房。她看到自己要的那件丝绸衬衣就挂在房间正中的晾衣绳上,边上是桌布、内衣和床单。会觉得这里有人真的是太傻了,她想着,这里根本没地方可以藏人。但在她松开夹子的时候,她的双手颤抖着,白色衬衣不小心滑落到了地板上。她只能拉开桌布,弯下腰。就在埃伦把衣服从地上捡起来的那一瞬间,地上隐藏的东西露了出来,她的嘴里惊呼起来。那只是一个让水能流下去的小孔,但就在那一瞬,埃伦看到流下去的是鲜血,好像听到一个女朋友说的话:"你听说了吗?他们在地下室里分尸过三个人。"

K 是切,割和容器。

K 是预备,战争和指挥。

K 是卡尔,卡尔·多尔门,那是他的名字。那个金色头发的十九岁年轻人,他在一九四二年五月加入了林南帮派,很快就不断升职,成为他最信任的同伴。

在一九四五年四月的那一天,就是卡尔的双手拿着一把滴着血的斧子,他紧张地喘着粗气,脸上流露出痛苦的表情。

L

L是一五〇六年的里斯本大屠杀，当时的一些基督徒暴民将长期的干旱和歉收归咎于犹太人，大肆迫害、杀害和焚烧犹太人。在那个四月，短短几天中他们就杀死了五百多个在里斯本的犹太人。

L是约恩斯万大街花园中的阳光。埃伦记得第一个夏天，阳光是如何穿过树叶。她记得她抬起头，看到格尔森把杨妮可举起来，年幼的女儿看起来那么高兴。埃伦躺在二楼那间有拱形窗户的房间里。她依稀记得一些她在瑞典难民营里生活的片段。格尔森转身看着她的眼睛，眼睛里闪烁着光芒。她记得他轻松的模样，让她一下子注意到了他。她还记得有一次有几个音乐家在表演，他站起身坐到了鼓的后面。裤子紧紧包住他的屁股，还有他冲她，只冲她微笑的样子。他坐在鼓后那张窄窄的凳子上，拿着鼓棒，跟上已经开始演奏的爵士乐曲的节奏。她也记得他们一同醒来时，她感觉到的幸福，她用手抚摸着他的大腿。L是嘴唇，是欲望，是他们两个人在床上度过的长长的早晨。门外有人走来走去，让他们在一起的时候必须完全保持安静。

现在这一切都远去了，远去了。埃伦独自一人躺在阁楼的房间里，在黑暗中忍受着跳动的头疼。幸福已经远去，那试图透过窗帘的光亮，只会让一切变得更糟。

L 是兰斯塔路一号。一个小男孩从房子二楼客厅的窗户里往外看。那是战争结束前的一个下午。那小男孩是罗阿尔·林南，亨利的儿子，他靠在玻璃上，额头感受着玻璃的冰凉，看着窗外的风景变化，金色的阳光穿过树叶，照在外面的路上。他用目光追随着一只鸟儿，听着妈妈在厨房里摆弄锅子发出的声响。突然他看到父亲快步从道路尽头走了过来。孩子挥了挥手，但父亲没有看到。他的目光紧紧地盯着前方，在一棵大树前停了下来，点了一支烟。他在等什么？孩子想。然后他看到另一个男人走了过来，那个人走得很快，看起来有点紧张。他看到父亲躲到了树的后面。他看到在另一个人走近的时候，父亲突然从树后面冲出来，抓住了他的领子。那人因为恐惧把身体缩成一团。他看见父亲另一只手的动作，他看见了武器，听见父亲在骂那个人。那个人做了什么？罗阿尔想着。他突然觉得母亲不应该看到这一幕。谁都不应该看到这一幕。父亲把那个男人推倒在地上，那是他们冬天时坐着雪板滑下去的地方。接着父亲踢了那个可怜人一脚，他往后倒了下去，滚下了坡。他看见父亲把枪放进了外套里，用手整理了一下刘海，然后转身继续往坡上走。罗阿尔感觉心脏在胸膛中怦怦直跳，各种各样的想法在心里奔腾。突然父亲往房子的方向抬头看了一眼，孩子赶紧蹲下身，生怕被父亲发现他刚才看到了什么。

L是"最后列车"，那是丽珂很多年来最喜欢的酒吧。一个很小很拥挤的地方，做成一节车厢的样子，里面都是黑色的座椅。二十世纪九十年代的时候，酒吧里还经常是烟雾缭绕的，人们凑在桌边，从音响倾泻出的音乐声中努力听对面的人说话。有一天晚上她去的时候和一个酒吧里的人聊起了天，他穿着军靴，黑裤子，眼睛看上去很善良。他们对彼此都有点好感，所以就站在吧台边聊了一会儿，直到她发现对方并不像自己以为的那样，参加的是反种族歧视的组织。正相反，他是新纳粹分子。

"那我们没什么可谈的了，"丽珂当即说，"因为我来自一个犹太家庭。"

他看上去很惊讶，也很难过，好像这也完全出乎他的意料。然后他问了丽珂她姓什么。

"科米萨尔。"丽珂回答道，年轻的男子点了几下头，想了想，好像在咀嚼这个名字。直到他说："对，科米萨尔。那你肯定在我们的名单上。"

"什么名单？"丽珂问。

"我们的死亡名单。科米萨尔在那上面。"他重复了一遍，然后停住了，好像还留了什么没有说。

丽珂死死地盯住他，摇了摇头，然后一言不发地从吧台走开，坐到了几个女友身旁，恐惧和恶心的感觉在身体里蔓延开来。

L是法斯塔德的牢房中的空气，沉重，混杂着人体散发出的酸腐气味。L是被关押的一些人为了活跃气氛给大家讲笑话时传出的笑声，次数其实比你想象的要多得多。大概幽默感并不是战争里最初的受害者，它会留存到最后。毕竟笑声能在那短短的几秒时间里，让被关押的其他人的眼睛散发出光彩，放松他们脸上的肌肉。那几乎是接受上天恩典的瞬间。

L是利勒莫尔，或者说是埃丝特·梅耶尔·科米萨尔，那是她原本的名字。一九四〇年战争爆发后，她和科米萨尔家族第一次逃亡去了瑞典，然后留在了那里。或许在周围的情况允许你回忆过去的时候——比如德国士兵在聊天的时候，你曾经想过利勒莫尔会是唯一一个在战争中活下来的人。你永远都不会得知，利勒莫尔不仅在战争中活了下来，她还比很多人活得都久。二〇一六年秋天，当我和丽珂去斯德哥尔摩探望她的时候，她已经快要满九十九岁了。

那是九月初的一个星期天，我们和她约好去她家拜访。她住在郊外，那也是一家功能性养老院。在那之前，我和利勒莫尔见过两次，上一次是在格尔森的葬礼上。我记忆中她是一位充满活力、喜欢丰富色彩的女士。她戴着人人的太阳眼镜，穿着红色的裤子，很有艺术范儿。不过那已经是好多年前了，我也不太清楚她现在的状态怎么样。时光总是会在不经意间给老人带来很多变化，对小孩子也是一样。只要几年的时间，他们就从一个满地乱爬的小婴儿变成背着小书包、梳着马尾辫上幼儿园的小朋友了。老人也会在五六年的时间里从精神矍铄到老年痴呆。不过你的女儿并没有这样。利勒莫尔微笑着迎接了我们，手上推着助步器，那上面放着早餐的餐盘，里面有一杯咖啡。她穿着一件正红色的毛衣，一条白色的裤子，配着同色的耳环，头发梳得一丝不苟。我们脱了鞋，把我们带来的一瓶波特酒和一筐草莓交给她，和她寒暄了几句，说我们特别高兴见到她。后来当我们站在她的厨房里帮忙摆放餐具的时候，她用她九十九岁的手指点着我手中一个薄荷绿的餐盘说："我小时候就有这个盘子了，那是爸爸妈妈从美国买来的。"

那一刻我突然觉得她的手指就像五六岁的孩子那样，小小的手，光滑的皮肤。这和我眼前长满皱纹的、近乎青紫色的手指的景象模糊地融合在一起。我手中拿着的盘子几乎散发着伟大的冒险气息。

后来呢？

我们在她的客厅里聊天，那里摆放着你公寓里的油画和旧家具。利勒莫尔告诉我们说玛丽曾经经常坐在那张小小的红色双人沙发上，镂空和锦缎的面料是和从前一模一样的。我们喝着咖啡，听她用瑞典语讲自己的成长故事。和我们聊天的时候，她会不停地循环讲同一件事，刚说了几分钟，又重新开始说，不过每次会增加新的细节、新的描述，有时还会出现令人惊讶的充满智慧的句子。比如当丽珂问她格尔森和埃伦是怎么在战后买下林南用过的那座房子的时候。

利勒莫尔看了看自己的手，将手指交叉在一起，然后好像将一层幻想出来的衣服脱下来一般,"人得脱下自己的感觉,"她用瑞典语说,"必须这样。"

人必须脱下自己的感觉。

我在沙发上微微往前倾了一下,想着我听过的埃伦的事情。住在那里的时候,她的身体越来越差,可格尔森没有受到什么影响。"但是……我感觉那座房子带给格尔森和埃伦的影响有点不一样?"我问。

她苍老的手伸向放在助步器上托盘里的咖啡。

"对,格尔森有种特质,"她说,"他不会把太多东西放在心里,所以大家也不太清楚他的感觉是什么。但埃伦不一样。她完全……她完全是透明的,"利勒莫尔说着,手比划了一下胸口和肚子,"没有任何防卫的。"

这些话在空气中飘荡了几秒钟,然后谈话继续进行了下去,就像一条狗在公园中奔跑,一会儿停下来闻一闻树枝,闻闻树,一会儿转身快速奔跑,然后再跑回到主人身旁,圈子绕得越来越大。我们的谈话也是这样,向着不同的方向发展,但最终会回归到人一生中最核心的部分——童年。这位将近百岁的老奶奶兴致勃勃地和我们讲自己从四岁开始就在特伦德拉格剧场跳芭蕾舞。

"就是芭蕾让我这么多年一直保持健康。"她边说边优美地张开双手,直起腰——一个坐着完成的**大蹲**动作。

在那一刻,我仿佛看到了利勒莫尔第一次做这个动作时的样子,一个穿着粉色芭蕾裙子、芭蕾鞋的绑带系到脚踝上的小女孩,就像我的女儿一样。之后谈话又继续往别的方向发展。

她的故事开始于挪威被占领,他们迅速地逃亡到瑞典,还有她如何在战争结束后决定留在瑞典,然后其他人都回了特隆赫姆。故事不断徘徊回旋,就像是旋转木马一般。

家乡的名字又将谈话带到了起点,带到了特伦德拉格剧场,她是怎么从小就开始跳芭蕾。

"就是芭蕾让我这么多年一直保持健康。"她又一次将手优雅地、轻柔地张开。不过这一次手撞到了放在助步器上的咖啡杯子,浅棕色的液体一下子倒在了她白色的裤子上,流到了复合木地板上。那一刻,好像某种结界被打破了,苍老的年纪又回到了她的动作里。

我从厨房拿来纸巾,擦干了地板上和助步器轮子上的咖啡。

她讲到小时候他们家请的照顾孩子的保姆,她讲了很多自己母亲玛丽的事情,她是多么温暖,同时又多么严格,她多么擅长公开讲话,写评论文章。她的歌声是那么美丽,她还会弹钢琴,在她怀上利勒莫尔之前,是犹太学院第一位女性学生。

她还讲起了他们在特隆赫姆的那家店。巴黎—维也纳服装店。母亲是怎么要求格尔森搬回特隆赫姆,和她一起经营那家店,还帮他们弄到了一座房子。

"时间会治愈所有伤口,"她说完之后停顿了一会儿,又改变了主意,"不,不是所有的伤口,但它会治愈的。"

L 是瘫痪。埃伦闭着眼睛躺在阁楼里,盼望自己有另一种生活,虽然她生完孩子已经有好几年了,可她依旧还处在"瘫痪"中。她没办法和别人相处，不能做自己一直想做的那种母亲。她的生活再也不是她曾经梦想过的样子。曾经，她觉得自己面前的未来是金色的，开放的。她可以成为任何人。她会在大学礼堂举办钢琴独奏音乐会，她从小就一直勤奋练习钢琴。她年轻，谈着恋爱。可战争来了，将一切撕得粉碎。音乐会，男朋友，海格力和北滩岛的房子，女裁缝，门房，司机和工厂都没有了。现在呢？

她现在的每一个日日夜夜都待在酷刑室里，和一个几乎从来不在家的男人睡在一起。现在的生活快把她逼疯了，让她无时无刻不想找借口离开这座房子，甚至尽可能多地离开孩子们，虽然她并不想这样，这不是她希望的自己的样子，但她没有办法不这么做。她听到了楼下传来的笑声。

我究竟是什么人，她转过头盯着墙想。她听见丹麦来的保姆和孩子们亲密地玩耍着，做着所有她做不到的事情。这个丹麦保姆会看着孩子的眼睛大笑，整个人都充满了阳光。为什么她做不到？为什么她不能投入更多兴趣，而要和所有的一切都保持距离呢？在孩子们不在家的时候，在杨妮可去学校，或是在外面和妹妹玩的时候，**那时候**她就想象她们可以一起做些什么。或许她可以教她们缝纫，或是带她们去剧场，去城里。她想象着她们走在一起，就她们三个人，两个女孩会抬头看她，微笑着，大笑着，轻松地聊着天，谈天说地，她这么想。但她从来无法把这样的白日梦变成现实。每一次当女儿们真正进门，带着她们所有的问题、大嗓门和各式要求时，这些梦想和愿望都离她远去，被她脑海中升起的黑色迷雾笼罩。然后她只能走开，上楼，躺下休息，听着没有她的楼下发出的各种雀跃的声音。

或许我是病了？她闭上眼睛想。或许更糟，是我生来就有问题，有什么出生缺陷？还有别人像我这样的吗？邻居、家人、格尔森的朋友，他们是怎么做到的？为什么他们都能经常微笑，大笑，随心所欲地说话？

是他们蠢吗？是他们不知道发生过什么，或者他们只是一点都不敏感？为什么只有我没办法放下这些想法？在穿过走廊进到客厅的路上，她自己问着自己。她路过丹麦保姆的时候，听到她在哼着歌。那么年轻，那么讨喜的身条，连衣裙让臀部和胸部的凸起变得清晰，仅仅是衣服的剪裁而已，不需要大开的领口，不需要任何不雅或是过短的裙身。她根本不需要那些，不需要暴露任何部分，还是那样！她的整个存在就是威胁，难道她没注意到格尔森在偷偷看她吗？在她走过的时候，他装作偶然地从报纸后面瞥一眼，当她捧着一堆毛巾或是食物走出房间的时候，看一眼她圆润的屁股。

我的上帝啊！振作起来，埃伦！她想着，想要赶走这种偏执的想法，可它们一会儿又转回来了。不久前的一天下午，她撞见格尔森和保姆单独站在厨房里说话。他们之间隔了一米半的距离。她撞见的不是他们在卧室里搂在一起，保姆的裙子被撩到大腿上那种样子，而是一种弥漫在空气中的氛围，或者说得更准确一些：是在她走进房间之后突然的气氛变化——笑声退了下去，温度降了下来，就像是夏末的低气压导致的那种突然的天气变化。她努力微笑了一下，用轻松的语气问他们在聊什么。他们对她的热情感到惊讶，或许，他们为自己的行为感到羞愧，她的出现让他们想起了他们将要做的禁忌的事情？

也或许是她把事情看得太严重了？或许这只是她的幻觉？这个丹麦保姆确实很和善，很有魅力，格尔森肯定是有权利和她聊天的。

我的上帝啊，埃伦想着，闭着眼睛听着楼下的动静。我现在这个样子，他去看别人难道有什么奇怪的吗？她想着，可这一点也没用。她越来越深地陷入了自己的情绪，无法自拔。越挣扎，陷得越深。

她听见格尔森进了门。听见他们在楼下笑着，聊着天，就像是一对夫妻一样。然后她决定了，她得做点什么。她必须采取点厉害的措施。

L 是莱旺厄尔。

L 是贷款，公寓，瘫痪。

L 是小伦敦，他们都这么称呼奥勒松。他们在那里迎接从英国运来武器的船只，也在那里组织小船把难民运走。

L 是蒲公英的孩子。这是格蕾特用来形容父母离婚之后那几年的自己的。他们搬家回到了奥斯陆，分别住在各自的公寓里。格尔森有了比他年纪大一些的新女友，埃伦住在市中心的公寓里，格尔森支付房租。格蕾特说母亲又开始上艺术课程，她几乎没什么收入，靠格尔森给的赡养费生活。杨妮可得用冰箱里剩下的食材做晚餐。格蕾特说她经常会从街对面的小商店里拿到免费的苹果。就这样过了几年后，爸爸又交了一个新的女朋友，然后出国了。

L是林南制定的规定。《林南法则》——这是林南帮派里幸存下来的人说他们必须签订的东西。根据这部法则，没有人可以反对林南，不允许质疑他的决定。最重要的是，没有人被允许从林南帮派退出。林南法则还规定了对违法行为的惩罚：不服从，就要死。

# M

M 是黑暗，是怀疑，是嫉妒。M 是男人，是噩梦，是酷刑。

M 是法斯塔德的暗牢，是你想尽方法避免接受的惩罚。暗牢其实就是个没有窗户的柜子，守卫还会把水倒在柜子里的地面上，让被关押的人不能坐下。那年三月那个黑漆漆的早晨，你亲眼看到一个男人被塞进那里面。你看到他望着自己湿乎乎的脚，一言不发，然后门被关上，上锁。你后来又听到他被拉出来，揍一顿，再被塞回去。你永远不会知道这一切的原因是什么。每次你听到被关押的人的痛呼声，你最强烈的感觉是幸亏那不是自己。每一次，当几个守卫开始大呼小叫，你发现有什么事情发生的时候，都会非常警惕地转身离开，迅速到让他们没有理由抓住你。

M 是音乐，是有关玛丽的记忆，是晚饭后，她坐在克洛斯特大街的房子里那架钢琴边弹奏的肖邦的奏鸣曲，或是莫扎特的曲子。那些几百年前写下的旋律填满整间公寓，直到孩子们冲到钢琴边，用胖乎乎的小手敲击琴键，打断这种连续性。他们睁着大大的、无辜的眼睛看着妈妈，让她发不出火来。后来，孩子们大了，她再也不会被这样打扰了，可她弹琴的次数也越来越少，哪怕弹些小曲子，脸上也会流露出忧伤的表情，突然站起身来。

M 是我们每个人心中存在的恶魔。

M 是人，是去斯德哥尔摩探望利勒莫尔之后一直回荡在我脑海中的那些话："人是最残忍的动物。人是那么可怕……但又那么善良，也可以既可怕又善良。"她边说边快速地翻转了一下满是皱纹的手。**两面性**，就像手背，能紧紧握成拳头挥出；手心，能贴着皮肤，慢慢地抚摸，给人安慰，抚摸婴儿的脑袋，或是在制陶的转盘上塑造出不同形状。

M 是抵抗运动。"你的任务就是去发现，去揭发……"那一天上午，格哈德·斯图博斯在位于传教士酒店的总部对他说。"你必须在所有地方时刻保持警惕。你要记录下任何你觉得可疑的事情，然后报告给我。明白吗？"林南感谢了他的信任，然后出了门。他路过那些士兵、工作人员、纸堆和箱子的时候，心里一直在想，自己必须干出点成绩来。

他继续记录着小事。他们告诉他，没有什么事情是微不足道的，于是他在笔记本上记下了各种信息，显示出他一直在工作，他们雇用他是再正确不过的决定。他经常去他之前会去的农场，了解武器藏在哪里，他们都支持什么人。他会仔细地调整自己说话的语气和表现，逐渐拓展着自己的活动区域。一九四〇年的时候，他去了罗姆达尔，在那里的杂货店里遇到了一个十分健谈的男人。在他们讨论了在德国人统治之下绝望的情形之后，那个男人用特别震惊的语气和他讲，居然有两个女人表示过对纳粹的支持。

"这怎么可能！"他说着，把烟从嘴边拿了下来。林南倚靠着柜台，笑着。

"你知道吗？"

"什么？"

"那两个女人是我派过来的……"

"你什么意思？"那个男人困惑地问，身体往后退了一步，他的目光看了看门口，好像时刻准备逃跑的样子。

"我是想试试你，看你会对此有什么反应。"林南低声回答道，几乎是耳语了，手拿着烟往柜台上敲了敲。"现在这个时局，我们不能不小心一点。挪威人里也有投靠德国人的。我想先派她们俩过来试探一下你。现在我很确定，你是站在哪一边的了。"他说。

"但是……这是为了什么呢？"杂货店主困惑地问。

"我正在这个地区摸情况，找到能接收武器、组织支援抵抗运动的人。你知道有什么人适合吗？"

杂货店主放松下来，笑着给了林南一个地址。他直接去那里敲门，他们顺利让他进了门。到了晚上，他掌握了新的可以记到笔记本上的名字,开车回了家,把自己的发现告诉斯图博斯。他还是一个人去不同的地方,有时候坐火车,有时候坐公交车,或是开车。他依旧住在家里,只是每一次停留的时间都不长。他会拥抱孩子们,给他们带礼物和好吃的,分发礼物的时候,孩子们的脸上充满了欢乐。这是他做父亲的方式。孩子们能吃到糖果和新鲜的面包,他们能有新外套、厚厚的毛衣。他们家能享用肉酱和甜点、烈酒和烟草,可别的人家呢?他们的日子过得紧巴巴的,靠着有限的物品,那些垃圾货生活着。他们不知道自己犯了什么错误,就是因为他们不够务实。只要你看看周围,就能很清楚地知道事情正朝着什么方向发展,谁会赢得这场战争。只要你看报纸,肯定会清楚地知道事态在朝什么方向发展,林南想,你能很清楚地看到德国人在各处都在打胜仗。他们是如何征服了一个又一个国家。

后来有消息说希特勒要在特隆赫姆进行一个大计划。他计划在这里大兴土木,在特隆赫姆建立地下潜水艇基地,阻止英国向挪威输送武器和士兵。因为总是有新的船只、新的支持抵抗运动的增援队伍到来,持续地组织进攻——射杀士兵,破坏德国人需要的火车线路和桥梁。林南看到了事情的严重性,他明白自己有机会干票大的,他要渗透进莫雷和罗姆达尔的抵抗运动里去!如果他能找出那些船只是从什么地方进来的,是谁负责接应它们的,那将意味着什么!他会被人注意到,不仅仅是在特伦德拉格郡,或是小小的挪威,甚至在英国,在德国,甚至被希特勒本人注意到。

他走进传教士酒店的大门,向认出他的士兵点头致意。他迈着轻快的步子穿过大厅，从那个抬头冲他微笑的秘书身边走过。

很多人听过他的名字，这里的大多数人都知道他是谁。

他现在只用林南这个姓了，因为格哈德·斯图博斯只用姓氏来称呼他。他的名字"亨利"已经成了一张被他扔掉的皮，就像他曾经在森林见过的那种干燥的、蜷成一团的淡黄色蛇皮，那是蛇的成长留下的唯一证据。亨利·奥利弗已经不在了，和那些推推搡搡和嘲笑一起不在了，和那些在莱旺厄尔郊区低着头不想与人对视的徘徊一起不在了。现在的他是林南，或是罗拉。现在的他住在特隆赫姆，他和从前不一样了，他是特工，有固定的薪水，有职责，有取之不尽的香烟和烈酒。他穿着深棕色的西服穿过城里的街道，西服的下摆微微张开着。他向上面报了粉碎抵抗运动的计划，得到开始执行的命令。

太容易了，这一切都太容易了，林南穿过城市的时候想着。他这么了解特隆赫姆，知道什么人会有什么表现，毫无疑问，他清楚地知道如果要渗透进抵抗组织应该去哪里。这就是为什么他们会雇用他，而不是任何别的人，他沾沾自喜地想着，踏着坚定的脚步沿着鹅卵石路朝着目标走去。他知道共产党人和抵抗运动的人都在那里聚集——就在人民之家的咖啡厅。

他绕过最后一个路口，到了那座石头房子那里。大白天的，那地方还是挤得满满的。他们坐在那里看报纸、抽烟、交流着新闻和计划。林南注意到了别人投来的目光，但还是很稳健地走上台阶，到柜台点了一杯咖啡。吧台里的人拿起一个杯子，往里倒入冒着热气的棕色液体。他和别人一样，四处找空桌子坐，但实际上他在观察这里有谁值得他跟踪，谁在这里打发几个小时的时间，谁在咖啡馆开秘密会议，或是为抵抗运动招募新的男男女女。

一个深色短发的男人从报纸后面抬起头，用审视的目光看了看林南。虽然这一瞥还不到一秒钟，但林南注意到他知道自己得到了某种信任。

这正是咖啡厅最繁忙的时候，到处都是高谈阔论的声音。林南小心地拿着咖啡杯，站在吧台边看着顾客们。有个男人站起身来，那里的凳子空了出来。林南想要去认识一下那个他觉得有点可疑的男人。林南拉了一下椅背。

"不好意思，这里有人吗？"他冲桌对面的人点了点头，自然地问。林南目标中的男人点了点头，说："请坐。"

"谢谢。"林南坐了下来。他喝了一口咖啡，拿出了一盒香烟，他摇了摇，听着里面香烟晃动的声音，做出犹豫不决的样子，好像在考虑是不是要把这最后的一支烟留到之后再抽。然后他好像又改变了主意，把烟塞进了嘴里，用手拍了拍外套的口袋。他在找打火机，或是火柴。他又把手揣进口袋，把空空的口袋掏出来，又塞回去，然后转过头，看着对面的男人。那个人很清楚是怎么回事，因为他已经主动把桌上的打火机递了过来。

"你是要火吧？"那个陌生人说。他是特隆赫姆口音。

"是啊，谢谢了。"林南接过打火机，点上烟，等到嘴里吐出一口烟之后，把打火机放回到男人面前的桌子上。

"您真是好人，"他说，"我忘了我的火柴用完了，还有这个也没了。"他苦涩地笑了一下，晃了晃烟盒，"拜那些德国人所赐，很快这些东西都要弄不到了……"他嘟囔了几句，就像是自言自语那样。这是他的一个新技巧，等着对方上钩。

"就是啊。"那个人回答着，也点上了烟。机会来了，林南想着，身体面对他。他直直地看着男人的眼睛。

"在这场愚蠢的战争之前，"他边说，边把身体往前倾斜了一点，声音压得很低，好像在他们俩周围罩上了一个罩子，开了一个他们两个人的房间，两人之间有了共同之处，"我一直很忙碌的！"

"是吗？"另一个人说。他的身体还是靠着椅背，很明显地和他保持着距离，"你是做什么的？"

亨利把烟叼到嘴里，伸出右手和他握手。烟雾升起，他眨了一下眼睛。

"我是奥勒·菲斯科韦克，海员，"他说着把手收了回来，"或者说，我曾经是海员，在四月九日之前……你呢？"

林南看到他的话说进了对方的心里，他能看到它们起作用了。这些话就像小小的火星点燃了陌生人的心思，让他的眼睛开始闪光。

"菲斯科韦克？！你是不是阿尔内·约翰·菲斯科韦克的亲戚？"他低声问，压低身体靠近了桌子。

林南微微往后退了一点，坏笑了一下说："亲戚，确实是亲戚……他是我哥哥。"

"真的吗？！就是那个为了国家做了那么多的人吗？"那个

人没有说下去，四处环视了一下，然后眨了眨眼，身体又往后靠了靠。但这一点都没关系，林南想，他已经上钩了，这个男人，他已经吞下了诱饵，之后只要收线就行。

"是的，我哥哥是为共产主义做了些事情。"林南说，又吸了一口烟，然后满怀思虑地喷出了烟。

"真想像他那样做点什么，而不是到这里来等着，没什么能做的……"他抽了一口烟，弹了弹烟灰，"我其实攒了些钱，但现在拿着钱也买不到东西，有什么办法？到处都是配给的。"

林南抬头，看到那个人在思考。他的大脑飞速地运转着，继续和那个男人聊着他们处境中的危险和机会。

"其实是有事情可以做的。"另一个人压低声音说。

"是吗？"林南随意地回答了一声，过了一刻才好像理解这是一个隐秘的邀请。他认真地盯着对方的眼睛，问要怎么做。

"如果你希望的话，我或许可以找到你能联系的人。"那个人说。

"我当然愿意。什么时候？"

"要看你什么时候有时间了。"

"四月九日开始我就不忙了。任何时候都可以。"林南回答道。他等着另一个人靠近桌子，让身后一个人走过，他靠得特别近，椅子的脚都翘了起来。

"好。现在怎么样？"那个人说。他笑着露出了牙齿。

"现在？那是我能想到的最好的时间了。"林南回答。

他们注视了对方几秒钟，一起笑了起来。

"那就赶紧喝完咖啡跟我走吧,"他说着站起身,"你可以叫我克努特。来吧!"

林南喝掉剩下的咖啡,站起身来。他们出门走到阳光下。

"这样好。外面耳目少。"克努特说着,紧了紧身上的外套。

"现在这种时刻再小心也不为过。"林南站在男人身边严肃地说。

"可惜,事情就是这样,"克努特回答着,穿过了马路,林南跟在他后面,"但我们也需要争取所有能争取到的帮助。"

"所以今天我碰见你可真是有缘分,"林南说,"我很愿意帮忙。"他很注意强调了最后的那句话。

"菲斯科韦克……你能弄到车吗?"

"嗯。我战前用的车还停在车库。怎么?"

"我在帮忙办一份报纸……我们需要人帮忙把我们印的东西发出去。"

"抵抗运动的材料?"林南低声说。

有个推着儿童手推车的女人走过,克努特等他们过去了一段路才接着回答。

"是的,你不会害怕吧?"

"当然不,"林南摇了摇头,"正相反。"

"好的,菲斯科韦克,我也实话和你说。"克努特在河边的十字路口停了下来。一只乌鸦在水边啄着一只死鸟,低头啄着内脏,过了一会儿才抬头看看周围。

"我们做的事情风险很高,而且做这种事是没有钱拿的。你明白吗?"

"我明白。谢谢。我当然要考虑下……让我想想……好了！我想好了。我们继续走吗？"林南笑着问克努特。他也开始笑了起来。

"太好了，我就希望听你这么说。那你现在就跟着我吧，菲斯科韦克先生。"

"我们要去哪里？"林南低声问。

"去总部。"克努特回答道。

他们快步走过了街道，进了市中心一间小小的集体公寓的楼门。房间里几乎没有家具，窗户上挂着遮光窗帘。这里曾经是个学生公寓，现在被改造成了一个秘密的印刷车间，有印刷机、印刷版和大卷大卷的纸。当然这一切都很小型，很不专业。两个男人抬起头看他，和他打了个招呼。林南自我介绍是奥勒·菲斯科韦克。他手里拿了一张报纸，迅速地翻阅了一下，兴奋极了。想想格哈德·斯图博斯听到这个消息会说什么！这报纸上满是对抵抗运动的鼓励，让他们坚持下去，列举那些成功的行动，以及同盟国在前线的小胜利的消息。

"可惜这些设备很旧了，可惜我们只有这些。"那个人说。

"不，不，这很好了！"林南说，"这些报纸会让更多人投向我们这边。这样才能赢得战争。如果你们需要的话，我会帮忙把它们分发出去的！"

"我们需要帮助……"另一个人脸上露出了一些不安的表情。林南注意到他看了一眼另外的两个人，好像在询问他们的看法，看他们是否认为眼前这个人能够信任。不过没有人反对，只是耸了耸肩。于是他回过头问林南什么时候可以开始。

"我明天就可以开始,"林南说,"越快越好。"

"谢谢你,菲斯科韦克。"那个人热情地微笑着,约定好了第二天见面的时间。

林南又感谢了几次他们做的工作。然后他往门外看了看,确定了安全就匆匆地离开了,穿过小巷子,记住路。他故意绕了很大一个圈子,确保没有人跟着他,才进了传教士酒店的门。他几乎想跑步穿过走廊,冲进格哈德·斯图博斯的办公室,把自己的发现告诉他。德国人已经花了好几个月的时间,想要端掉这个网络,但一点线索都没有找到。而亨利一个上午就找到了所有的一切。

他们打了个招呼,然后亨利急匆匆地把抵抗运动的报纸放在斯图博斯的桌子上。斯图博斯弯下腰,嘴里嘟囔了几句,然后他抬起头看着林南,问这是从哪搞到的。亨利立刻把整个故事讲了一遍。他是怎么在咖啡店找到了那个对的人,通过假装是当地一个很知名的共产党人的弟弟,赢得了他的信任。他介绍了他们那个小小的工作室的情况,里面的印刷设备,还有一个小组织负责在各个小地方传播这些资料。虽然这些设备非常简陋老旧,但它还是能造成很大的影响。斯图博斯把眼镜摘下来放到桌上,然后拍了拍林南的肩膀,表扬了他的工作。他说林南做的工作简直不可思议,做出了很大的贡献。他说他早就知道,他们雇用他是再正确不过了。亨利站着接受着所有的赞赏,他努力想要控制住自己的微笑,面部都开始抽搐了。斯图博斯问了那里的地址,他立马就说了出来,他在回来的路上一直默念着这地址。

室内安静了下来，很明显，斯图博斯在思考要怎么做。随后，他轻轻地拍了拍桌子，问林南能不能等他一会儿。他说他想让他见一个人。

亨利点了点头。会是什么人呢？

斯图博斯带着两个人回来了，其中一个穿着军服，头发稀疏，有一双清澈的蓝眼睛。

"林南，这是格哈德·弗莱施总司令。"格哈德·斯图博斯介绍说。这位新进来的军官伸出了手，林南和他握了握手，然后斯图博斯用德语向军官介绍了林南的名字。

"另外这一位是翻译，弗莱施先生不说挪威语，但他能听懂一些，因为从占领开始，他一直在卑尔根工作。"

弗莱施点了点头，然后他用德语对林南说了些什么，翻译翻成挪威语给他听。这段时间让人不安、尴尬，两个人都必须等很久才能让自己的意思被对方接收到。

"我听说你找到了让我们最头痛的敌人的藏身之处？"翻译说。

林南点了点头，然后讲了他发现的印刷车间和抵抗运动的报纸，还有这些宣传材料会怎样被分发到各个地区。翻译把他的话翻译成德语。弗莱施满意地点了点头。

"地址你也有？"他问，亨利听明白了，在翻译说完之前就点了点头。

"对……他们现在肯定还在那里，"林南热切地说，"你们应该派些人去抓他们……快一些。"他说。但弗莱施说他有个更好的主意。

"这些人,他们觉得你是他们那边的,"弗莱施笑着说,"而且他们还想着要把报纸分发到整个特伦德拉格郡。对吧?"

林南等着翻译说完。

"嗯,是的……然后呢?"

"你必须帮助他们,林南。你要帮助他们,或许你可以拿一捆报纸,四处去分发?"

亨利在他讲话的时候,听到了几个自己知道的词,但他还是耐心等翻译把话说完。可即使那样,他还是不太明白,他要**去帮助他们**?

"但……这是为什么呢?"亨利问。

"这样你就可以了解他们的整个蛛网结构,让我们之后可以很轻松地把他们一网打尽。"斯图博斯用挪威语说,手在空气中画了个圈,仿佛是在撕掉一张无形的蜘蛛网。

"要我做双面间谍?"林南问。

弗莱施点了点头。

"我们把这个叫作……**渗透并了解敌人**。他们以为他们是在帮助自己人,其实是为我所用。我们还能找出他们的幕后人物……把他们在特伦德拉格郡的组织一网打尽。或许我们还能通过这个找到在其他城市的重要人物,比如奥斯陆和卑尔根……"

林南笑了起来,这就像他之前读过的间谍故事,电影里那些故事。只不过这回,**他**是主角,亨利·奥利弗·林南将在大银幕上扮演主角。

"所以,林南,我希望你不要把这个组织的事情告诉任何人,"弗莱施说,"你说他们现在的设备非常陈旧过时?"

林南等翻译说完,点了点头。

"我们希望他们能印出更多的报纸,他们印得越多,分发得越多,我们就能发现更多的敌人。我有个想法,可以帮助他们提高效率……"弗莱施说,很高兴地在桌上展开了自己的计划。

到了晚上,亨利回家和家人在一起。他和儿子玩了一会儿,把儿子抱在怀里,用膝盖模仿货车开在颠簸的路面上的样子,越来越快,越来越快。儿子坐在他的腿上,等待着他们俩都知道会发生的那一刻——货车翻车。他膝盖张开,孩子从他的两腿中滑下去,紧紧抓住他,以免掉到地板上去。孩子转过身子,抱住他,直到把气喘匀。克拉拉在厨房的门口笑着看他们,女儿在她的胸口喝着奶,可她的笑容里带着些许伤感。管它呢,这是她的问题,他想。孩子睡了之后他找了一瓶酒,很快就喝掉了几杯,想着明天要进行的大计划。这可是很大很大的计划,他满意地想着,喝掉了最后一杯酒。然后他没有等克拉拉就上床睡了。

夜。

清晨到来了。阳光照过窗帘,照到了背身对着他的克拉拉身上。她醒了吗?或许吧。亨利一下子从床上坐起来,穿好衣服,和儿子一起吃了早饭,然后就直接去了抵抗运动的秘密基地。这是最安全的。万一有别的人跟踪他,他们只会看到他是从家直接到他们那里去的。弗莱施会安排好其余的事情。

他敲了敲门。进门之后，他和他们说他从一个原来在印刷厂干的老朋友那里弄到了一台印刷机。他们现在停工了。他说了机器的牌子，然后说了这台机器一个小时可以印多少报纸。

"我们要怎么弄到它？"屋子里另外一个人问。那是从开始到现在都没说过一句话的人。

"现在机器已经在火车站了，今天早上运来的。我们只需要开车去那儿拉来就行，当然必须先确保没人跟踪我们。"

"这样啊，那今天下午的会议怎么办？"另一个人问。他们之间交换了几个眼神。他们说的是什么会议？

"他们来之前我们能回得来，"奥勒说，"动作快！"

他们一起出了门，两个两个地走，装作彼此不认识的样子，一些人在车站的停车场上等，确保没有人监视他们，然后另外两个人去抬箱子，把它抱进车子里开走。大家就地解散。

他们把车子停在了藏身地方的附近，确保周围没有德国人的时候，才从街角进了那座公寓楼。

一个男人打开箱子，端出了那台机器。另外一个人笑出声来，其他人都跑过来看。一台现代化的钢制印刷机，上面还有玻璃做的按钮和小灯。

亨利告诉他们这台机器能印多快，一分钟能进多少纸张，还能按照正确顺序印刷和装订纸张。

"我的天哪，菲斯科韦克！这个就归我们了？"

"不是，但在战争结束前你们可以借用它。德国人还在的情况下机器的主人也用不到它，所以我和他说，如果让我们借用说不定能早点儿让德国人滚蛋。"

"太好了,"其中的一个人摇了摇头,"这让我们怎么感谢你啊!"

"把德国人赶出挪威去!"亨利回答说,"如果可以的话,我也愿意帮忙!"

"当然可以!我昨天说过的,我们需要人开车去各地分发……当然这也不是没有危险的,如果你……"

"我很愿意!能做一点事情是我的荣幸!"林南说,脸上带着小心翼翼的、谦虚的微笑,心里想着这些人是多么好骗。他能看出他们笑容后面的疲倦,看出这样的生活下的精神状况。他们冒着生命的风险,家里还有家人。他们很感激自己被理解,有人和他们分担风险,所以没有向他提出更多问题。

亨利拿到了一张手写的地点名单,那是他要去的地方,还有所有会接收报纸然后继续分发下去的联系人的名单。他把一捆上一期的报纸装进了一个文件盒子,向他们表示感谢后准备出发。他的心里已经有点迫不及待,想把一切都告诉弗莱施。这时候,两个陌生人走了进来。这两个人让屋子里的气氛发生了变化。

"你们来了!"亨利在咖啡馆认识的人说,"和我们最新的成员打个招呼吧。"他边说边走到亨利身边把他推上前。"这是奥勒·菲斯科韦克,就是那谁的弟弟!"他边说边开始笑。另外两个人还是很严肃。"菲斯科韦克刚帮我们弄到了新的印刷机,然后会去各个地区分发报纸。菲斯科韦克,这两位是我们特别重要的人物。这位是奥斯陆组织的领导者……这位是卑尔根组织的领导者。"

亨利有礼貌地和他们打了招呼，非常谦逊地，好像他确实非常仰慕他们。他说见到他们很荣幸，然后特意重重地和他们握了握手。这些人喜欢这样的，他想。奥斯陆组织的领导者讲了一下他们计划中的将让挪威全国被占领的地方瘫痪的大罢工。林南听得很仔细。另一个人讲了他们对海港那一艘货船的破坏行动做的工作。亨利心里想把所有的细节都记下来，他有点紧张，想让手有个动作。于是他把手伸进口袋拿出了烟盒。他点了一支烟，仔细地听着。他把烟盒放进口袋的时候，才突然想起他应该给别人也发烟，这样能更好地和他们打成一片。所以他又把手伸进了口袋，从手套旁边拿出了烟盒。等他发现这是一盒另一个牌子的烟的时候已经晚了。谈话停了下来。

"哎哟，你身上还有两个不同的牌子啊？这可真稀奇……"奥斯陆组织的领导讽刺地说。幸好其他人没有注意到这边发生的事，都站着看桌上的计划。

"是啊，确实是，"亨利回答道，腼腆地笑了，"我好几个星期没买到烟了，突然他们和我说可以多买一点，我就买了。可我也不敢把它们放在别的地方。你抽吗？"他边问边递出了烟盒。卑尔根来的那个男人转过身去，又开始接着刚才的内容讲下去。

"好了，伙伴们。我们有很多的细节要做安排。"他说着，看了一眼钟。幸好他们的时间不多，亨利想。很快，所有人的注意力都集中在他们面前的任务上；他们根本不会注意到亨利。亨利留了下来，一本正经地默默记着所有的细节。最后奥斯陆和卑尔根组织的领导者走出去了。为了安全起见，其他人多留了几分钟。这回亨利突然又变得显眼了。

"你们太棒了,"林南说,"就是因为有你们这样勇敢的人,我们才能打败德国人。"

"是的,但每个人都可以做出自己的贡献的,菲斯科韦克。"其中一个人边说边用手抚摸着印刷机。其他人点了点头,其中一个人把一沓报纸递给亨利。亨利拿起来,深深地吸了一口气,认真地、充满感激地微笑了一下,然后把报纸放进了文件盒。这回他又拿到了更多的联系人名字、更多的地点。

"名单上所有人都是咱们的人吗?"亨利说,"你们都了解这些人,对吧?"

他们拍了拍他的肩膀,感谢他这么仔细,然后他终于走出了门。他几乎想要在鹅卵石路上跳起舞来,但他当然不能这么做,必须要小心。他知道他应该立刻回家,以免有人跟踪他,但他实在等不了了,他必须立刻把他听到的这些说出来,越快越好。他往错的方向走了几个街区,转过街角,心跳得非常快。他等了几秒钟,转身,看看来时的方向,没有人在跟着他。然后他继续穿过市中心,去了传教士酒店。一路上他都在默念着两个领导者说过的名字和日期。进了门,他才拿出随身的小笔记本,把所有他记得的细节都写下来。奥斯陆组织和卑尔根组织的领导者的名字,发动袭击的日期,他们藏身处的地址。这简直是太美好了,他边想边合上了小本子。他简直太爱纸张摩擦发出的这细小的声音了。他匆匆地走向格哈德·弗莱施的办公室。

弗莱施拿着一份文件靠坐在那里,手边有一块吃了一半的拿破仑蛋糕。淡黄色的奶油夹在硬硬的夹层中。他能感觉出大概有什么不寻常的事。林南把文件盒放到桌上，拿出那沓抵抗运动的报纸的时候，心里想，他肯定能感觉他的自信心爆棚了。他不仅找到了谁在印刷报纸，还有很多其他地区的联系人名单，全部的传播网络。而且他居然还得到了更多信息，见到了抵抗运动另外两地的首领，还听到了他们正在计划的针对铁路的破坏行动。弗莱施等翻译把他说的话都翻译完，先是摇了摇头，不是否定的意思，不，不，他是要显示亨利做得超乎寻常地好——超凡的行动。他感谢了亨利的努力，说了那句亨利会永生铭记的话："我就知道我们选择你是正确的！"

亨利也参加到了计划的制订中。他们会询问他的意见，问他应该怎么行动，怎么安排行动会最有效果。这都是他应得的，坐在那里参与计划的时候，他心里默默地想着。他看到他的表现改变了一切。这是他的功劳。

然后，纳粹开始了行动。五十三人被捕，很多人被杀害。亨利没有直接参加行动，他只是从别人那里听到了行动的结果。罢工和破坏行动都被中断了。

等到所有的行动都结束，弗莱施邀请他去办公室庆祝一下。桌上摆着一瓶昂贵的白兰地，还有精美花纹的水晶杯。他们为胜利干杯，亨利也得到自己升职的消息。他的薪水涨了，也会获得新的更重要的任务。

"敬罗拉特工先生！"弗莱奇边说，边举起酒杯。所有人都带着微笑举起了酒杯。

几天之后弗莱施问他是否学习过"审讯技巧"。办公室的一位秘书为他翻译了这个词的意思。

亨利摇了摇头，用德语回答说没有。

弗莱施带着他顺着楼梯到了传教士酒店的地下室，虽然林南曾经听说过办公室下面的楼层里有监狱，但他还没亲眼看到过。弗莱施带上了翻译。然后他们一起顺着楼梯下到牢房，身边弥漫着铁锈、烟草、汗水和恐惧的气味。底下时不时还会传来尖叫的声音。弗莱施在一间牢房门口停了下来，简单介绍了一下里面关着的那个人。他们怀疑他知道一些有关抵抗运动的运输任务的秘密情报。这个人可能对整个第三帝国构成威胁。

"你必须这么想，他们首先是危险。"翻译说。

"然后，你还得想他们每个人都是钥匙，是答案。他们当然不愿意告诉我们，但用另外一种工具，会让他们改变主意，那就是疼痛。"

弗莱施冲跟着他们的士兵点了点头，他把门打开了。就这么简单。他的意志，只需要轻轻点一下头就会被执行。有人帮他开门，送来吃的喝的。他做一个手势，就会有人被逮捕，被枪杀，或是被放生。

房间里有一个男人。他坐在一张凳子上，身体前倾，手臂被捆在身后。边上的桌子上放着各种不同的工具。一根鞭子。一把刀。

被关的人看了他们一眼。他的头发乱糟糟的，眼睛里满是怒火和恐惧。

"看见了吗？"弗莱施用德语说着，然后拿过一副黄色的皮手套,"他们必须被驯服……他们就像是野兽,需要学会认识谁才是主人……他们必须被打垮,然后他们就会开口了……帮助我们结束这场战争,这样我们所有人都能离开这个猪圈。"

他把手套戴到手上,转身看着被关着的人。"是不是?"

弗莱施突然出手让亨利吓了一跳。黄色的手套突然向前,一拳打在那人的下巴上。一声闷哼。唾液混着血从他的嘴角流了下来。

"这样简单的一拳是个很好的开头。就像是热身一样。"

翻译把话翻译了一下,显然也是考虑了当前的情况。弗莱施又揍了那人一拳。亨利感觉自己的心又沉了沉。空气中弥漫着一种侵略性。翻译用德语问了弗莱施一句,大概是他是不是需要在下面,或者是他能不能走。

弗莱施又挥了一拳,用的是左手,然后摇了摇头。想想,要是我有这样的权力!

林南在心里笑了笑,想起他把一条鱼扔在克拉拉面前,想起他给鱼开膛破肚,那些肠子、胃和肝脏挤压在一起,缠绕在他的手指上的时候,她背过身去的样子。犯人坐在他们面前的椅子上,闭着眼睛,鼻涕混着鲜血从鼻子里流出来。弗莱施脱下黄色手套,仔细地折叠好,放进口袋里。然后他回过身,让翻译翻译给他听:

"现在轮到你了。"

这不是个问题,就是陈述句。亨利点了点头。他看着眼前的犯人,注意到弗莱施和翻译投过来的目光。这是个考验,他想。他紧紧地握住拳头,指甲都戳进了手心的肉里。这是一个考验，我必须要向他们证明我准备好了，他想。然后他挥出拳头，意外地撞到了很硬的东西。鼻梁，或者脸上的骨头。他打得如此之重，凳子往后倒了下去，凳子的两条腿努力保持了一下平衡，然后男人整个倒向了地面。

弗莱施大笑起来。"打得好！"他用德语说，然后俯身看着躺在石头地面上的男人。

"现在，你准备好开口了吗？是谁在帮助你们？你的联系人是谁？"

翻译把话翻了过去。男人只是紧紧地抿着嘴唇，一言不发。弗莱施站起身，看起来有点失望的样子。

"好吧，好吧。有时候我们还需要别的工具来达到目的。"他边说边用靴子踩住了那个人的脸。翻译把他说的话翻给亨利听。犯人的脸被鞋子压得变了形，就像亨利小时候站在镜子前挤弄自己的脸做鬼脸那样。弗莱施把全身重量压在一只脚上，从关押的人的脸上踩过去，就像在森林里踩上一个木桩一样，犯人的喉咙里发出了一声呻吟。然后他走到桌边，那上面摆放着几种不同的工具。金属的夹子，看样子像是环住手腕或是脚踝的。一条缀满了刺的鞭子，几根棒子，还有排成一排排的带尖刺的武器。

"重点是要找到对的位置。"他边说边从墙边的一张桌上拿起一根锥子。然后他抓住躺在地下男人的一只脚，脱掉他的鞋子。

"脚底是个好位置，"弗莱施脱下他的袜子，摸了一下他的脚底，从脚趾摸到脚踝，"尤其是这里。"他说着用一只手指按

205

了一下脚趾到脚跟中间的那个位置,这里从来不接触地面,皮肤最薄。

"能麻烦你帮我抓住他的另外一只脚吗?"

林南走了过去,抓住了那个男人的脚踝。他试图挣扎,但很快就不动了。房间里只有他们的呼吸声。然后一声尖叫。弗莱施把锥子扎进了他的脚底,慢慢地刺进他的肉里。

"你准备说了吗?"

"我说!!!!"

尖叫。鲜血、口水和眼泪从他身体里流出来。弗莱施看了一眼林南,然后拔出了锥子。鲜血从苍白的皮肤上渗出来,顺着脚后跟流下来,滴到地板上。

"我……我会……说的……"

"看我说什么来着?"弗莱施满意地说,把锥子放回桌子上,把它们排列整齐。然后他弯下腰,找出笔记本,让被关押的人开始说话。在几分钟充满了眼泪和唾液的尖叫后嘶哑的嗓音里,他听到那些名字,把它们记录在笔记本里。然后弗莱施站起了身。

"所有的意志都可以击碎,"他说,"只是时间问题。我需要我的人在必要的时候去执行这样的命令……"他说完,等翻译把他的话翻过去,"我想,在我要求你去做审讯的时候,你不会拒绝吧?"

"当然不会。"亨利回答说。

"很好。林南,这是第一课。之后我还会教你更多的。"

M 是家人和农场偷偷送进法斯塔德的食物，这让你们在集中营里的日子稍稍好过一点。

M 是"晨间运动"，这个词很大程度上与惩罚是一个意思：跑步，跳跃，做俯卧撑，直到所有人筋疲力尽，瘫倒在地上，嘴里满是血腥味，嗓子眼儿和胸膛发痒，让想到死亡都觉得是一种解脱。

M 是偏头痛。

M 是过去的月份，林南陆续得到的新任务。到了一九四一年夏天，亨利在传教士酒店开的那些会让他意识到他们是多么依赖他。他们是多么信任他的报告。很快到了十二月，他依旧是一个人工作，记录下大大小小的事情，几乎日日夜夜都在工作。

M 是在我挖掘你的故事时突然在一个早晨出现的想法。是谁在咖啡厅里听到这段对话，又是谁听到你把这些消息传递出去了呢？肯定是一个懂挪威语的人，我想，应该是一个不太显眼的人。一个不会引起别人注意的人。突然我想到有一个人完全符合这样的描述。我知道在一九四一到一九四二年的那个秋冬，有个人在特隆赫姆四处游荡，记录下所有可疑的事情。
林南。
这个可能性是非常大的，我想。我想象着在一九四二年的一月，亨利开着车穿行在特隆赫姆。他会把车停在咖啡厅外，熄灭引擎，脱下驾驶手套。他会把报纸夹在腋下，从烟盒里拿出一根烟，然后路过一家犹太表店，上咖啡厅的台阶，从服务员那里点一杯黑咖啡，然后坐到一张空着的桌子边。他看着那些深色头发、棕色眼睛的男人——他们应该是犹太人，他这么想着。他装作很认真的样子看着放在桌上的报纸，耳朵认真听着那四个人的谈话。他一下就听到了他们在讨论英国广播电台里讲的新闻。他们在讨论俄国前线发生的事情，完全公开的讨论，好像不知道听外国新闻是被禁止的一样。事实上，这样公开地讨论可能会削弱德国统治的新闻的现象并不少见。哪怕别人能听到他们在说什么，女服务员会过来给他们续杯，他们还是继续讨论着。他们过得太舒服了，觉得自己太安全了，就这么简单，亨利想。然后他翻到报纸上填词游戏那一页，开始记录下这些男人提到的名字。他记录下他听到的所有信息，在其中一个男人要离开的时候，也准备跟着离开。那些人里面最瘦的那个男人叫大卫。很明显他是犹太人，而且和共产党联系密切，在谈话中好几次都能听出来。亨利冲女服务员笑了一下，喝完杯子里剩下的咖啡，然后站起身跟着大卫出去了。这个季节天黑得很早。他决定把车留在原地，自己在安全距离外跟踪他，但不能离得太远把人跟丢。他看着大卫在外套的侧面打着节拍，用口哨吹着犹太人的曲子。

让我们看看你要去哪里，共产党小子，亨利想着，从一个街角到了另一个街角。他看到大卫走进一家叫巴黎—维也纳的服装店，和一个戴着圆眼镜、年纪有点大的男人聊了几句。亨利决定之后再调查这个男人,因为大卫很快就出来了。亨利走在对面的路上,直到看到大卫走进自己住的房子。他等了一会儿,在信箱上看到了他的全名:大卫·沃尔夫松。他还记下了刚才那家商店的名字,巴黎—维也纳,提醒自己之后要去找出那个店主的名字。之后,他又回到咖啡厅的女服务员那里,试图和她搭讪套话。他说他认出了大卫的几个朋友,但就是怎么都想不起来他们叫什么了。

"这简直是太让人抓狂了,不是吗?"他问。然后他就得到了那些名字。

也许一切就是这样。也许答案就藏在特隆赫姆档案馆厚厚的墙的后面。如果真的是这样,那我们家庭的故事就比我曾经相信的与这一切联系得更紧密。这个家族故事也变得更黑暗,有更多的伤痛。

我对丽珂讲了这种可能性。

"有办法找出答案吗?"她问我。我告诉她国家档案馆里有林南的笔记本——我曾在不同的传记里看到过它内页的片段。或许在那里,在厚厚的水泥墙背后,在林南亲笔写下的记录中,藏着这答案。

第二天,我们订了票。


M 是马亚湖,在那里有两名德国士兵被杀。

一九四二年五月五日,抵抗运动破坏了运送罗肯矿井里挖出的矿砂的铁路线。这些矿砂用来制造武器。九月二十日他们炸掉了在格洛姆峡湾里的一个水电厂。十月五日他们再一次展开了针对矿山的行动。除此之外，一个集中营还有两名德国士兵被杀。德国人的耐心被耗尽了。一九四二年十月六日，时任纳粹德国驻挪威总督约瑟夫·特博文在特隆赫姆的一个广场上宣布城市进入紧急状态。晚上八点到凌晨五点之间禁止人们外出。电影院被关闭了，其他地方在晚上七点之后关闭。作为对所有人的惩罚，烟草的售卖也被停止了。挪威警察和德国士兵编队在一起，加起来总共有两千人带枪在街上巡逻，搜查房屋，审讯家庭，逮捕有嫌疑的人。

最后，作为对这些不知名的参与了抵抗运动的人的报复，有十个人被处决了。你就是其中之一。

M是玛丽·科米萨尔，是她走路的动作，在房间里穿行的样子，是她和保姆一起将食物摆上桌子，为宴会做准备。M是她的记忆，她让自己保持忙碌，用计划的活动赶走空虚，永远在活动，她就这样避免被突然袭来的哀愁抓住，把她带入没有动力的状态。所以，在一九五〇年圣诞节前夕，她决定聚齐全家，庆祝光明节的到来。

玛丽抬头看看钟，距离客人们到来还有一个小时。她让保姆们点燃烛台上的八支蜡烛，为了纪念上帝让耶路撒冷圣殿里的油灯持续燃烧，直到犹太人光复耶路撒冷。这真是个奇怪的故事，尤其这个神迹是那么小，她不止一次地这么想过。

桌子边坐满了人，可她很明显地知道有谁不在这里。大卫不会在那里。从前所有的光明节聚会上，你都坐在她的身边。现在轮到格尔森坐在那里了，他的边上坐着埃伦，她已经到了孕晚期，随时都有可能生产。然后是雅各布和薇拉，他们的边上是你哥哥的妻子和他们的孩子。他们失去了父亲。玛丽静静地望着桌上的装饰，水晶杯，镶着金边的盘子和白色的桌布。可哪怕面对着这些，她还是觉得想躺倒，对着瓶口喝酒，把保姆们都赶走，让自己沉浸在回忆里。

M 是林南帮派的成员们。我们在战后的审判里看到过这些年轻男女的几张照片。他们一排排地坐在那里，微笑着聊着天，或者说得更确切一点：他们在那里坐着，胸有成竹的样子。总共有七十多人在不同的时间段加入过罗拉特别行动队，但同时期最多不超过三十人。有些人被杀了，有些人退出了，但这让组织变得更有效了。林南帮派的发展始于一九四二年一月他去斯泰恩谢尔的旅行。那是在打击特隆赫姆非法抵抗运动的胜利之后，弗莱施希望林南招募一些帮手，把莫雷和罗姆达尔地区的抵抗运动一网打尽。他们的计划是要阻断来往英国的航运路线，因为这条航路一直在给他们的敌人提供武器、技术和人员的支持。

林南和家人道了别。他收拾了行李，说自己要离开一段时间。他抱起儿子，拥抱了一下他，也抱了一下小女儿，小姑娘已经开始会满屋子跑了。他只是短暂地亲吻了一下克拉拉的脸颊，主要是为了让儿子看到。他注意到她只是被动地被抱着，完全不像从前那样亲吻他的嘴唇，她只是接受了脸颊上的一吻，然后迅速从他怀里离开。他是真的那么让人讨厌吗？她难道不为他被授予的责任感到骄傲吗？他的工作给他们带来了那么多好处,他为家里赚了那么多钱。去他妈的,他边想边拎起箱子,手紧紧地握着小小的把手,脸上的肌肉紧张地跳动,他感觉到了,但他控制不了。然后他看到自己的女儿坐在地上玩着一个空纸盒,看都没看他一眼。他想要说点什么吸引她的注意力,毕竟他要离开很长的时间,但说了又有什么意义呢?

"好吧,好吧,你好好的吧。"他说,一方面是因为他真的这么想,另一方面也是不想克拉拉之后说他就这么走了,说他变得沉默而冷淡,他根本不是这样,只是他要考虑的事情太多了。他有那么多责任,脾气急也是正常的。离开家,他们总会想念他的,会希望他出现在客厅里、卧室里。但又似乎不是这样,在女儿出生之后,他从没有过这种感觉。他看了一眼克拉拉,她冲他笑了一下,让他路上开车小心。她真的在乎吗?她巴不得我撞车吧,他边想边坐进了驾驶室。他用扭曲和轻蔑的声音重复着她在离别时说的话。**是的,驾驶小心!**

真可笑!她是在暗示他不是个好司机吗?他可能是整个郡里最好的司机,最熟悉道路的人了!他发动车子,踩下油门,而且她的话里透着虚假的关心,透着她根本不是这么想的心思。要是他开下路基撞上树,被甩出车死了,她也不会太伤心吧?这样的话,她能靠着抚恤金在剩下的战争岁月里生活,如果德国人真的赢了,她能靠这生活一辈子。他边想,边加快了雨刮器刮刷的频率。

这是二月份了,道路被白雪覆盖着,他穿行在大团大团的像雪球一样落下的大雪中。路上几乎没有什么车,很快他的肩膀放松下来,他开始享受旅程。虽然路很滑,路况很糟糕,他还是很享受这一切。这不过是另一项测试,他必须通过的测试。几个小时后,他到了斯泰恩谢尔,在酒店前停下了车。

他从后备厢拿出箱子,感受着大厅里传来的暖意,享受着迎接他的酒店大堂服务员的微笑和热情。这周围的一切都是为了让他感觉舒服,让他作为客人在这里的时间尽可能愉快。什么人能来这种地方呢?当然只有特别重要的人,那些身居企业高位的人,从外国来的人,或是纳粹的军官。但没有人的身份像**我**这么特殊,林南接过钥匙的时候这么想。

他点了一杯波特酒暖和暖和身体,然后吃了点东西,休息了一会儿。他准备翻开人生的新篇章——做间谍。他要招募更多的成员,要发展组织。他想着,如果他有更多双眼睛、更多只耳朵,就可以到不同的地方侦察,有更多的手能记录下所有他们看到的事情,然后回来报告给他。如果这样,他能做成多少事情?他能知晓一切。他终于能**真正**向弗莱施展示他有多厉害,林南想着,又在酒店的餐厅点了一杯葡萄酒。他冲着给他服务的女侍者微笑了一下。在她问他对食物是否满意的时候,他回答道:"是的,好得不能更好了。"然后在她真心冲他微笑的时候说:"而且,我还有点**事情**想做……"他冲她眨了眨眼睛。她确实对他特别友好,不是吗?就好像她想和他调情,或是完全被他吸引了。餐厅女侍者脸红了,好像突然发现身上的白衬衣在俯身去拿他身前的烟灰缸时太紧了,黑色的裙子又是如何紧紧地包裹住臀部。但他看得出来她是喜欢这样的。注意到这一点,他特别注意对她说好听的,冲她微笑,但她的回应有些保留。大概她比较内向吧,他想着,也许她不太习惯他这种直接的方式。他其实希望她会俯下身问他住哪个房间，说自己在工作结束后会上去找他，但她没有这么做。她只是接过钱，表示了感谢，有些不安的样子。或许她有男朋友在等她，或许那也是在酒店工作的人。他边想边上楼去了房间。看着窗外，他又喝了一杯酒，思考着第二天要发生的事情。一想到这件事他就不由自主地微笑。他要找一些帮手，显然这说明他升职了，他要开始发展下线了。这简直让人难以相信，他想着，举起杯子喝掉了里面最后几滴酒。他感觉大脑开始变得松弛，酒精带走了不安和愤怒，只剩下满足感和微微的晕眩感。他放下杯子，想去洗手间撒尿，但撞到了床脚，脚上一阵剧痛，跌跌撞撞了好几步才保持住平衡，继续往厕所门口走。忽然，他听到外面有人走过，他想象那是刚才给他服务过的年轻女人。她已经送走了所有的客人，她会敲门，走进房间，解开白衬衣上的扣子，就在他的面前，在窗外街灯照射进来的昏暗灯光下。林南感到裆部发紧，他把头靠在门口，听着脚步声从门口路过，地板嘎吱的声音逐渐远去。他急匆匆地打开门往外看，看到一个五十多岁的秃头男人正在关上房门。

好吧，好吧，亨利想着，关上了门。他走到洗手间里，现在的他又冲动又尿急，只能坐在马桶圈上撒尿，用一只手压住勃起，弯下腰，低着头。他看着地板，尿液打在马桶的内侧，他感觉整个房间倒了过来。很快，他跟跄地回到卧室，爬进被子里，感觉房间缓慢地旋转着，仿佛屋子中间有个旋涡，正将他慢慢地往下吸，直到他所有的思维都被拉进了梦境里。

第二天醒来的时候，林南觉得脑袋里好像有东西在敲打那样疼痛，嘴巴非常干，感觉舌头都磨破了。他站起身，盯着镜子里的自己看。洗了好几次脸，可那种感觉还是挥之不去。他感觉自己的脑子好像肿了，不停地撞击着头骨。他也知道自己前一天晚上喝得太多了，但时不时的寻欢作乐也是应该的。毕竟他做了那么多工作，开了那么远的路才到这里的，林南想。他想起了弗莱施给他的那一瓶药。离开城里之前，他去了传教士酒店，那时他睡得太少，弗莱施说他看起来有点累。

"试试这个，它会让你打起精神的。"弗莱施笑着对他说。

"这是什么药？"林南问，手里把玩着药瓶。

"柏飞丁[1]，"弗莱施说，让林南拧开了瓶盖，把白色的药片倒在手掌里，放进嘴里一片。药立刻就有效果了。这正是他现在需要的。

他在行李里找了找，拿出了那个小玻璃瓶，倒了一片出来。他把它放在舌头上，有一种化学制剂的味道，他低头从水龙头里喝了口水，把药咽了下去。等他洗完澡，吃完早饭，头已经基本不疼了，他能感到不知从哪儿来的新的力量涌进身体，他对着玻璃瓶说了一声谢谢，把它放进口袋，把刚才的疲倦抛在脑后。他又弄了点发胶，把刘海挑起来，仔细检查了下两边的发型。然后，他往咖啡厅的方向走去，他得去找能帮忙的人。那是亲纳粹的人经常去的地方。他早就记下了地址。走在大街上，在这座被轰炸过的城市里，他想起自己从前曾经来

---

[1] Pervitin，甲基苯丙胺，中文俗称"冰毒"。1938年德国制药公司开发出片剂，音译为"柏飞丁"在德国上市。——编者注

过斯泰恩谢尔，记得之前这里有很漂亮的带塔楼和窗户的石头房子。真可惜它们都不在了，他想着。他想了一下如果是自己的家乡被轰炸成这个样子会怎么样。假如莱旺厄尔变得遍地残垣断壁，就像现在的斯泰恩谢尔一样，他应该是不会高兴的。但是，必要的事情总还是得做。他绕过了一座新房子，看到在单排房子里的那家咖啡厅，另外一边是一家理发店。他在这里不需要伪装双重身份，因为这里都是亲纳粹的人。林南打开门走入这个空旷的房间，房间里散落地坐着几组男人。他们喝着咖啡，抽着烟，看着报纸。有几个人回头看了他一眼，他冲着他们笑了一下。然后他点了杯喝的，坐到一张桌子边四处张望着。他听着他们的谈话，和几个人聊了几句，但没有找到能用的人。不过林南从他们那里知道了当天晚上在咖啡厅会组织一场圣诞聚会，整个地区能爬的会走的都会来。完美！

那天晚上他去了，挤在盛装打扮的男人和女人中间，喝酒抽烟，微笑聊天。他注意听着那些男人的对话，寻找能给他干活儿的人物。很快他就找到了一个他想多聊几句的人。那个金发碧眼的男人看起来有点格格不入，笑起来很腼腆。他对林南说的事很有兴趣，说自己叫英瓦尔·奥尔贝格，他**支持德国**，就像说支持一支足球队那样。英瓦尔边上坐着的那个男人，有点不高兴地看着正和吧台边男人说话的女人。他叫比亚内，他们俩都没有工作，都对这件事情感兴趣。尤其是当林南告诉他们可以赚到多少钱，他们的任务有多简单时——只要假装是从奥勒松那边跨海过来的难民，找出愿意帮助运送他们的人，然后挖出整个偷渡和运送抵抗运动的人的网络就行。林南请他们喝了一轮酒，和他们干杯，聊得越来越热烈。烟雾笼罩的场子里会突然爆发出笑声，有人跌跌撞撞地走着，然后被围在四周的人接住。

"我们唯一还缺的，"林南的身体靠向桌子，"就是一个报信的人。他要在我们之间传递消息，报告发生了什么。你们认识什么人吗？最好是女的。"他说着晃了晃酒杯。他看着眼前的两个人，知道比亚内更聪明、更机敏，也更会隐藏自己的想法。他一眼就能看透英瓦尔，他对自己能得到这样的任务高兴得不得了。林南问他有没有家里人，他只说了一句简短的"没有"。比亚内更内敛一些，不过他说了一个名字，说这位女士可能会愿意参加，然后就在现场找起她来。没过几分钟他就拉着一个很壮实的女人回来了，她的手脚很结实，脸上的线条很刚毅。

林南站起身，伸出手去自我介绍。

"你好，我是林南。"

"你好，我是朗希尔德·斯特伦。"她微笑着说。林南请她坐下来。他其实有一点点失望，毕竟他希望这个人更有魅力一点。显然，朗希尔德·斯特伦不是那种会让他想发展出点什么故事的女人，不过她是亲纳粹的，也愿意给他们几个人送信。他们喝到大醉，约好第二天去她家再见面。

他们在那里喝完了林南带来的一瓶烈酒，他也给了指示，告诉他们接下去要做什么。他帮两个男人取了假名，让他们熟悉新名字和编出来的身份故事：他们需要别人的帮助，在纳粹抓到他们之前离开挪威。

在朗希尔德·斯特伦家的客厅里，他们做了些角色扮演的练习。几天之后林南回家去了。英瓦尔和比亚内去了海边，试着打入偷渡网络内部。每天朗希尔德都会和林南通话，然后把从林南那里得到的指示转达给他们。就这样，林南逐渐得到了那些被使用船只的名字，船主的名字，他们使用的港口还有他们将要出发的日期。

他让英瓦尔和比亚内继续自己的表演，让他们不要害怕，他们很快就会行动，会有人把他们救出来的。他把整份报告交给了弗莱施。很显然他对此很满意，"海狗二号行动"就要开始了，他们会派士兵去那里把整个团伙都抓起来。

林南跟着其中的一辆货车出发了，上面带着五十名荷枪实弹的士兵，这次他是整个行动的指挥。这回他可以好好骄傲一下了，他想着。树木在他们身边越退越远，身边的士兵死死地抓着座位，身体随着道路的起伏左右晃动着。

突然发生了意外。一辆货车的底穿了。林南走出去，嘴里骂骂咧咧的，他走到砂石路上和他们讲他们很赶时间，但这并没有什么用。

一个昼夜之后，他们终于到了海边，运送难民的船早就开走了。英瓦尔和比亚内也被迫和他们一起走了。他们现在肯定怕死了自己的身份会被拆穿。林南边想边望着峡湾的方向，风吹起墨黑色的浪，在水面上拉出一片水雾。

天气预报说海上天气很差，这大概是他们唯一的机会了。他联系了朗希尔德，得到了那两个假冒的难民留下的最新情报,都有谁参与了这次行动。他把士兵们派出去逮捕抵抗运动的成员,然后命令没收剩下的船只,派人出去寻找那艘运难民的船。那天下午,他一直站在海边,看着海面。

夜晚降临了,白天到来了,然后又到了晚上。他终于得到消息,因为海上的天气太差,运送难民的船折返了,所有人都被逮捕了。那两个混在难民里的特工这时候才展示了身份,跑到了德国人这一边。林南拍了拍他们的肩膀,把他们带到暖和的地方。虽然中间有些曲折,行动还是成功的。有五十二人被逮捕,后来这其中的二十二人死在了集中营里。那是一九四二年一月的事。

三月的时候,罗拉特别行动队成立了,林南被要求加速招募成员的工作。他们在市中心的一座公寓里有了自己的总部,房主在法斯塔德被枪杀了。那是大卫·沃尔夫松,玛丽的哥哥。

M是玛丽·阿伦茨。亨利是在朗希尔德·斯特伦家见到她的。那时候他让朗希尔德找一个能和她一起坐船去博德的女性朋友,她们俩要假装是抵抗运动的人,去招募新的成员。他一见到玛丽就喜欢上了她,喜欢她冲他笑的样子,两个人一见如故。他给她们倒酒,让她大声欢笑。她们喝着酒,他给她们钱和烟,告诉她们能拿多少薪水,几天就能赚到一个月的钱。他告诉玛丽他会给她更多钱,去买好看的衣服。"当然你不需要那些就已经很美了。"他冲她挤了挤眼睛,得到了妩媚的一笑作为回应。在短短的一瞬间,他想到了克拉拉,可转眼又将她抛在脑后，反正她那么冷淡，那么无所谓，他为什么还需要有任何负罪感呢？既然克拉拉没有显示出一点点对他的喜爱，和他做爱完全只是因为他要求，那就随她所愿好了，他想着。他完全有权利在别的地方得到满足。林南说要送玛丽回家。他们俩都喝醉了，他把一只手放在她腰上，在黑暗的角落里把她拉近自己的身体，亲吻她。他感觉到她对他露出邀请的笑容，跟着她去了她住的阁楼房。他们偷偷摸摸地爬上楼梯，他跟着她走进走廊，转动钥匙，打开门。刚一进门他就把她推到墙上，亲吻她，手从她的毛衣里往上摸，抚摸着她裸露的背，感到她紧紧地贴在自己身上。然后她挣脱他的手，脱掉毛衣。亨利踢掉了鞋子。他解开衬衣的扣子，发现她的手摸到了他的皮带。她解开他皮带的扣子，急促地呼吸着他身上的气息，他的手抚摸着她的大腿，拉扯着她的裙子，跟着她走到床边。她的笑容，她的皮肤，一切都像初次接触那般新鲜。

一切都有可能，他边想边脱下她的内裤。他俯下身，亲吻她肚脐眼下面。他感受到她女性的气息，把脸探了进去。

第二天早上他坐在床上，背后靠着枕头，玛丽靠在他的肩膀上。她从他手指间抢过烟，深深地吸了一口。阳光从窗帘间射进来，把她手臂的汗毛映照成了金色。他们聊着天，和她谈话非常轻松，话题不断轻快地跳跃着。

几个月之后，玛丽离开了林南帮派，去了国外。三年后，他们俩又会以同样的方式坐在一起。在"罪恶的修道院"的地下室里，她赤裸着身体死去了，脖子上套着绳子。杀死她的正是林南。

M是莫尔德，是面具游戏，是参与抵抗运动的比亚内·阿斯普。比亚内·阿斯普是热烈支持纳粹的人。他无所畏惧，充满智慧，很快他就在对的咖啡厅加入了对的谈话。比亚内·阿斯普和一个叫佐尔法伊格的女人发展出了感情。她和两个哥哥都是很活跃的抵抗运动成员。比亚内一直帮助她，做人员表，参加会议，和她做爱，给她讲自己的故事，让她相信自己是站在她一边的。他们成了男女朋友，共同计划着挪威胜利之后的生活。他们同吃同住，一起旅行。

一直到六个月之后，比亚内·阿斯普才告诉她自己的真名是亨利·奥利弗·林南。他为德国人领导一个秘密机构，如果想要安全，她必须和他在一起。他和她说，如果想要保全她的家人，她只能和他合作。德国人一定会赢得这场战争，但她可以为减少英国侵略挪威造成的伤害做出一些贡献。只要这样，他就能保证她家人的安全。佐尔法伊格屈服了。夏天过去了，到了一九四三年的秋天。罗拉特别行动队壮大了起来。林南在市中心外面一点的地方建立了新的总部——约恩斯万大街四十六号的别墅。他们把所有的东西都搬了进去。林南在地下室里建了牢房。佐尔法伊格带着八岁的女儿在一九四三年九月也搬进了那座房子。在战争剩下的岁月里，她给林南做秘书，负责给那些被施以酷刑的人包扎伤口、做饭。她就让女儿住在那里，对地下室传来的尖叫声置之不理。

M 是杨妮可在"罪恶的修道院"地下室里组织的音乐剧表演。那是一九五六年的一个周六晚上，格蕾特和杨妮可，加上住在附近的两个姑娘，一同站在地下室里。她们已经有好几个星期都在放学后来到这里了。她们把包扔在门厅，和母亲问声好，或是和保姆说一声就冲下楼梯。她们不在意寒冷或是地下室里的气味。她们在那里可以安心地玩，不用担心有人会抱怨她们发出太大的声响，让母亲感到疲惫。

她们用一面墙当作舞台，练习唱歌和舞蹈，五岁的格蕾特就在一旁看着。她问姐姐有什么是她能做的，然后她们就让她负责卖票。"她们当然需要卖票的人！"格蕾特高兴地想着，爬上楼梯去找纸和彩色笔了。

然后，她就趴在地下室的地板上画出了整整一沓票子。

她们和父母讲了演出的事情。格蕾特在母亲的脸上看出了点什么。紧张的微笑，然后重复了一遍她曾经问过的问题：你们真的需要在地下室待那么长时间吗？那里又冷又潮湿。每一次杨妮可都会回答说，她们穿得很厚，完全没问题。格蕾特也学会了这个回答，每次母亲都没办法反驳。

有天晚上格蕾特躺在床上听到了父母在厨房外的争吵，她听到他们在谈论音乐剧的事情。她听见母亲提高声音说："那是在地下室啊！格尔森！在地下室！"

"你轻点，埃伦！"格尔森说。

"她们什么都不知道！"母亲说，格蕾特听到了他们的脚步声。他们走得离卧室更远了一点。她抬起头，看到杨妮可在边上也坐了起来。她们俩在黑暗里都没有说话。母亲说的话是什么意思？她们都不知道什么？很快客厅里就没有声音了。格蕾特听到不知是母亲还是父亲进了浴室，有水管的声音，她很快就睡着了。

就这样过了几天。那一天晚上终于到来了，到了首演的日子。

女孩们之前已经在街区四处宣传卖票。她们把凳子搬下楼去，排列得整整齐齐的，给自己化好了妆，点上了蜡烛。一切都准备就绪了。

"格蕾特，你现在可以放观众进来了。"

杨妮可的嘴唇涂得红红的，她冲妹妹笑了笑。她的脸上抹着向保姆借的粉，睫毛涂上了黑色的睫毛膏，穿上了晚礼服、高跟鞋。格蕾特热情地点点头，转身小跑上楼梯，一级一级地爬到了顶，听到外面嘈杂的人声，大多都是孩子。她满怀欣喜地打开门往外看，面前出现了邻居孩子们和他们父母的脸。房间被挤得满满当当的。

"你们准备好了吗？"格尔森问，抚摸了一下格蕾特的胳膊。

"你们有票吗？"她问。格尔森转身冲着一个没听清楚的邻居重复了一下，激起一片笑声。然后他转过身，递过去两张手绘的票。

"谢谢，"格蕾特回答道，脸上满是骄傲，好像自己是在特伦德拉格郡剧院门口检票的大人一样，"进去找位置坐吧。"

"有座位号吗？"父亲笑着问，摸了一下她的背。格蕾特摇了摇头，注意到母亲脸上紧张的表情。地下室里坐满了邻居。格蕾特注意到他们中的有些人看着墙四处寻找着什么，好像鼻子里闻到了特别臭的东西那样。

M是对亨利·奥利弗·林南的怀疑，他代表了怎么样的危险，造成了多大的危害，是否需要立刻清除他。最后他们决定抓捕林南，活捉他。

那是一九四三年秋天的一个晚上，林南要回位于兰斯塔路一号的家。他下了车，工作了一天的身体很疲劳，满脑子里都是计划和新的行动。但他还是注意到有些东西不同寻常。在他行进的方向停着一辆陌生的车子，虽然引擎和灯都关着，但他觉得他在方向盘后看到了一个人影。也可能是两个人影？

他立刻警醒起来，摸了一下腰带上的手枪，把它拔了出来。他同时注意到了第三个带着武器的人从树丛中冲了出来。

"快跑，林南！"卡尔·多尔门大喊着，拿着机关枪冲对方开火了。

林南冲进门厅，听到外面子弹四射的声音。他低着头跑到门边，用双手紧紧把枪抱在胸前，迅速往街角扫了一眼。他听到了一声大喊。有一辆车发动了，轮胎发出剧烈的摩擦声。然后车顺着路开走不见了。卡尔冲他走过来，一手按着肚子。他中弹了。林南用一只手环抱住他的肩膀，把他扶上车。他抬头看了一眼，看到克拉拉站在窗边，一半的身子躲在窗帘里。

卡尔必须上医院，之后他再和她说吧。他感觉到了害怕。他扶着卡尔坐进车里，命令驾驶员用最快的速度开到医院去。他看着卡尔被抬上担架，接受手臂上的输液。他在走廊里走着，愤怒在心中越燃越盛。他一直等到确认卡尔人没有大问题后才回家。那颗子弹避过了重要器官，他之后会没事的。他开车回家，睡在了客卧里。

整个晚上亨利都没有睡着。他在想抵抗运动的人居然会在这里攻击他。万一子弹射偏了呢？他想着，在黑暗中咬紧了牙关。万一儿子或女儿被声音吵醒，跑到窗边看热闹的时候被子弹击中打死了呢？他们是在战争中，当然是的，可这个？！这意味着所有的礼仪和规则都被破坏了。去他妈的法律，他想着。他命令两个队员上街，暴揍他们见到的第一个人，作为报复。

就这样，一个无辜的人在当天晚上回家的路上被打死了。如果他走得晚一点，或是没有走这条路，死的就会是另外一个人。

M 是数学，那是格尔森每天早晨去上班的路上最想念的东西。虽然他试着全心投入生意，搬回特隆赫姆帮助他的母亲，和另一个犹太家庭的女性结婚，而且是一个门当户对的家庭。但这并没有什么用，这本账依旧是亏的。他哪里喜欢什么帽子和裙子？他哪里关心巴黎—维也纳和那些来店里寻求帮助的上流社会的客人？他们用恳求的眼神看着他，兴高采烈地吞下任何他喂给他们的甜言蜜语和夸奖。他走过北大街的街角，冲着对面一位认识的客人微笑。他知道自己应该这么做，因为和常客保持良好的关系非常重要，这会让他们继续选择巴黎—维也纳，而不是他们的竞争对手。这份工作他做得还是不错的，他想。他再一次把钥匙插进店门里。他并不是不能过好这样的日子，只是他一点都不快乐。在一天中短暂的休息时间，他都会想念学术生活，那些有关数学、爵士乐、文学和哲学的讨论。他想念那种解决特别难的数学题的感觉，就像是爬山一样，当终于攻克难题的时候，那种爬到山顶往下看的感觉。

在他手持镜子帮助客人决定正确的尺寸，或是解释剪裁、面料、花纹和颜色的不同的时候，这些感觉都会在他脑海里盘旋。突然电话铃响了，是一个老熟人打来的。那是他们家族的朋友，在战争期间帮他找过工作，他是个数学家。他想给格尔森一份工作。可不是什么随便的工作，是参与建立发展挪威商学院的机会。格尔森点了点头，对他表示了感谢。可这时候进来了一位客人，所以他只能低声说话。他说他会考虑一下，但心里其实很明白自己没办法接受这份工作。他必须拒绝。终于到了关店的时间，等他把最后一位客人送出门，感觉自己的每个动作里都有种陌生的重量。他穿过大街，知道家里有什么在等着他，于是决定绕道走。他知道埃伦肯定很衰弱，自己一个人躲起来，她经常这样。或许她又犯偏头痛了，得自己待在二楼的小房间里。他曾经试图帮助她，真的试图去接近她，为了女儿。但他没办法，她已经没救了！那么没有常识，不适应任何普通的生活。他想起刚搬到这个房子的时候在厨房发生的一件事。有一次他和一个大学同学出去玩，带回来一整条鱼。那是一条一公斤多的鳕鱼。他把那条鱼带进厨房交给埃伦，他想她应该能做道菜。可她只是焦虑地看着他。她皱着鼻子看着那条垂下来的鱼，张开的鳃里还流着血。他曾经想过她会赞扬他，会做道烤鳕鱼或是鱼汤。这两道菜他都喜欢的，但埃伦蜷起身子哭了，说她不知道要怎么办。她不知道要怎么去内脏，怎么做鱼。她没有假装，这是真的，格尔森想。真的是这样。她的父母把她宠坏了，但现在所有她曾经拥有的富裕生活都没有了。工厂没有了，大房子没有了，司机、裁缝和保姆们都没有了，剩下的只有无助。格尔森只能让她上楼躺下去休息，他自己来给鱼开膛破肚，在丹麦保姆的帮助下准备晚餐。

他沿着这条路走下去，推迟回家的时间，但那个意料之外的电话还在他心里回荡。那是一份在奥斯陆的工作邀约。商业经济学。那是值得攀登的高峰，是他需要努力、为之燃烧的工作。

他在心里盘算着生命的账本。他的存在，减去巴黎—维也纳，减去那些为了腰围、胸部太大或是太小而喋喋不休的顾客，减去约恩斯万大街的房子以及所有与它相关的东西，加上数学，加上学生，加上奥斯陆。

还有，他想，减去埃伦。

# N

N是尼西亚，还有公元前三百二十五年在那里举行的著名教会会议[1]，决定不允许基督徒收取借款的利息。在那之后，人自然不会再把钱借给除了亲戚朋友之外的人了。不过，外国人不受这条禁令的约束，于是爱钱的犹太人的生意开始了。

N是你从早上七点到十二点、午饭后到晚上八点一直手握锯子，或是搬运石头之后手指的麻木感。一群一群的小虫在阳光下绕着树干飞舞，那是大自然里最闪亮、最活跃的时光。冬天的工作时间会短一点。这倒不是为了那些被关押在集中营里的人考虑，只是不想有人利用黑暗的掩护逃跑而已。

N是北施泰恩。那是阿道夫·希特勒计划在特隆赫姆城外建立的北欧的首都。他让建筑师阿尔贝特·施佩尔做的设计。这应该是希特勒在去瑞士阿尔卑斯山的某次远足中想到的主意。在爬到穆斯拉纳科普夫山观景台的途中，他让人在那里建造了一座带长凳的小木屋，让他能坐下来休息，思考对未来的计划。坐在这张长凳上,自然风景在他面前展开,灰色湿润的山峦怀抱着湖水,提醒他人类有多渺小。或许有时候,他也会想起与这片风景相关的那个童话故事。在德国的神话中有一个传奇的巨人被埋在山下,等到德国的命运攸关时刻才会崛起。

在带着他的牧羊犬去徒步的时候,希特勒一定思考过英国和北欧地区的船只往来。他肯定思考过阻止他们的方法和建立基地的战略地点。于是挪威进入了他的视线,那里有直接面对整个北大西洋的海岸线。更往北走,他还是有机会统治并限制北大西洋的船只往来。找到一个德国人能阻止英国人的地点,沉没他们的潜水艇和战船,这样他们就会丧失对海洋的控制,也不能持续为欧洲大陆战场增加信心、机枪和弹药。

他的手指在地图上点过斯卡格拉克海峡、奥斯陆,然后沿着崎岖的海岸线往南。他的食指点过克里斯蒂安桑、卑尔根,然后停在特隆赫姆。他往俄罗斯的方向看去,手指摸着瑞典的边境线,越过厄斯特松德,然后又点了回来。

特隆赫姆。

这里是安排一支潜水艇编队最好的战略地点。在这里可以阻止来自欧洲大陆的货船,可以卸载东线战场需要的战斗物资。地图上的挪威特别细,尤其在这一个地区,好像有一只大手在中间捏了一下。他派了一辆车去接阿尔贝特·施佩尔,两

---

(1) 指第一次尼西亚公会议,是基督教历史上第一次欧洲世界性主教会议,确立了一些影响深远的宗教法规和现今基督教会普遍接纳的传统教义。——编者注

个人一起进行计划，他还让助手们找来了特隆赫姆的地图，越详细越好，还有照片。

和施佩尔一起，他们设计了一个新的世界。

几天紧锣密鼓的工作之后，初步的草图完成了。他们打算在特隆赫姆的一座山下面炸出一条地道，停放潜水艇和战船。然后他们就要着手建设新城——第三帝国的北欧首都——北施泰恩。他们计划从德国搬迁二十五万居民去那里，新城的建设会把其他的大城市都比下去。他们要建造四车道的快速路，把这座新城和柏林连接起来。那里的战舰将控制整个北大西洋。

现在，潜水艇码头留下的遗物将归于国家档案馆。那里面或许会有林南的笔记本，记录了所有他在特隆赫姆的咖啡厅和别的地方发现的可疑的事，他所有的发现。那里或许会有他让玛丽的哥哥和你被捕的证据。在我开着租来的车穿行在特伦德拉格郡时，我给国家档案馆打电话，为这次访问做准备，让他们能够提前从档案库中调出相关的文件箱。电话那头的工作人员回答说，如果林南的笔记本被保存下来的话，它们也不会在特隆赫姆的国家档案馆，而是会在奥斯陆。因为尽管当时的审判是在特隆赫姆进行的，但所有战后的案件档案都在几年后被转移到了奥斯陆。它们被保存在山里的一个地方，从我住的地方骑个自行车就能到。

N是十一月。

N是新成员，新代理人和新的总部，新的地址——约恩斯万大街四十六号。

那是一九四三年的九月。林南第一次走进这个大厅。他四处张望，喜笑颜开，他觉得这是个好地方，离市中心不远也不近，地方很宽敞，视野也很开阔。如果有人想要干点什么，一下子就会被发现。而且离他自己的家也不远，开车很快就能到。

他走到窗口，看着花园里日渐凋零的果树，吐出一团烟，看着它在面前消散，然后转过身，看着眼前的几个人：伊瓦尔·格兰德，基蒂和因加，卡尔·多尔门，佐尔法伊格·克莱韦和她八岁的女儿，之后她会住在这座房子里。所有人都很年轻，就像他一样。所有人都很兴奋，就像他一样。他告诉他们把带来的箱子放在哪儿，然后从其中的一个箱子里拿出了一瓶白兰地。这是他特别为了这个场合准备的酒。住在这个城市里的其他人，他们没有烟，没有烈酒，没有车，没有汽油，也没有工作。而他，拥有一切。

"伊瓦尔，你能去给我们拿几个杯子吗？"林南问。那一刻二把手伊瓦尔·格兰德的眼睛里是不是闪现出了犹豫？为什么要他去做这么简单的事情呢？但他还是照着林南的吩咐做了，因加陪他一道走了出去。大家很快围着他站成了一个半圆形，就像他从前和兄弟姐妹在树林里，或是他们睡觉的房间里那样。林南走到他们身前，把酒倒进他们的杯子，酒特别烈，几乎刺痛了他们的眼睛。倒完酒后，他举起了自己的杯子。

"来，亲爱的伙伴们，欢迎来到我们的新总部。"他说着，把酒杯送到嘴唇边，感觉到酒刺痛着口腔，并立刻感觉到酒精让大脑变得松弛。"今后我们就会在这里计划我们的行动，协调我们的攻击。我们会在这里计划怎么渗透进抵抗组织的内部，从内部攻陷他们。"

他看着自己的话点燃了在场的每一个人，看着他们神采奕奕的样子。

"让我们一道，我的朋友们，同事们，我们会成为德国人在挪威最重要的武器！你们听到戈培尔在讲话里是怎么说的了吗？他提到的特工就是指我们！我们的行动已经让我们的名声传到了德国的心脏！我们还能做得更好！这是我们新的总部。我们要在这里计划我们的行动……在这里狂欢！"

他们中的一些人已经放松下来了，举起了酒杯。林南站起身，朝壁炉的方向走了几步。他停下脚步转身看着他们，一口喝干了杯子里剩下的烈酒。

"我们有充分的权力，想做什么就做什么。我们能逮捕敌人，审讯他们，在必要的时候处决他们。所有的手段都可以用，记住，他们是怎么想在我的家门口把我弄死的！这是战争，是我们必定会取得胜利的战争。我们会捏死胆敢阻挡我们的人。就在这里，就在这座房子里，我的朋友们，我们将书写历史！"林南大喊出最后一句话，举起了酒杯，眼睛盯着面前的人，然后突然将酒杯砸进了壁炉里。杯子摔在木头上，激起点点火花，玻璃的碎片溅到墙面上，一下子融进了火焰中。

有好几个人吓了一大跳，有些人开始大笑，但他们骗不了他。他知道，他们怕他，他们不知道他会做什么。这就对了，他会继续这样统治他们的。他清楚地知道他们每个人都是什么样。林南点燃了一支香烟,看了看房间的四周,好像什么都没有发生一样。

随后,他走下楼梯,去查看地下室的情况。

N是姓名。

N是神经。

N是黑夜,是黑暗中,埃伦·科米萨尔躺在约恩斯万大街四十六号的卧室里,脑中盘踞着的无法被赶跑的、让她无法入睡的念头。她听着格尔森的呼吸声,想看看他是不是睡着了。她试着低声叫了一声。

"格尔森?"

黑暗中看不清墙纸、床头柜和窗帘。黑暗中看不见格尔森的眼睛背对着她睁着,盯着床另一边的黑暗。

他短促轻声地回应了一下。埃伦安静了几秒,又张开嘴。

"我不知道还能忍受在这里住多久。"

"可是,埃伦……我想这件事情我们已经讨论过了吧?"

"我……"

"你知道我不能让雅各布一个人留在特隆赫姆陪母亲。总得有人来经营商店……"

"我知道,但我们为什么必须住在这里……住在这栋房子里呢?"

"你不能再试试吗?很快就会过去的。"

"我们搬进来之前你就是这么说的,但并不是这样。事情只会越来越糟糕。所有见到我的人,都会问我住在这里感觉怎么样,问我害不害怕……"

"嘘,埃伦!你要把杨妮可吵醒了!"

"你知道他们在下面干过什么吗?格尔森?你知道吗?!"

"知道,我当然知道,埃伦,可那已经是很久很久以前的事了!"

"很久以前?!今天杨妮可又从地下室捡了一颗子弹上来,问我这是什么?我以为你已经把所有的都清理干净了!"

"我会再去找一遍的。我会再把所有地方都清理一遍。好吗?"

好几秒钟,他们都没有说话。思绪在黑夜里摸索着。他们就像两个在夜晚中穿越密林的人,呼吸急促,心怀恐惧,拨开一片又一片枝丫,寻找一个能逃生的出口。直到他找到了一个出口。

"之前我们去阿克斯胡斯城堡的时候,你也从来没抱怨过那边发生过的谋杀案啊?或者在国外发生的战争。那些只是过去!我们必须往前看!"

"我……"

"你不能再试试吗,埃伦?"

"好吧……"

"那好……我要睡了。晚安,埃伦。"

"晚安。"

N 是指甲。那是五十年代中期的一个下午。两姐妹爬上楼梯去了阁楼的房间。她们面前有一扇紧闭的门，那里面是间有着拱形窗户的房间，她们不能进去，因为妈妈偏头痛又发作了，必须一个人安静地待着。但是她们可以去左手边的那个小房间，杨妮可把那个秘密的小天地叫作蜡烛俱乐部。她们需要蜷起身子才能爬进那个小房间。现在姐姐在前面带路，手里拿着点燃的蜡烛，混合着恐惧和兴奋的情绪，给格蕾特看她在里面发现的东西：那是一个用麻绳系起来的小口袋，里面装着奇怪的东西——一片片又干又硬、略带弧度的小东西。过了好几秒钟，格蕾特才认出来，这些是指甲。不是指甲尖，是整片整片人的指甲。

O

O 是我们用来描述彼此的词汇,它们不仅仅表现现实,也会创造现实。

那些用来划分类别的词汇——就像将别的种族称作蟑螂,说他们是阴谋、软弱和对白人种族的破坏。

于是,除去那些人就变得理所当然,使用种种手段也是必要的。那些残酷的行为不仅仅真实存在,而且必要。

O 是公牛。在特隆赫姆城外的一座农场里,一头公牛睁着大大的眼睛,缓慢地咀嚼着草料,无限循环着这样的动作。那是一九四四年的八月。远处传来的声音让它从草地上抬起头,看到三个男人和一个女人翻过了栅栏。那是林南、卡尔、伊瓦尔和因加。

"我的天哪,这里好大!"因加说。她很快扫了眼亨利,笑了一下。林南慢慢地低下头,深深喘了口气,然后慢慢把脚抬起来,越过栅栏。随后他突然大声地喊了一声"哞……"。

其他人都大笑起来。公牛的尾巴摇了摇,脑袋晃了一下,赶走一只苍蝇后又低头吃起草来。林南把系好的绳索拿在一只手里，他做了一个环扣，从前他模仿牛仔的时候曾经练习过很多次。现在他真的成为牛仔了。地面满是泥泞，伊瓦尔一脚踩进牛粪里，站在那里骂着脏话，他和因加止不住地大笑起来。牛睁着大大的黑色眼睛看着他们。他的套索失误了好几次，最后他们还是走到牛的旁边，直接把套索套在它的脖子上，然后打开门，拉着牛往外走。卡尔抓着绳子的一头，把它和卡车的保险杠紧紧绑在一起。然后他们都坐进车里，慢慢地开回自己的总部。牛被拖在车后，无能为力，哪怕它闭着眼睛，用力向侧面扯着脖子，口水从嘴唇上流下来，也只能被迫跟着走。他们一直把车开到房子边的铁丝网和看守旁边，然后卡尔解开绳子，拉着牛走了最后一段路。

林南装作两手之间握着方向盘的样子，走在拉着绳子的卡尔旁边。两个德国士兵在他们身后关上大门，好奇地看着林南，看他握着假想的方向盘往里面走，嘴里还模仿着汽车发动的声音。他身边的女特工都被逗得不行了。他若无其事地转过头问身边的男人。

"你觉得我们能把车停在这儿吗，卡尔？"林南说着，做出摇下一边的窗户的样子。

"不好意思，女士们？我能把车停在这里吗？"

其中一个女特工微笑着靠近他，"当然啦"，然后指着花园的方向。

"这是辆什么车啊？"因加问。

"这是福特Q系列的车。"林南回答说。因加笑了起来，尖利的笑声吓到了牛，让它这具五百公斤重的身体往边上躲。

"你看，这车马力很强大……哦，不对，是牛力。"他继续大笑着。除了卡尔之外的其他人也都跟着大笑。卡尔拧着牛的身子，用尽全力拉住绳子。

"抓紧了，卡尔。"林南说。他现在不扮演司机了，往旁边走了几步，从身后的枪套里拿出手枪，感受了一下它在手里的感觉。

"好的。咱们最近新鲜的肉少了点，大家都把枪掏出来！"

他们照他说的做了。他们用手枪和机枪对准了公牛。它能感觉到空气中的攻击性，它想从这里逃走，但卡尔紧紧地拉着绳子。牛大声叫喊起来。

"数到三，大家都有吗？一……二……"

射击开始了，几乎都在同时发射，就像一个执行排。德国士兵们安静地站在一边看着。牛没哼几声就轰然倒下，躺在地上眨着大大的眼睛，腿在地上蹬动着，让人想起跑步的动作。突然它喷出一股尿，直接喷到了因加和伊瓦尔的鞋子和脚踝上，他们俩都急忙跳到了一旁。

"啊哈！欢迎来到屠宰场。卡尔，你能去拿几把刀子来吗？"

没过一会儿，卡尔就一手拿着一把刀回来了。

他把刀举在身前，但没有人上前去拿。没有人愿意动手。

"好吧，卡尔，那就从你先开始吧。"林南说，这是道命令，听上去就是这样。

卡尔跪下来，用刀尖对准牛腹部干燥棕色的皮毛，但他犹豫了一下。他的头转到一边，带着不确定的眼神看着林南。

"我从没做过这个，我……"他说。

"加油，卡尔！我们还想在圣诞节前做点好吃的，对吧？"

其他人都不安地笑了。卡尔又用刀尖对准死了的牛，朝里捅了捅。突然刀尖捅进了肉里，一股血喷到了他的手上。两只苍蝇围着这具尸体嗡嗡地飞着，站在他周围的人仿佛都被催眠了一样，看着他的刀继续割着，看内脏都被挤了出来。一堆发着光的、令人感觉陌生的紫色、黄色、灰色和红色。

"就是这样。"林南拍了拍卡尔的肩膀，然后转身面向别的人。

"你们快点啊。这里可是自助，割一块你们要的肉，大家随意，一会儿带到厨房里去。剩下的交给我们的厨师。"

显然做起来比说起来难，但他们都轮流遵照命令去切肉块了。他们的手臂都被染红了。在混杂着厌恶、激动和欢笑的几分钟后，他们把肉放到了盘子里，而牛的尸体就一直躺在草地上。

O 是邪恶。

O 是星期三，一九四二年十月七日。

P

P 是分割。

P 是集中营的医务室里能给人提供的照顾。如果有人感冒，或是在采石场工作的时候受了伤，会有人给他们包扎手上的伤口，缝合脚上被锯子割开的伤口，或者给他们治疗嗓子疼的药。P 是这种简单的护理中蕴含着的人性，直到一切都被泯灭。你曾说过弗莱施在去视察法斯塔德的时候在医务室看到了三个生病的犹太人。为什么要在生病的犹太人身上浪费资源呢？"三颗子弹就解决问题了。"

P 是柏飞丁，林南很快就把药吃光了。他只能到传教士酒店的办公室找弗莱施要。

"所以那是有效果的？"弗莱施笑着问，从桌子抽屉里又拿出一个金属的瓶子递给他。

林南用德语说了谢谢，感觉到立刻吃一颗的冲动，但他只是又一次表示了感谢。走出门，他在脑子里过了一遍自己应该要做的事情，然后被冲动打败了。他在门口停下脚步，马上吃下了一颗药。几分钟之后，他感到药起效了。一种突然清晰的感觉，力量从他身体里冒出来。开车回家的路上，他的手止不住地敲击着方向盘。

P是埃伦的计划。那是五十年代中期的一个下午，埃伦从约恩斯万大街的房子二楼走下来，一只手捏着口袋里一张五克朗的纸币。她闻到了肉饼的香味，听到炉子上的锅里发出咕嘟咕嘟的声音。她感觉心里的紧张情绪在冒着泡，现在正是动手的时候，她很确定。在楼上一个人躺着的时候，她已经想象过很多次了，只是没有人注意到而已。她必须表现得很镇定，她走到厨房里冲丹麦保姆笑了一下，说菜好香，问她需不需要帮忙。显然她并不需要。她很清楚保姆不会要她帮忙的，那她就可以出去了。她看到孩子们也在忙。在去洗手间的路上，她的手又摸了一下那张纸币，在路过保姆挂在那里的外套时，她迅速偷偷把纸币塞进衣服的口袋。然后她继续往洗手间走，心脏剧烈地跳着。开门的时候她回头看了一眼，没有人发现，她眨了下眼睛，看着镜子里自己脸上露出的微笑。可这微笑转瞬即逝。她站起身，冲了一下水，让这一切显得更可信一些。然后她走出去，和女儿们待了一会儿，陪她们做了一会儿作业。然后她觉得差不多了，不要太刻意，戏多了反而会有点可疑。

很快，她听到门的响声，听到格尔森在门外打了个招呼。然后他走进了房子里，她等待着时机。

她等到晚餐摆上桌，等到所有人都在土豆上浇酱汁准备开始吃饭。等格尔森讲完今天店里的生意状况之后,她装作很不经意地说。

"说到钱,"她轻轻地吸了口气,她看到杨妮可抬起了头,"你看到我放在桌上的五块钱了吗,格尔森?"格尔森抬起头,一脸疑惑地看着她。

"五块钱?"他问。

"对,早晨我放在桌子上的,我记得很清楚,因为打算去城里的时候带上。不过你走之后它就不见了。我以为是你要用钱所以拿走了。"

"没有。我没有看到。"他切开一块肉饼,里面是浅棕色的。丹麦保姆停下了吃饭的动作。她静静地坐着,优美的手,优雅的脸,也许她已经理解了会发生什么事,埃伦想着,用餐巾纸擦了擦嘴角。

"你呢?"她问保姆,"是不是你来的时候不小心收拾掉了?或者你拿去买菜了?"

"没有。"保姆说,但她看起来有点不安,有些害怕地坐在那里。她可以感觉到他们之间的气氛像是在指控。

"那……"埃伦说,"钱也不可能就这样凭空消失呀?"

孩子们吃着饭,抬起了头。房间里只有祖父的钟滴答的响声和女孩们的餐刀摩擦盘子和汤勺碰撞的声音。

"会不会你放到别的地方,或是不小心丢了?"格尔森问,"我相信肯定有解释的。"

"是吗?"埃伦干巴巴地回答,她用叉子叉起一块肉饼放到嘴边,"但这不是第一次钱不见了……"她低声说,好像没有在对什么人说话。现在要看这牌怎么继续打下去了。

格尔森放下刀叉,动作有点大,很明显能看出他的挫败。他们看着彼此。两个人有着各自的态度。

"那么,"他说,"你想我怎么做呢,埃伦?"

埃伦把嘴里的东西咽下去,耸了耸肩膀。

"我不知道,我……你觉得呢?丢东西也没关系是吗?"

她盯着保姆,保姆盯着桌子。

"我的天哪,"格尔森说,"你是要我检查她的包吗?"

"我没有包,"保姆说,"我的东西都在大衣里。"

"好吧。我去检查,可以吗?"他转身看着保姆问。她安静地点了点头,或许她已经猜到了会发生什么。埃伦强压住自己的微笑。他起身的时候,凳子摩擦着地板,然后走了出去。

"爸爸,怎么了?"杨妮可问。

"没什么,没什么的,我的宝贝儿。"埃伦说着用手摸了摸女儿的脸。她摸着女儿娇嫩的皮肤,感觉到保姆在看着她。她抬起头,想要装作若无其事的样子。保姆狠狠地盯着她,嘴唇紧闭着。

格尔森回来了。他的手里拿着一张纸币,满脸疑惑。

"是这个吗?"他问。

埃伦点了点头。

"这个在我衣服里?"丹麦保姆问。埃伦注意到她说话的时候脸上满是惊讶。她看了看埃伦,又看了看格尔森,然后深深吸了一口气,转向了埃伦。她死死地盯着她看。

"钱不是我拿的,"保姆边说边站起身,"但也没关系,我不会留在这里了。"她两眼空空地从桌边走开。这和埃伦想象中完全不一样,她一直希望格尔森能更相信她一点,现在她能看出来他满是怀疑。他很快地看了她一眼,很冷硬的一个眼神。然后他跟着保姆出去了,想和她说点什么,但也没什么用。她已经整理好了自己的东西。埃伦和孩子们继续把饭吃完。半个小时后,她离开了他们的生活。

P 是 Pale,栅栏区。P 是 Parichi,帕里奇。

P 是集体迫害,它的俄语 погром 是打破和毁灭的前缀词——用尽一切手段达成目的,除掉犹太人,哪怕手段无比残酷。一次又一次的攻击,直到这种想法被完全考虑清楚。

最终的解决方案是在世纪之交的时候出现的。这个想法像是植物一样,在不同的地方生了根,穿过泥土、沙粒和底下的淤泥迎着光生长。一九四二年一月二十日,就是你从特隆赫姆的监狱被转移到法斯塔德的那一天,这个想法在柏林的万湖别墅的会议桌边形成。为了一劳永逸地解决犹太问题,必须采取必要的手段:将犹太人彻底从地球上抹去。

集中所有的犹太人,包括他们的配偶和孩子,无论他们是否信奉犹太教,将他们一起毁灭。

集中他们所有的经书、他们的传统和菜谱、他们的祈祷书卷和烛台,把所有的一切都消除,直到这个世界不再被犹太教污染,不再被它削弱。

这种想法就像是一个分子,一个配方,一座由砖块构成的建筑，构成了一个个故事——犹太人会拿孩子做香肠，犹太人控制了经济，犹太人造成了庄稼的歉收、坏天气、疾病和瘟疫。最著名的抹黑犹太人的书就是《锡安长老会纪要》那本小册子，最早是一九〇三年在俄罗斯出版的。这本册子里写了一八九七年在巴塞尔的一个秘密会议，事实上那会议从未召开过。它说来自不同国家的犹太人聚集在一起，密谋如何征服世界。这本册子是沙皇手下的安全机构捏造的，建立在迷信和过时的宣传上。种族迫害的历史就更悠久了。在公元前几十年，罗马人就在犹太地大肆攻击犹太人，把他们分散到各地，他们被迫越搬越远。后来到了一〇九六年，德国和法国的十字军在施派尔、沃尔姆斯和美因茨对犹太人发动袭击，杀死了大约两千人。还有一五六三年在波兰波洛茨克，所有拒绝改信东正教的犹太人都被淹死在了德维纳河里。

从一八八一年到一八八四年，在你长大的那段时间里，在俄罗斯帝国里发生过超过两百次对犹太人聚居地的袭击。一七九一年，俄国沙皇卡捷琳娜大帝决定帝国境内所有的犹太人都必须居住在指定的聚居区。这种区域被称为"栅栏区"，那是从拉丁语里的"杆"或者"边界"来的，包括了今天立陶宛、白俄罗斯和乌克兰的大部分地区。他们住在小小的村庄里，村庄被称为**避难所**，可以享有的权利越来越少。你的父母曾经就住在那样的小村子里，在帕里奇、明斯克的南边。没有人知道在狭窄肮脏的泥土路上和在用泥土和木板搭建的临时住房中，他们感受到的是什么样的恐惧。每一天的时光都被田间、市场、洗衣做饭的劳动填得满满的。烧柴火的炉子的气味、狗的气味。田野、泥土、汗水。我不知道。后来，对他们的袭击和暴力升级之后，有多少万人逃离了那里？有些地方说有两百万人。莫里茨·格洛特先是去了维尔纽斯，在一家烟草工厂当学徒，后来又去了德国和英国学习，在那之后到了挪威。

你呢？你最初往西走的时候是坐马车、大车，还是火车？或者是走路呢？

格尔森写过很少几篇有关亲戚的文章，里面提到过：

> 我们科米萨尔家的孩子在长大的过程中，几乎没和什么近亲或远亲联系过。就好像亲戚这个概念从我们的世界里消失了一样。我们和祖父母的联系只有父亲定期寄到白俄罗斯的蓝色航空邮件，那是用希伯来字母写的犹太语，最后总会提到一句孩子们问候您。但后来也没再寄了，大概是因为奶奶去世了。他从来没有和我们说过自己父母的情况或是他们的生活。
>
> 我们父母对自己根源的淡漠也成为了我们自己对过去几代人的看法。我们完全不了解自己的祖父母，也不知道这种不了解究竟意味着什么。最显而易见的解释其实就是我们当前的生活和他们的过去差距太大了。

你没有告诉孩子们的究竟是什么？是那些突然的袭击？是

你们经营的商店被抢劫，窗户被砸碎，年轻男孩被揍，女人被强奸？你和其他那些离开的人对留在那里的人的生活又有多少了解——比如琴斯托霍瓦大屠杀，一个暴民袭击了一家商店，杀死了十四名犹太人，还向被派来制止暴力事件的俄罗斯帝国陆军士兵投掷石头。你们一定觉得在奥斯陆和特隆赫姆的生活是如此简单平和，家人和朋友住在格吕纳勒卡区周围，大家可以欢聚在奥拉夫·赖伊斯广场的长凳上，经营商店，生育孩子。他们离开的地方却变得越来越糟。或许那里的消息也会传到奥斯陆和特隆赫姆的教会里，也让大家感到担忧。一九〇三年到一九〇六年，沙俄开始了**第二波**迫害活动，有好几千人为了保护自己和家人失去了生命。他们用的是什么武器？刀、铲子，还是干草叉？

这样的反抗其实一直都在，只是隐藏在表面之下，很少被人发现，只会在非常偶然的时候浮出水面，就像新闻里说的在几个欧洲国家的学校里对犹太学生的霸凌，或是在奥斯陆针对犹太教会的枪击。那个教堂是我孩子的曾曾祖父母资助、参与设计和日常运营的，在那里会庆祝所有犹太人的重要节日。他们购买家具，雇用工作人员，支付暖气和维修的费用。无论是在奥斯陆还是特隆赫姆，丽珂家族中的很多人都在犹太人社群中非常活跃。但也有很多人尽量远离犹太人社群，尽可能地融入挪威的社会。

我自己也注意到，我对这种身份感到不安。虽然我们中没有人是信徒，但孩子们去参加生日会，自己制作贺卡的时候，我儿子总会在贺卡的正面用彩笔或是马克笔画一颗六芒星。我不知道这是为什么,或者他是从哪里学来的。丽珂说她还是孩子的时候,她就感受过这种恐惧。哪怕身处和平的挪威,我们都能感觉到在表象之下隐藏的东西。

集体迫害的清单很长,这是一种残酷的研究,比如一九四一年在波兰的耶德瓦布内大屠杀。在那里,犹太拉比被迫带着四十名教会的人游街,然后他们被赶进一个谷仓里杀害,和列宁纪念碑的碎片埋葬在一起。同一天,后来又有大约二百五十到三百人被赶进了这个谷仓,之后门被锁上,整座房子被人点燃。我不知道呼吸如此炙热的空气让肺燃烧起来是什么感觉。我想不出抱着妻子、兄弟,或是孩子,看着火星在房间中四射,干草和木板剧烈燃烧,被高温活生生烘烤致死是什么感觉。

好几位历史学家还将另外一起事件认定是大屠杀的前奏:一九四一年在基辅巴比亚尔的屠杀。巴比亚尔是"娘子谷"的意思,它是当地的一道山沟,那曾是基辅帝国的边境,守卫的士兵经常在那里和女朋友见面,所以有了这样的昵称。

大屠杀发生在一九四一年九月二十九到三十日。十天前,纳粹占领了基辅,有传言说所有当地的犹太人都会被火车送去黑海,然后送去巴勒斯坦。后来他们都被集合起来,带出了城市。一个叫鲁宾·施泰因的男孩是极少几个幸存者之一。他说犹太人在路上五个不同的地方被拦了下来。

> 第一个关卡,他们收走了我们的身份证件,点了一把火把它们烧掉了。第二个关卡,他们收走了

所有的首饰、金戒指和金牙。第三个关卡，他们收走了毛皮大衣和好一点的衣服。第四个关卡，箱子被收走了，堆成了一座大山。最后的关卡，所有的女人、孩子和男人，还有青少年分开了。我再也没见过我母亲。

这个十岁的男孩躲在一根管子里。我不清楚是哪种管子，也许是那种埋在地下让溪水流过的水泥管道，我小时候也在那种地方玩过。

根据后来发给柏林的报告，一共有三万三千七百七十一名犹太女人、男人、男孩和女孩被枪杀，丢进了这条沟里。这一切都发生在三十六个小时之内。鲁宾·施泰因是二十九名幸存者之一。

在我写下这些的时候，我突然想到，我孩子的一些亲人应该也在那些死去的人当中。他们当时就住在那里，沙皇帝国中的犹太省份。这是他们所有人被中断的历史。

Q

Q是吉斯林，挪威纳粹分子和政客。他的名字已经成为叛国者的代名词。维德孔·吉斯林年轻的时候也探寻过不同的方向，直到最后成为国民议会狂热的追随者。他在战后夸大了自己的作用，声称他做的一切无非是表现出了内心的愿望，那也是很多年轻人心中都有的愿望——让自己变得重要的强烈愿望。

R
---

R 是丽珂。

我注意到妈妈和继父家跟别人家不一样。我们不装饰圣诞树,而是装饰丝兰棕榈树。平安夜的时候我们家也不吃那些传统的圣诞食品,而是吃牛排。可是犹太人?我其实从来没把自己和这个概念联系起来过,因为这个身份太过沉重。我的生父是西部人,我的继父是南部人,我的母亲来自奥斯陆。我们在家也从来不强调犹太人的传统。但是我依旧和科米萨尔这边的家族联系最紧密——因为艺术、文化、食物,还有对社会和政治的兴趣,以及一些很难定义的犹太细节——比如在祖父家,祖母家,还有姑奶奶利勒莫尔家都有八根蜡烛的烛台。"犹太"这个词意味着我要接受这样一个事实,如果我生活在一九四三年,我会因此而死。这意味着我要接受在很多人眼里,我身上的一部分东西是可憎的,可憎到他们愿意为此杀人,让我消失。可我自己呢?我只是挪威人。我的祖母和外祖父一样是这么觉得的。我记得有一次我问祖父为什么他那么不在意犹太人的传统,他回答说:"我不是犹太人,我只是人。"

还有两件小时候发生的事让我印象特别深刻。第一次是小学的时候。那时候有个男孩,所有人都认识他,就因为他是犹太人。他经常会和我一起放学回家,或许因为他也知道我母亲的家庭背景。有一天我们在聊着天回家的路上,三个大一点的男孩冲我们迎面走来。他们直接冲着他过去了,把他围在中间推来搡去,揍他,嘴里还叫着:"犹太人!"

我记得自己非常害怕,这是我头一次意识到这个词可以是带有侮辱性的。我不想任何人知道我的背景。被他们欺负的那个男孩什么都没说。虽然他肯定知道。虽然他可以把我推出去,让那些人调转矛头,但他只是弯下腰,用手抱着头,直到那些人觉得无聊走开为止。之后,我们一言不发地往家走。我一路都在懊悔自己没有去制止他们。我应该做点什么的。

第二件事是在很多年后,有些校外的人在校园里派发新纳粹主义的海报,那上面写着犹太人应该被清除。我被震惊了,心一下抽紧了。这和我也有关吗?我不是很确定,但就在那时,我决定自己必须说点什么。我不能一辈子都这样保持沉默。


R是大云杉树的树根,有时候你会被派去把它挖出来锯开。这项工作太辛苦了,让你肌肉酸痛,连勺子都握不住,汤洒了一地。R是夜晚的宁静,烟草的气味弥漫在放风的院子里,空气中充满了大家闲聊的声音。还有绿头野鸭,它们发出嘎嘎的声音,聚在一起准备在冬天的时候飞向南方。

R 是谣言，等级，林南和醉酒。

R 是勒尔维克。

那是一九四四年九月七日，林南被卧室门外的敲门声吵醒了。他感觉舌头干燥，昨晚喝的酒还压迫着他的大脑。可是他很快深呼吸了一下，坐起了身。敲门声又响起，他听到了卡尔的声音，问他有没有起床，说有电话找他。林南看了看床头柜上的钟，早上七点十五分，肯定是出了什么事情，他想。他冲门口应了一声，迅速拉开被子，双脚踩到冰冷的地面上。他床上没有别人。我是一个人睡的，他想了想，回忆起昨天晚上的一些景象，微笑的脸，大笑的脸。酒从因加的脖子流下去，他拦着她，不让她用手抹掉酒，探过身去用嘴舔掉它。他知道她很喜欢这样。然后他们到地下室拿了更多酒，拉出了一个犯人，把他按到椅子上。一个年轻人，他害怕得要死，当然，他有理由这样，因为他愚蠢到不愿意说出情报。所以卡尔把他按在椅子上，他们练习贴着他的脑袋近距离射击，但不要射中他。每一发子弹的声音都好响，每一次都会把人吓一跳，子弹从枪中发射出去打到墙上，在墙壁的板子中炸裂，然后穿入墙体。他记得他设计了一个新游戏，名字叫"左还是右"，犯人必须选择倒向一边，才能不被击中。看他恐惧的样子实在是太有趣了，他喊着**右边**，然后冲着椅子开枪，往他想要打的地方打，犯人会尽自己所能地侧过身子。玩了几轮之后，他突然想喝酒了。他看了看四周，因加已经上楼去了。那是几点？两点吗？林南拉了拉裤子和衬衣，凑近镜子，从裤兜里拿出梳子，梳了梳自己的刘海，然后走出了卧室。他路过厨房，水池里堆着一堆脏盘子，他路过沙发，有人躺在上面休息。他摇摇那个人，让他继续去地下室进行审讯，然后走到卡尔身边。卡尔告诉他是弗莱施打来的电话，让他尽快联系他。尽快回电？这不是什么好事。肯定是急事，是他预料之外的事。有那么一刻他感觉到有点害怕，是不是他做错了什么？等待他的肯定是责骂，但会是什么呢？

"好吧，那我们走。"林南回答着走进厨房。他从冰箱里拿了一根肉肠，倒了一杯牛奶。牧羊犬听到他在厨房里的声音，睁着大大的眼睛，充满期待地跑了进来。"看。"林南边说边把肉肠切成两段，看着狗开心地摇着尾巴，也没注意到自己的尾巴每次都会撞到门框上。他把肉肠放在手上，给狗直接吃了，然后拍了拍它的背。他自己也咬了一大口肉肠，感觉脑子里抽了一下。我得喝点东西，他想着，一口气把牛奶灌了下去。这时候他听到地下室传来的痛呼声，嗯，他们已经开始工作了。这很好，必须尽快从犯人那里拿到几个新的名字，这样他们就能砍除抵抗运动的一个分部了。他边想边咬了一口肉，走出了走廊。他套上靴子，穿上外套，卡尔跟在他身后。他们坐上车，开出大门，穿过铁丝网和持枪的士兵。他和德国士兵打了个招呼，每一次他走出这个大门，都会为自己取得的成绩感到巨大的骄傲。这一切都是他建立起来的。所有在莱旺厄尔的人，要是他们知道，要是他们看到他现在的样子！他边想边从大衣口袋里拿出烟盒，抽出一支烟点了起来。他看到人们正在去上班的路上，领子竖起来遮住耳朵，口袋里装着定量供应卡。而他！他有司机给他开车，赚的钱是普通人的十倍，想要什么就有什么。

他们把车停在了传教士酒店的门口，士兵微笑着给他拉开了门。他冲里面的秘书笑了笑，然后走向弗莱施的办公室。两个星期前，盖世太保给他指令，让他在维克纳地区尽可能多地逮捕米洛格军事组织的人。一九四三年二月，他用乌洛夫·威斯特的身份打入了这个抵抗运动的主要组织，掌握了大约五十名成员的身份。他自己没有去执行抓捕，他对旅行有点厌倦了，宁愿在总部待着，所以他派卡尔·多尔门去执行。卡尔干得非常漂亮，和德国人一起逮捕了非常多的抵抗人士，包括比约恩·霍尔姆。林南之前就知道他和一个叫穆厄的牧师一起私运武器。

"在审讯中，犯人说他们在仓库里藏了五百挺机枪，"弗莱施说，"五百挺！我们必须**非常**重视这条信息！"弗莱施接着说起六月盟军在诺曼底的行动，说他们担心这样的行动也会出现在维克纳地区。弗莱施讲话的时候，林南一直保持着微笑，他一直适应不了等待翻译中间的那段不自然的空白。

"你的任务，林南，就是用最快的速度赶到那里，找到这个仓库，清缴它。这个命令是从**最高级别**下发的。"他说，特别强调了这是最高元首亲自下的命令。

"要是有人拒绝合作，或者你们没有找到这个仓库，你们可以随意处决两名人质，好让他们知道我们有多认真。"弗莱施说。

林南点了点头，说他一定会找到这个仓库的。可是在他出门的时候，他已经感觉到心里有些不安。他开车回家收拾行李，总觉得有点不对劲，有什么东西不太对，为什么他完全没听说过这个仓库的任何信息呢？他知道在维克纳地区有隐藏的武器，但在这个地区？他们是什么时候进来的？为什么他手下的那些线人没有跟他说过任何有关这件事，或是任何他们在准备什么大计划的消息？

他思考着，回想着地下室里的那些面孔，路上的建筑物和人从他车子旁掠过。他努力想着有什么人是他不认识的，在哪个农场？在哪个村子，还是哪个岛？

他回到家和孩子们玩了一会儿。他不在意克拉拉和他之间这种冷淡的关系，反正他可以找别的女人，要找个女人太容易了，他想着。离开的时候他迅速亲吻了一下克拉拉的脸颊，只是为了孩子们能看到。然后他就去执行任务了。他告诉组里的两个人，让他们带上那条收缴的船"罗斯肯号"去海边。他自己集中了德国人的部队，开车出发。他给了他们一个名单，告诉他们要逮捕哪些人，强迫他们开口。然后他上了一辆货车。那艘大船开进风平浪静的峡湾，阳光洒在海面上，照着延伸到水边的绿色牧场，黑色的山峰在船靠近的时候变成灰色，海草在岸边随着波浪来回漂浮，在阳光下显出不同的颜色。哈拉尔·亨里克被逮捕的时候，他正忙着收土豆。他和孩子们匆匆道别，上了船。那时候林南不在场。他也没有看到卡尔和其他人是怎么到隔壁的农场，顺着榔头的声音在海边找到了谢勒·亨里克和他的儿子。他们那时正在船坞里造新船。他们放下锯子和榔头，被带走了。

两天后的晚上林南到了勒尔维克。那时候他才看到审讯的结果，和他一起的还有五十名德国警察和他们的头儿哈姆。林南曾经希望在他到达的时候，其他人已经把问题解决了，卡尔会在他下车的时候告诉他犯人已经都招供了，他们已经找到了秘密的武器仓库。可他在码头一看到卡尔没有刮胡子，头发油乎乎的，眼睛因为睡眠不足通红通红，就知道他们还没有拿到需要的信息。

"头儿，犯人都在里面。"他只说了这么一句。林南拍了拍他的肩膀，点了点头。然后他们走进一间之前收缴的仓库。每走一步，靴子下的地板就发出一下吱嘎的响声。房间的正中，犯人头被向后拉着，手捆在背后，嘴唇上满是裂口，嘴半张着。

"他什么都还没说。"卡尔说。

"我的天。"林南走上前去，用一只手抓住他的下巴，看到他下巴和喉咙上的口水，心里庆幸自己没脱掉手套。

"喂，"林南说，把犯人的脸往后拉，"你和我一样清楚，这件事情只有两条路，对吗？"

男人用鼻子重重地呼吸着，眼神有点迷离。

"一条路是我让我的人继续这样对付你，直到你说出我们想要的信息。如果你不说，我们会把你打死，把尸体扔进峡湾。这是一条路。你听到了吗？"

男人点了点头，鼻孔里重重地呼吸着。

"另一条路简单得多，你只要告诉我们那些武器在哪里。"

林南说。他听到身后传来的脚步声,看到德国军官走了进来。

"但是我……什么都……不知道。"男人说,他几乎喘不上气,如果他不是在哭的话。

"好吧,"林南说,松开了他的脖子,"那我们只能更有创意一点了。把比约恩·霍尔姆带过来。"他对卡尔说。卡尔点了点头,迅速两步两步地跨上楼梯。就是比约恩·霍尔姆在传教士酒店的审讯中说出这个武器仓库的事的。林南把他带着做向导和审讯工具。林南点了支烟,也给德国军官敬了一支,他接了过去。然后卡尔拉着从特隆赫姆带来的犯人过来了。比约恩看到了凳子上的男人,嘴里低呼了一句"我的天哪",头摇晃着。他的手被绑在身后,一只眼睛青紫着。

"看看……'一朵鸢尾花,落到眼睛中'。"林南哼着歌把他带到了另一张凳子前面。这是弗莱施教他的手段。把一个熟人放在接受酷刑的人的对面,强迫他看着,这样他们中的一个人就可能会崩溃,然后招供。卡尔把他按到了凳子上。

"我什么都不知道!"哈拉尔·亨里克大喊着,"我的天哪,我什么都不知道!"他又重复了一遍。

"是吗?那为什么比约恩·霍尔姆说这里藏了五百挺机枪呢?"林南边回答,边给信号让他们继续打。

"对不起!"比约恩大喊了一声,冲着林南说,"这里没有武器!我是被逼得不行了才这么说的,这里什么都没有!"

"闭嘴!"林南说,走到男人边上揍了他一拳,他绝对不能允许他给在接受审问的犯人精神上的支持。这个事已经闹大了。他必须找到这个仓库,如果找不到,弗莱施会怎么看他?

他命令继续拷打。他们又开始了。

殴打，烙刑。

尖叫，哭喊，唾沫，鲜血。

他们用鞭子和棍子抽打他的手臂和大腿，拉开凳子，让他躺在地上。

有一阵子哈拉尔·亨里克昏过去了。比约恩在哭。林南拉起哈拉尔的头，他已经完全失去了意识。尙他妈的，林南心里骂道，他知道自己想上厕所，肚子也饿了，但他只能等着。不在自己的总部待着，来到这里真是尙他妈的蛋，他的一举一动都被身后这个德国军官盯着。很明显，他们正在拷打的犯人是不会开口的，他要想说的话早就说了。他刚到这里的时候其实心里就有数了。

"把他带走，"林南说，"给我们弄点吃的喝的，把另外一个犯人带过来，我们在他身上继续。"

很快，其他几个人带着一瓶咖啡酒回来了，还有最后的一个犯人，保罗·尼高。

"把他放那里。"他指着地上一张翻倒的椅子说，然后给自己倒了一杯酒，一饮而尽。他感觉甘甜顺滑的液体流下喉咙，一阵暖意传递到整个身体。

"我很快就回来。"他说着往厕所走。撒尿的时候，他一直盯着狭小厕所里镜子中的自己。洗完手，他又理了理头发，把刘海撑起来。他得吃点东西，不管是什么，他边想边回到了审讯的大厅。

保罗·尼高看到一把刀靠近自己就开始大叫，他大喊自己会说的，什么都会说。

卡尔喘着粗气，他太投入了，一下子停不下来，他已经杀红眼了，林南想。他用手臂搂住卡尔的肩膀控制住他。

"做得很好，卡尔！"林南拍了拍他的肩膀，"去吃点东西，喝点东西，这里交给我吧。"他说完，看到卡尔眼神一下子放松了下来，然后回头面对那个绝望的犯人。

"好的，"林南说，"武器在哪里？"

男人重重地喘息着，转头看了看比约恩。

"它们在……加尔斯岛。"他说。

"好的，"林南说，"很好。那个岛在哪里？"

"就在……就在外面。"保罗急促地喘息着，眼睛盯着刀的方向。

"很好，那就没什么问题了。来！"他说着，抓住了男人的手臂把他拉起来，让所有人跟上。哈拉尔用沾满鲜血的手撑住椅子扶手想站起身，但腿一软就躺倒在了地上。奋，他们还得把他带上。林南想了想，看到墙边有个手推车，就指着它让卡尔把这个人装进去，好一起带走。林南慢慢地走到德国军官的身边，告诉了他那个人交代的信息，等着另一个士兵翻译完之后，他们一起穿过码头上了"罗斯肯号"。太阳已经从峡湾里升起来了，水面平静得像镜子。

他带着保罗和卡尔进了驾驶舱。德国军官也跟他们一起。没关系，他们已经向他展示了他们是怎么逼供的。他们也将捣毁这个储藏武器的仓库。他想着，或许这会就此阻止在北欧发生像诺曼底那样的事件，阻止英国的侵略，甚至扭转战局。船开出一道弧线驶进了峡湾。

"保罗，你来指路。"林南说着，友好地拍了拍他的肩膀。他能看到他的恐惧，充血的眼睛，肿胀的皮肤上满是被鞭打之后的伤口。要是他一早告诉他们这个信息，他就不用受这些罪了，我要是他就会感恩自己还活着。但他忍了那么长时间，长到我都开始怀疑是不是真的有这么一个武器仓库了，林南想。这也是种品质，能忍受这么多痛苦而不泄露自己掌握的情报，不过碰到真正的高手就算那样也没辙。

他们上船之后，林南拿了一杯咖啡和几个小圆面包。三个士兵推着装着那名犯人的手推车。林南用余光看了他们一眼，然后进船舱和船长打了个招呼，指着海面说往那里开。船长点了点头，说："加尔斯岛，对吧？"林南点了点头，注意到船长有点不情愿的样子，但他不关心那是因为什么。只要这人能把他们送到那边，他会派人调查一下他的家庭，看看他是站在哪头的。阳光下，他们的船开了出去，已经早晨七点了，林南觉得很累。缺乏睡眠让他的眼睛酸痛，动起来也觉得有点头重脚轻。他把手伸进口袋，摸到了装着药片的玻璃瓶，然后他清了清嗓子，装作嗓子有点痒的样子，抬起手捂住嘴，偷偷把药片塞进嘴里干咽下去。他现在非常需要它，那么远的旅行加上整夜的审讯之后，他需要额外的刺激。一群海鸥围着他们的船，等着他们扔出鱼的内脏，但它们这次只能失望了，他边想边让船长在海图上指出他们要去的岛在哪里。海图上满是小小的岛屿，加尔斯岛不过是峡湾里很小的一个点，德国人绝对不可能自己找到这个地方的，他想，脑海里浮现出弗莱施在听到他报告这个消息的时候对他肯定的样子。不，如果他能让德国士兵把一箱箱的武器搬进传教士酒店，那就更好了。

药开始起效了，他感觉头脑变得清晰，身上又有了力气，心情也变好了，他想要再喝点咖啡，叫人去弄吃的和喝的。很快，船长指了指前方的岛，告诉他们到了。

"现在呢，保罗？是这里吗？"林南问。保罗从船的甲板上抬起头，顺着林南的食指方向点了点头。但他的眼睛眨了好几次，眼神飘忽，好像有什么事情不太对，林南有种不祥的预感，但他不想在这上面浪费精力。

这是一个很小的岛，直径也就是几百米，但这里有个小农场，还有个他们能停靠的小码头。

"来吧，保罗，你给我们指路。"林南说着，接过了一名士兵递过来的咖啡，然后他们一起上了岸。"武器在哪里？是在农场吗？"

"呃……我觉得是。"保罗说着，又眨了眨眼睛。

"觉得是？这是什么意思？"林南问。

"我没……我没参与藏武器。"保罗说。

"但它们在这里，对吗？"林南问。

"应该是的。"保罗回答，无法抑制地又眨了好几次眼睛。林南不喜欢这样，特别不喜欢，从审讯那时候很确定的答案，到现在这样模模糊糊的言语——"应该是的"。但现在也只能这样了。他们也只能把这座岛翻个底朝天，他命令士兵们开始搜索，先在房子里，仓库里，地下室里。岛上有一户人家，但当他问他们武器的事的时候，他们看上去都没有听懂问题。不管是那个爸爸还是妈妈的眼神都不像在说谎。虽然他们有两个孩子，林南还是很明确地告诉了他们如果撒谎的话会有什么后果。这对夫妻坚持说自己什么都不知道，林南相信他们。只要他们看一眼保罗的样子，就知道林南是认真的，而且他还带着手持机枪的德国士兵。

"他们什么都不知道，"保罗说，又眨了几次眼睛，"藏武器的时候他们不在岛上。"他说。

"是吗？我以为你不知道武器被藏在了哪里。"

"我不知道……我只是听说那时住在这里的人不在岛上，万一……万一他们不是我们自己人，或者大嘴巴说出去了……"他说，听上去很有说服力。

林南喝了一口咖啡，感觉力量回来了，感觉自己更强壮了一点，无所不能。他的手又摸了摸药瓶。他们就这样站在这个九月阳光灿烂的清晨里，等着德国士兵搜查完整座房子。他们从地下室找到阁楼，在谷仓里找暗门，检查房子后面的泥地。他们寻找铲子的痕迹，或是新土、子弹，可是什么都没有找到。士兵们开始觉得累了。军官问他情况究竟怎么样，林南回答说他们一定会找到的。然后他回到船上，把卡尔和哈拉尔带了过来，让两个士兵把哈拉尔拽上岸、放进手推车里。他们推着他到了农场。哈拉尔整个过程中都躺着，闭着眼睛。突然他又开始哭了起来。

"喂！"林南说，他已经失去耐心了。他想让这次该死的行动赶紧结束，好回到自己的总部去。"你说，武器究竟在哪里？"他问，但哈拉尔只是一直哭，说自己什么都不知道，他从没听过有什么武器的事情,他发誓。林南从皮带上拔出枪,枪在他手上沉甸甸的,然后对准了哈拉尔的头,用枪重重地顶着他的脑门,顶着他满脸的血和粘在一起的油腻的头发。但这也没有用。哈拉尔只是大声地哭泣着,打着嗝,说自己什么都不知道,他们必须相信他。他也真的相信了。这个混蛋真的什么都不知道,林南想,这才是问题所在,他被骗了。更糟糕的是,这一切只是犯人在接受酷刑的时候为了能活下来编造出来的幻想——这个武器仓库并不存在。

从另一方面看,林南想,也可能是有几个特别顽固的混蛋,或者这个武器库确实存在,只是抵抗运动的信息保密工作做得特别好,只有极少数上层的人知道武器被藏在哪里,因为这个武器库对英国人来说太重要了。他这么想着,命令士兵们继续搜索整个岛。

这花掉了他们整个上午的时间。

他们抽烟。他们也吃了饭,让房子里的女人给他们所有人做了吃的。他们上过了厕所,然后等待,等待,继续等待,等着士兵们将整个岛彻彻底底地搜了一遍。所有的人都丧失了热情,疲惫不堪,不情不愿,很明显他们继续搜寻完全只是因为被命令这么做。

最后他们只能放弃。他们没有找到任何武器,大概也是因为真的没有武器,林南想着,闭上了双眼。他又打开了药瓶,又吃了一颗。他已经不在意是不是会被人看到了,现在剩下要执行的只有最后的那条命令:"**如果你们找不到武器仓库,就随机处死两个人。**"

这是命令，只能照办，没有任何别的方法。命令就是命令。他们想要威慑对手，就像在法斯塔德那十个被关押的人一样。杀人会给接下来发生的事情一个信号。肏你妈的，林南边想边看了一眼卡尔，他走了过来，脸上挂着不寻常的抱歉的表情。

"头儿……我觉得没有武器。"他低声说着，从裤子上掸掉一点尘土。

"我知道，卡尔……我们必须完成我们的任务。"他说，然后走向那些站在一旁的士兵，他们看上去非常疲劳。林南请军官下令让他们撤退回船上。搜索结束了。

几分钟后，他们出发回船上去了。林南慢慢向农场的方向望去。他被迫要从那些人里面挑出两个，他看着红色的谷仓想。他想这里面的人还不知道，他们中有些人会死，这一切真荒谬。

但没有什么别的办法，真讨厌，为什么德国人不能让他继续侦察的工作呢，那样他就不用在这里干这个了。很明显他们从一个被严刑拷打的人嘴里得到的口供，只是因为这个人想让酷刑停下来，哪怕承认自己的地下室里有支军队，阁楼里住着魔鬼都行。可是现在，轮到他在这里，被困在这种烂事里面。他接过两片涂着草莓果酱的面包，卡尔知道他喜欢吃这样的。

"谢谢。"他咬了一口面包。沉默被打破了，船长转头问他们现在要去哪里。

这就是他需要的信号。

林南指了指那个平静的农场，他能看到两个男人在那边工作。"往那个农场开。"他说。

船长去了驾驶室。船划破水面,在后面留下漂亮的水纹,柴油发动机在他们身下轰鸣着,又快又响,就像一颗动物的心脏。林南看到那两个男人停下了手中的工作,注意到了慢慢靠近码头的船。那看上去像是父亲和已经成年的儿子,都穿着劳动的衣服。

他们靠了岸,林南跳下了船。两人中年纪大的那个举手和他打了个招呼,但就在那一刻他看到了船上的德国士兵,又把手放下了。年轻一点的那个说了句什么,看上去想要跑,但父亲把他拦住了。

"你好!"林南冲他们走过去。卡尔肩上背着机枪走在他身边,后面跟着两个德国士兵。

他们的内心特别想反抗,林南经常看到这个样子,但他们必须静静地站着,等待这一切过去,就像人们忍受突然袭来的疼痛一样。

"有什么我们能帮忙的?"父亲问。

"嗯,有这里的人说在这几个农场里有一个巨大的武器库。"林南说,试图解读他们的反应。他希望能看到他们中间有人表现出不安,目光闪烁,但他看到的只有困惑。

"武器库?"父亲重复了一遍。

"是的。我们能进去看看吗?"林南问。

"请便。"父亲说。如果士兵们能找到什么,那他就不用被迫做他被要求做的事情了。他让士兵把那两个人带上船看守起来。

林南敲了敲门，走进走廊前还蹭了蹭鞋。他往客厅看了看，里面坐着一对老夫妻，男人叼着烟斗，女人在织毛衣。

"客厅里真安静。"他微笑着说，老两口也冲他笑了笑。根本没必要来这里看的，他想着，走了出去。他没有回头，也完全没有怀疑。他直接回到了船上，让船长开到附近的一个海湾。

然后他去把犯人带了出来。卡尔强迫他们走到一个特别小的岛上的礁石上，那里只有海草，只有海鸥停在上面。

哈拉尔是被背下来的，然后所有人都聚集在那块小小的礁石上。

"我们要去哪里？"那个父亲转头看向林南。

"我们就到这里吧。把手放在头后站好。"林南说，然后指着礁石上的一个点。卡尔·多尔门和芬恩·霍夫拿枪指着他们。卡尔就像往常一样保持着面具脸，一点都看不出不安的情绪，但芬恩就不同了，他的眼神飘忽着，看着林南，脸上满满都是不安，就好像他才是犯人，在寻找出路。

这是不对的，这里的一切，杀死这里的两个人是不对的，他们是无辜的，他想着。儿子哭了起来，父亲看上去也要哭了。他把一只手从头上放了下来捂住脸，卡尔大喊：**"把手举起来！"**

父亲崩溃了，眼泪哗哗地流，嘴里也开始嘟囔着不连贯的语句。

"求求你们了！我们什么都没做！我们是无辜的！你们想要怎么样？"他说，"求求你们了，你们肯定是弄错了！我们只是农民！求求你们了，不要杀我的儿子！"父亲的眼泪顺着脸颊流下来，脸上满是恐惧、绝望和痛苦，好像整张脸都要融化了。可这件事还是要做。"我们要怎么做，头儿？"芬恩手里拿枪对着他们俩，转过脸来对着林南。

"哈拉尔！"林南大喊，"告诉我们武器藏在哪里？"这下哈拉尔也开始哭了。被殴打得血淋淋的脸上满是泪水，鼻涕也开始流下来。他说："上帝啊，我们什么都不知道！我什么都不知道！求求你们了！"

"这是你最后要说的话吗？"林南问。

哈拉尔点了点头。那就没有办法了。肏你妈的，让这场悲剧赶紧结束吧，林南想着。他转过头对卡尔和芬恩点了点头。父亲尖叫起来，但他的声音一下就被两把机枪射出的子弹声盖住了。子弹穿过了他们的身体，两个男人倒在了地上。

"我的天哪！"哈拉尔低喘了一声，瘫倒在地上。比约恩站着，眼睛死死地闭着。

卡尔走到两具尸体的旁边，把他们翻了过来。芬恩站在原地，机枪垂在大腿旁，他低着头，一动不动，深色的刘海垂在脸的前方。

儿子的呼吸很不规律，肚子和身体颤抖着，血从胸口和嘴里冒出来。他的眼神忽闪着，眼睛看着他们两个人，把手伸向卡尔的方向，好像是想求助。

"去死吧！"卡尔说着，举起机枪对准男孩的脑袋。最后一声子弹声打破了峡湾的平静。林南叹了口气，摇了摇头，看着终于静静地躺在他们面前的男孩。芬恩已经转过身，走出了几米远。身体站得直直的。

没有人说话。一只海鸥飞了过来，在他们头顶盘旋尖叫着。

"现在做什么，头儿？"卡尔问。

林南把手伸进了口袋，又摸了一下药瓶，不应该再吃了。他被警告过一次不能吃太多，心脏会停跳的，但他现在需要点什么。应该喝点儿什么。他就根本夯他妈的不该来这里，他想着。他让卡尔和芬恩把尸体扔进峡湾。海狗二号行动就这样结束了。他们用最快的速度收拾好东西离开，想尽快离开这提醒他们做了什么的地方。林南坐上了其中一辆货车，回特隆赫姆去报告。

秋天来了，执行任务的次数更多了。几次逮捕行动，拷问和枪杀。永无止境。

德国人在更多战场失败了。俄罗斯人侵入了挪威北部。

到了十二月了。

他在圣诞派对上遇到了一个新的女孩。女孩叫京勒伊格，个子很矮，蓝眼睛，金色头发，有着怅然若失的眼神。后来才知道她男朋友几个月前在战场上被杀了。现在她需要一个人，一个安全的港湾，一个愿意陪伴她的人，给她温暖、食物和爱。这一切林南都能给她。他第一眼看到她就喜欢上了她，她那么年轻，笑起来那么干净，好像整个人都会亮起来，她的目光让人感到温暖，是特别有感染力的笑容。他们两个人在派对上小小地眉目传情了一下，聊了几句，他们传着土豆，倒着烈酒，把酒送到唇边。在他的手碰到她或是伸出脚踝在桌子下碰到她的脚的时候，会感觉到激起的小小的火花。

哦，这是多么美好！

再一次感觉到爱多美好，而且他立刻注意到这是双向的感情。他们之后会一起离开那个派对。一起醒来。他们会脱掉对方所有的衣服。他们当然会这样做。没有任何规则可以束缚他。他牺牲了那么多才有了现在的日子。比别人愿意付出的都多，他想，那他的回报就是一套和别人完全不同的规则。另一种自由，一切都是流动的。

到了一九四四年末的元旦前夜，林南在自己兰斯塔路的家里为团伙里的其他几个成员举办家庭宴会。已经过了十二点，他们坐在客厅继续喝着酒。克拉拉和孩子们都睡了。桌子上的烟灰缸里满是烟头，团在一起就像是小动物一样。酒杯上都是指纹，他们的脸在蜡烛的照射下闪着光。他们中只有一个人越来越沉默——那是芬恩。那个二十岁的男孩自从被迫在礁石上射死两个人之后就有点不太对劲，他的笑容变少了，眼睛里好像蒙上了一层黑色。

现在已经是一月一日的凌晨了，这是新年的第一天。芬恩喝完了杯子里的酒，撑着椅子的扶手站起来。他把自己黑色的头发往后捋了捋，然后说：

"**我想我要出去一枪毙了自己。**"

林南大笑起来，说祝你好运，举起杯子作势要和他干杯。别的人也都做了一样的动作，芬恩弓着腰绕过了沙发，撞到门框上，然后他穿上冬天的靴子，打开了大门。

他们的派对还在继续,过了好一会儿,才有人发现芬恩没有回来。第二天,人们在他从小长大的地方找到了他的尸体,太阳穴上中了一枪,手枪就扔在一旁的雪地里。

这就是一九四五年新年第一个早晨的开始。

R是落在"罪恶的修道院"屋顶的雨点,它们流下屋檐,打在窗户上,沿着不规则的轨迹流下去。

到了一九四五年四月。日日夜夜都像被风暴席卷着。所有时间都被电话、弗莱施发来的新审讯和执行新行动的命令占满了。林南喝酒、嗑药,他抓人,他杀人。他唯一一次休假是在三月的时候和新情人京勒伊格·邓达斯一起,他叫她小喵。其余所有的时间都被占满了,但他没有任何办法。这个系统能给予他肯定,给予他权力。现在只有战争能保护林南,有那么多人想要他的性命。

那天下午,他的手下传来消息:玛丽·阿伦茨回挪威了。她之前和男朋友比约恩·比约内伯一起在德国待了几年,他是另外一个德国人操控的情报机构的人。他们现在准备逃难到瑞典去,联系了他们以为能帮助他们的人。这些帮手是抵抗组织的联系人,但其实在为林南工作。当然他们却不清楚这一点。林南向给他提供信息的人表示了感谢,让他当天晚上在两个"难民"准备好被送走的时候给他消息。

他开了一瓶咖啡酒,和卡尔两个人把酒分了。

"你要让他们离开吗?"卡尔问,这是一个很聪明的问题,他们有时候会这么做,在弗莱施的示意下:让难民成功地越过边境,这样他们就会传播这个组织很靠谱的消息,增加它的可信度。这其实是个纯数学问题,放多少不重要的难民出去,换多少活跃的抵抗运动分子回来。

林南笑了笑,摇了摇头。这两个人逃不掉的,绝对不行。他喝了一口酒,舔掉嘴唇边的酒液,然后告诉卡尔他准备怎么做。

夜晚来临了,玛丽和比约恩在约定好的碰头地点等待。黑暗中一辆汽车冲他们开过来,车灯越来越亮。车里前排坐着两个人。比约恩让玛丽先上了车,然后自己也坐了进来,轻松地看了一眼司机。

"你们能那么快就来太好了。"比约恩说。司机脱下了帽子,转过头。

"你们好,好久不见。"林南微笑着对他们说。

"亨利·奥利弗?"玛丽开口。就在那一刻,卡尔从副驾驶位用一把左轮手枪指着他们。再一次看到她的脸有一种奇怪的感觉。看见她的长发遮住他曾经抚摸过的脸颊,看见他曾亲吻过的嘴唇和她躺在他身下时紧闭的双眼。现在他们的角色已经改变了,林南想着,可这不是我的错。

"你想对我们怎么样?"玛丽问。

"只是兜个风,"林南又笑了,"不过不是去瑞典。"

"要去哪里?"比约恩问。

"回家,"林南说,"我们要回家,然后看看怎么处理这两个叛徒。"

R 是奥斯陆的国家档案馆。一位年纪很大的档案员坐在柜台后，检查了一下我的身份证件，然后让我上楼，穿过那些古旧的书籍，到楼上的柜台那里去。我向一位工作人员解释我想要查阅林南的资料，他向我说明所有与林南有关的资料都已经电子化了，但我早先不能查阅是因为这样的查询需要得到特别的许可。这倒不是因为林南，而是为了保护那些无辜的受害者，他们的名字被记录在案，或是被拍了照片。这里保存了所有与他有关的资料，应该说是所有还剩下来的资料，因为在战争结束前的最后几天，亨利·奥利弗·林南在传教士酒店已经尽己所能地销毁了大量的证据。

这里有超过五千页纸的材料。大多是打字机打的笔记，扫描在 A4 页面上。这是对林南的审讯档案，包括他不可取信的叙述——讲他与一个想象出来的俄罗斯特工之间的关系。她是如何用氯气把他麻醉，但因为他们俩真心相爱，所以她不忍心杀他。在文件里还有对幸存下来的被关押的人的一些询问资料和尸体的照片。其中一个是被烧死的。照片中还有一个被关押在"罪恶的修道院"的人，他的尸体在某地的雪地里被发现，身体被绳子紧紧地捆了起来，就像人们在烤鸡或是烤火腿时把它们捆绑起来的样子。

我在翻阅审讯和司法记录的时候，还找到了一些被归类在"其他"类目下的文件夹。我找到了林南的一些笔记。之前我在他的一些传记中见到过。我继续找了很久，但除了我之前见过的，没有再发现他其他的手写笔记。也许在战争结束之前，它们就被销毁了，就像对你的审讯记录一样消失了。最后，我明白，这一切永远都会是一个谜了。

R是林南在"罪恶的修道院"里进行的审判。那是一九四五年四月十九日的晚上，街灯的光线透过客厅的窗户，将两个人的影子拉得长长的。那两个人站在屋子正中，手被绑在身后。那是玛丽·阿伦茨和比约恩·比约内伯。林南坐在自己的办公桌后，两边坐着其他的帮派成员。林南给自己倒了一杯酒，喝了一口，然后清了清嗓子，把注意力集中在站在那里的两个人身上。

"尊敬的观众！尊敬的法官，也就是我身边的卡尔·多尔门。其中一名被告将自己担任律师，他坐在那里。审判开始！"

他用从地下室拿来的一根拐杖敲了一下桌子，发出闷闷的啪的一声。

"这算什么呀……我们得给法官找个更好的。让我们看看……"

林南站起身，走到壁炉边捡起了一块木柴。他在手里掂了掂重量，摇了摇头。没有人说话。然后他在房间里走了一圈，所有人的目光都跟着他，除了那两个被审讯的人。他们直直地盯着自己脚前的地面。突然他看到了一件合用的东西，走到餐椅旁，搬着它走到卡尔身边。

"亲爱的法官，你能帮我把这里的法官锤弄出来吗？它们想要逃跑，就像某些人一样……"

林南特别戏剧化地看了两个受审人一眼，好几个小弟都开始大笑。

"比如这根法官锤……"他说着，用手掌拍了拍一条椅子腿，"它想要消失，它想要假装自己不是法官锤，假装它只是一条无辜的椅子腿！"他看到了自己的话语制造的效果——好些人都开始笑起来。然后他放低声音，把手放在卡尔·多尔门的肩膀上。

"但我们不会上当的，对吧，法官先生？"林南边说，边走到一旁给他腾出地方。

卡尔·多尔门摇了摇头，接过了椅子。他把它放倒在地板上，用一只脚踩着椅子，使劲把椅子腿往下踩。干燥的木头发出了嘎吱嘎吱的断裂声，金属的钉子从木头中被挤了出来。

"就是这样，法官大人！你可以的！"林南说道。

卡尔又用手掌拍了一下椅子腿，抬起了头。

"谢谢，检察官，这法官锤会很好用的！"

"很高兴能帮上忙，法官大人！"

林南从比约恩·比约内伯身边走过，回到了自己的桌子前。他看着卡尔，微笑着。

"那审判就开始了，法官……你知道的，用锤子敲一下桌子，然后继续？"

卡尔点点头，用椅子腿敲了三下桌子。

"好……那庭审开始，我们从检察官开始，你能说说对这两个共党分子有什么指控吗？"

林南又喝了一口酒，他站起身来的时候，身后的椅子摩擦地面，发出尖厉的声音。

"好的，尊敬的法官。两位被告，玛丽·阿伦茨和比约恩·比约内伯，被指控犯有叛国、叛变和叛逃罪。"

卡尔满意地点了点头。

"好的，谢谢！被告有什么辩解意见吗？"

玛丽轻轻地摇了摇头。比约恩什么都没说。

"没有辩解？！"林南说着，手肘撑在桌上，头陷在肩膀中间，"我们说的可是非常严重的罪行……我们当然不会毫无证据就指控你们犯了这么重的罪的……"

卡尔点了点头。

"对，检察官，我们肯定要看看证据。我们有吗？"

林南把椅子推到一边，走到桌子前面。

"是的，我们在这里有名证人，尊敬的法官。能让亨利·奥利弗·林南到证人席吗？"

因加高兴地拍着手，林南走到墙边只放了一个小花瓶的小桌子边。

"是的，是我……好的……谢谢。"林南说，看着对面他刚才做检察官的空办公桌，点了几下头，仿佛是有人问了他几个问题，而他在组织答案。其他人都笑了起来。

"好的，谢谢。我来讲讲我是怎么认识这两个叛国贼的。我在一九四二年认识了被告玛丽·阿伦茨，当时她是我们第一批成员朗希尔德·斯特伦的朋友。她们两人参与了一次非常重要和成功的行动，乘坐'哈康国王号'去了博德，打入了抵抗运动的内部，揭露了几次他们非常重要的逃亡去瑞典的行动。"

林南装出在听的样子，点了好几次头，嘴里说着"对""对""确实"。然后他又开始讲。

"是的，阿伦茨女士是罗拉行动队里非常出色的一名特工……她原本可以有很高的成就的，但她逃跑了，就像刚才的指控里说的，她去参加了德国的红十字组织。要是她聪明点，一直待在那里也没事。可她偏偏又回到了特隆赫姆，和这个糟糕的间谍混在了一起。他的名字是……让我们看看……他叫什么？狼·狼森，哦……"

卡尔·多尔门的女朋友英厄堡·谢维克大声地笑了出来，京勒伊格也笑了，但看上去并不是太情愿。林南的目光碰上了她的，笑了一下，他太喜欢这个庭审了，她都在冲他笑。但他很快又回到了自己的角色，说："哦，不对，不好意思……比约恩·比约内伯，是和我们竞争的侦察组织的人，可他们实力太差了，我根本都懒得记他们的名字。"

林南又走回到检察官的位置，喝了一口酒，感受着酒精带给身体的温度。

"好的，亨利·奥利弗·林南，你能说说之后发生了什么，着重讲一下是什么让这两个人成为被告的吗？"

林南又回到了证人席，他把手按在桌面，注意力集中到了卡尔·多尔门身上。

"是的，尊敬的法官。这一切是在今天早晨发生的。通过我们的一个线人，我听说有一对挪威夫妻要逃跑，所以我给他们安排了去边境的车。我订好一辆车开到那里等他们，很快这两只小乌龟出现了，准备去边境。我向你们保证，他们看到坐在方向盘前的是谁的时候可不太开心。"

他向四周看了看，大家的脸上都很轻松。林南穿过房间，走到卡尔边上，从他手里拿过了那条椅子腿。

"既然这是给最高法院的案子，我们就必须有多个法官，对吧？"卡尔点了点头，林南看到英厄堡微笑着，又看了看京勒伊格。

"太对了。"卡尔说。林南转过了身，用椅子腿敲打着手心，穿过房间。他的目光和团伙成员交接，看着他们眼神里的期待。然后他又回到检察官的位置，看着他之前站着的证人席的方向。

"太棒了，林南先生。谢谢你简短而准确的描述。被告有什么要说的吗？"

比约恩和玛丽摇了摇头，没有说话。林南提高了嗓门，用椅子腿重重地敲了一下桌子。

"我问，被告有什么要说的吗？"

玛丽和比约恩颤抖了一下，然后他们抬起头看着林南，低声地说："没有。"

先是玛丽，再是比约恩。

"好的，谢谢。被告是否知道叛国和叛逃的惩罚？"

"不知道。"比约恩回答。

"其实我也不知道……在大法官判决之前，让我们先问问陪审团怎么说……"

他们俩一定是知道的。直到现在，他们才有了更多的真实感。或许玛丽曾经希望她和林南之前的那段关系能有点用，能让他对她网开一面，但现在这种希望已经很渺茫了。她开始无声地哭泣。眼泪顺着脸颊流下来，滴到裙子上。

"那么！辩护律师有没有什么要在庭审上说的？"

比约恩抬头看他，然后摇了摇头，他的动作放射出了他内心的不安，好像他很害怕说错话会带来的后果。

"什么都没有。那可真不寻常。"

林南向四周看了一圈，屋子里其他人都在笑着。

"通常辩方律师都会说点什么，尽量能够改变判决的，这次好像不是这样啊……辩方？"

比约恩·比约内伯又摇了摇头。

"我们要怎么做呢，大法官？"

"我了解了，辩方律师对他们的指控没有什么意见要表达，"卡尔说，"对于被告，我们唯一能说的就是阿伦茨女士的裙子很漂亮。"

大家都哄笑起来，林南又用椅子腿敲了敲桌子。

"很好。非常同意。一条漂亮的裙子，在那下面一定也藏着漂亮的东西吧……"

好几个人已经拍起了手，林南装作没有注意到的样子。他只是直勾勾地看着他面前的两个人。

"那罪名成立。法庭要给予他们什么判决呢，尊敬的法官？"林南问，又把椅子腿递给了卡尔。

卡尔看了看他，好像犹豫了一下，然后他转头看着那两个人，舔了舔嘴唇说："我宣判，给予这两名被告最严厉的处罚——死刑。"

"很好,谢谢。"林南说,"麻烦把他们俩带到地下室去。"

这几句话让玛丽崩溃了,她转过身向门口跑,但被几个人挡住了,他们抓住她,一把推倒在地上。

"不!!!"她尖叫着,踢着腿,身子在地上滚来滚去。

比约恩冲她走过去,手被绑在身后,他只说了一句"求求你们了",就被两个人推倒在地上。京勒伊格站在墙边,看着这一切,手紧张地揉搓着衬衣上的扣子。她笑不出来了。她好久没有笑了,这也很好理解,对她这样的新人来说,这有点超出她的承受范围了。与此同时,她也必须明白,这是她工作的一部分,是她薪水里包含的工作。

"把犯人带下去!"林南大喊着,冲京勒伊格眨了眨眼。

然后他们一个人抓腿,一个人抓上身地把这两个人拖走了。玛丽被带出房间去地下室的路上一直踢着腿,尖叫着,大声哭泣着。很快只有她的喊叫声传到楼上的客厅里了。

"那么,尊敬的各位,庭审结束了!"林南边说边绕过了写字台。他平静地穿过房间,走到通往地下室的楼梯旁。酒精和药让他的大脑很放松,他的脚步有些不稳。他靠在门框上转身看了看其他的人,说"一会儿见,我的朋友们",然后走下了楼梯。一级台阶,又一级台阶。在走向地下室的路上,他脸上的笑容消失了,被一种意料之外的悲伤所代替。他很清楚自己必须要做的是什么事情。

# S

S是"绊脚石"。我们现在有很多方式去触及那些无法言说的事。作为辅助手段，那些方式帮助我们去理解那些不可思议又极端野蛮的事。其中之一就是"绊脚石"项目。现在，在欧洲不同的城市里已经安置了超过六万七千块铜制"绊脚石"——那上面写着死去的人的名字。六万七千个和我们一样有着童年的人，有着自己喜欢的音乐的人，有着自己的习惯的人。六万七千个各不相同的人，他们爱过，对未来有过梦想。他们大喊过，大笑过，歌唱过，被爱过。六万七千是个多么巨大的数字，当我第一次听到它的时候，我就是这么想的。但也在那一刻，我又想了一下要完成这个项目还剩下多少块"绊脚石"，几乎还差六百万块。如果这个艺术项目真的要完成，那欧洲的人行道上将布满它们。这个想法让人头晕目眩，让人无法自持。我转眼想起我曾去过的布拉格的犹太教会。那是我刚和丽珂在一起的时候，我们一起去的。那里很安静，所有在那座城市被杀死的犹太人的名字都被写在白色的墙上，从地板到天花板，让人感觉好像走进了一座墓室。那些名字里隐含的意义不断地继续着，无声地说着："不要忘记我。不要忘记我。不要忘记我。不要忘记我。"

S 是被派到法斯塔德工作的士兵们。他们中的大多数都很年轻，根本不知道自己参与的是什么。S 是你只经历过一次的惩罚。惩罚的形式有很多，但你自己经历的那一次是这样的——你们被迫排成一行行一列列，用最快的速度在牢房里的床上或是床下爬行。膝盖跪在地上，撞到尿桶也不能停，只能用最快的速度继续爬第二轮。士兵们会排成一队站在一旁，不停地踢打着你们。你认识的一个男人下巴被打脱臼了，被送去了医院。不过，你没有受过特别严重的伤，只是愤怒。这样的惩罚一直继续，直到士兵们都累了，才下命令让你们停下。

S 是牢房里的安静。S 是唾沫。S 是愤怒。

S 是断断续续的睡眠。S 是疲劳的肌肉。S 是在一些车间里唱起的歌曲，让大家能保持情绪高涨。S 是你从小学过的语言，让你能和俄国还有南斯拉夫的犯人们聊天。S 是大厅，是照射在背上、照射着大地的阳光，它毫不在意它照亮的究竟是什么，它不在意被它温暖的身体属于谁，是仰着头闭着眼睛的犯人，是被强迫在地上爬行的犯人，还是停在累趴在地上的犯人背上的小鸟。它只停留了一下，就飞过黄色的围墙，继续寻找食物了。

S是真相，就像林南曾说过的。他每次在迎接新来到"罪恶的修道院"的犯人时都会说："欢迎来到特隆赫姆唯一说真话的地方。"

S是嫉妒，是愤怒，是离婚。

S是牧羊犬。在克拉拉·林南接受的为数不多的采访中，她说她第一次知道林南出轨，是有人看见他和另外一个女人从酒店走出来。为什么她不离婚？他们有三个孩子，虽然他总是不在家，但在家的时候他对孩子很好。而且他收入很高，在那段绝大多数人都需要按照配额排队买东西的时期，他们想要什么就能有什么。

在特隆赫姆的街道上，她很偶然地遇见了一位年轻的女士，她的手中牵着他们家的牧羊犬。克拉拉说狗一下子就认出了她，用力拉扯着项圈，想要靠近她，尾巴欢快地摇来摇去。那个牵着狗的女人被叫作"小喵"，是林南最后一个情人。克拉拉在采访中说，那个女人给他怀了一个孩子，但在监狱里的时候流产了。

她们俩都继续往前走。克拉拉不想回头看牧羊犬的眼睛。她只听到那个陌生女人喊着狗，因为它想跟上来，然后她拽着狗走开了。

S是在"罪恶的修道院"的地下室里传出的因为恐惧死亡发出的尖叫。一九四五年四月二十六日，那是对玛丽和比约恩进行审判的一个星期之后。林南走下了通往地下室的台阶。他去传教士酒店向弗莱施报告了两个犯人的情况,问他应该怎么处理。

"杀了他们。"弗莱施简短地说。林南有点想继续问他,比如怎么杀,什么时候杀。但这其实没有什么意义,弗莱施根本不在意这些,所以他不该用这些问题去烦他。

他回到了"罪恶的修道院"。两个犯人的手被绑在身后,站在那里。卡尔拿枪指着他们。玛丽一看到他就开始尖叫,林南把食指放在嘴唇边,但没什么用。玛丽身体往后靠,失去平衡倒在地上,但没有撞到头。比约恩也想这么做,但被卡尔·多尔门抓住了衬衣。他用枪指着比约恩的脑门,回过头去看林南,准备接受新的命令。

玛丽在地上向着对面的墙蹭过去。她的身体在地上摩擦着,裸露的膝盖和手肘都擦伤了。她尖叫着,抽泣着。

"把他带到空牢房里去。"林南大声说。卡尔照他说的做了。他把犯人拉到身前,为了不摔倒,比约恩被迫迈了几大步。

林南绕过放着棍子和鞭子的桌子到了另一边。玛丽还在尖叫着,她抬头看着他大喊着"放过我!放过我吧!",这声音让他很难受,太吵了,林南想,得想点办法让她安静下来。他拿起一个之前没用过的瓶子,上面的标签写着"氯仿"这个神奇的词。他拧开瓶盖,把它倒在了放在边上的一块布上。

"放过我!救命啊!救救我!"

林南向她走过去。玛丽已经蹭到了墙角边,缩在一个角落里，她尖叫着，尖叫声歇斯底里、震耳欲聋。林南转过身，拿起手枪开了一枪，子弹打在了她身后的墙上，距离她特别近。

"玛丽！"比约恩在牢房里大喊，卡尔让他闭嘴。玛丽哭着，但躺着没有动。

"拜托不要再喊了。"林南边说边走到了她身边，把那块布藏在自己身后。

"请保持安静……"

她睁大眼睛看着他，呼吸急促，张开嘴想说什么。

然后他举起沾着氯仿的布，盖在了她脸上。

在林南曾经看过的电影场景里，受害人会在手帕盖到脸上的时候立刻倒下，被麻醉，失去抵抗的意识，滑倒在地上，就像躺在夏日的草地上一样，闭上眼睛睡过去。但真实的情况并不是这样，玛丽用尽每一块肌肉的力量想要挣脱。她用力地想踢他，逃脱。

"靠，我他妈的，靠！"林南嘴里骂着，用空出来的一只手按住她的肩膀，另一只手紧紧地用布按住她的口鼻。玛丽想要透过布料咬他的手，他只能更用力地抓住她。终于，氯仿开始起作用了。林南的手屈起来，他感觉麻醉剂让她的肌肉松弛下来，失去活力，就像一条从凳子上滑下来的裙子一样。

卡尔走了进来，一脸认真。

"玛丽！"比约恩在牢房里大喊着，卡尔又转身走了回去，用枪砸牢房的门让他保持安静。

林南在玛丽身前蹲了下来。她的裙子被翻到了肚子上，露出了内裤。他站起身走到桌边，拿起一把刀子。那是一把桦木柄的刀，又长又尖。他用手指摸了一下刀背，感受了一下它有多锋利。然后他蹲到玛丽面前，把刀伸进她的臀部下方，在内裤的边缘把刀倾斜过来向上割。他很小心不碰到她的皮肤，用力拉了几下，刀割开了织物。他把这一边的布料拉紧，用刀继续割另外一面。他的皮肤贴着她的皮肤，摸到干燥的阴毛的顶部。最后一刀，内裤两边都被割开了。他听到卡尔冲他走过来，但他没有回头，他继续用刀挑起裙子，找到肚子上的一个地方，用刀继续向上割，最后只要一拉，布料就会完全向两边分开了。

她的胸膛在缓慢地起伏着，脸上的表情很平静，就像从前他们一起醒来的早晨一样。

他把刀插进了胸罩里挑断。她美丽的胸部露了出来，乳头指着天花板的方向。他曾将脸放在那中间舔过，吮吸过。

"我们要怎么处理她？"卡尔问。

"找根绳子。"林南没有回头，回答道。他的一只手抚摸着她的肚子，用手罩住了她的一个乳房。

"玛丽，你在吗？！"比约恩在牢房里大喊。林南没有回答。他用刀挑断了她肩膀上最后两根还固定在她身体上的带子，然后将那些衣服展开，就像是杂志上的纸质连衣裙，就是那种你可以给纸娃娃穿上的，两边带口袋的裙子。

林南把刀放在一边，然后爬到玛丽身边。他把她的上半身抱起，把她失去意识的头放在自己的膝盖上枕着。玛丽的头发倾洒在他的裤子上，她的嘴唇微微张开，还是那么美，那么柔软。她的眼睛闭着。卡尔又走了进来，看着他俩的样子。他手里拿着一根绳子,努力不让自己的目光停留在眼前那具裸露的身体上。

"好的,谢谢。"林南没有抬头。他的一只手抚摸着玛丽的额头,小心地拨开挡在她眼睛前的头发。"做个套圈,把绳子固定在屋顶上。"

"好的,头儿!"

卡尔把绳子的一头穿过了一根横梁,做了一个环。他把绳子递给林南,而他也终于抬起头,伸出手接住了它。

"谢谢你,卡尔。"他说,然后把绳子套在了她的脖子上。他小心地抬起她的后脑勺,不让绳子套进她脖子的时候把她弄伤,然后拉紧了绳子。

"这样就行了。现在你可以拉绳子了,卡尔。"

卡尔走到挂在横梁上的绳子边,小心翼翼地开始拉。她的头仰着被拉离了地面,然后是她的上身,卡尔每拉一下绳子,她的身体就升高一点点。她的手臂垂在身体两旁,林南坐在那里,看她慢慢离开他的膝盖,被吊离地板,手臂悬垂,头微微地后仰着。

"很好,卡尔,再拉一点。"他说,卡尔照做了,但现在玛丽开始踢腿。林南过去抓住了她的脚踝,把她固定住。他用力把她往地面拉,而卡尔往反方向拉。他能感觉到她血管中奔腾的生命力,当他的脸贴在她大腿上的时候,他的手指能感觉到她手的扭曲和盘绕。他用尽全力地拉着,直到她完全不动,静静地垂在那里,又因为绳子的缘故,左右缓慢地旋转着。

这时,林南松开了她的腿往上看。这是一个很奇怪的景象。这个赤裸的女人，这具曾经与他交缠在一起的身体，挂在一根从房顶上垂下来的绳子上，缓慢地转动着。他因为用力而气喘吁吁的，卡尔也是一样。他听到楼上电话响了。

"好了，你把她放下来吧，小心点。"林南说。卡尔一点点放松绳子，绳子和木梁摩擦着，发出嘶嘶的响声。她安静地躺在地板上，乳房垂在一边，有些头发掉进了嘴巴里。

"好了。这就是她的葬礼了，卡尔。你上去看看我们有没有花？"林南问。卡尔离开了，林南坐在她的身边，她的头有些向后仰着，乳房重重地垂落在地板上。

"嘿！玛丽?!"比约恩从牢房里大喊。

林南的食指抚摸着她的大腿。一只手放在玛丽的肚子上，就像曾经的清晨他们赤身裸体在她的卧室醒来时那样。他的另一只手撩开盖住她眼睛的头发，他不想头发掉进她眼睛里。

"玛丽啊，你为什么非得逃跑呢？你为什么一定要这么做呢？"

就在这时，卡尔回来了，手里拿着客厅里的一个花瓶。

"非常感谢。"林南低声说着，从尸体旁走开。他拿出花，让玛丽的手握住花茎，然后把手和花束放在了两腿中间，把性器基本遮住。

这看上去很美。她闭着眼睛，手里拿着客厅里的花束。这是他们能弄得最好看的样子了，他这么想着，点起一支烟。然后他叫卡尔把比约恩带出来，把他解决掉。

"嘿?!玛丽！林南！发生什么了?!"比约恩在牢房里大喊着。卡尔穿过房间，从墙上的钩子上取下钥匙，然后打开其中一间牢房的挂锁。他把犯人从那里拉出来，带回到房间里。林南看到比约恩快速地走着，目光四处搜寻，直到看到房间正中躺着的尸体。他突然变得非常安静。他的脚步还在继续往前，嘴唇快速地移动着，说着"不，不，不，不……"，然后他跪在她的身体前面。没有人去阻止他。他把一只手放在她的额头，含着泪说他想死，让他们给他个了断。

"那好，那就这样吧。"林南说。他掏出左轮手枪，抵住他的头，扣动扳机。手枪突然发出一声巨响，子弹射入比约恩的头颅，鲜血流向了地面。

卡尔看了眼另外一间牢房，里面还关着一个犯人，一个抵抗运动的人。然后他回头看了一眼林南，他冲他点了一下头作为回答——把他也处理掉吧，这样他就不能和任何人说他看见过什么了。

T

T是松木板做的木箱，褐色的斑点不规则地散落在表面上。

T是数字三。地下室里有三具尸体，玛丽·阿伦茨，比约恩·比约内伯，最后一个人是达芬·弗勒于兰。那个男人因为看见了所有事，在同一个夜晚被杀害了。林南在二楼接了电话，那是从传教士酒店直接接过来的线路。他现在已经学会了一些德语，也愿意向别人展示这一点。

"您好，"他用德语对电话听筒那一边的男人说，"三个棺材，送到罗拉特别行动队。"

对方问他送到什么地址，他告诉了他们地址，然后被告知棺材会尽快送过来。

"非常感谢。"林南用德语说，心情很好地挂断了电话，然后他从杯子里喝了一口酒。真是好酒，口感甜度刚刚好，在嘴巴里的味道非常美好，很有质感。牧羊犬站起身，充满期待地看着他，林南摸了摸它的脑袋，摸了摸它的皮毛，然后走进了客厅。他听见卡尔在厕所里，他等着他出来。

团伙里别的人都在忙自己的事情，看文件，抽烟，聊着闲天，或是在计划新的行动。玛丽的事情确实令人遗憾，但这也是她自找的，他这么想着。这是逃跑要付出的代价，如果不处理，就会削弱他们，所以她也是罪有应得，他想着，然后看了看京勒伊格。她也穿着条裙子，他想象过一会儿等这些尸体被运出去之后，他要对她做的事情。他对她笑了一下，她站在窗户边也努力冲他笑了一下。这是怎么了，他想。不过刚好卡尔从厕所出来，林南隔着房间冲他喊。他想让别的人也都听到。

"卡尔，我给我们的犯人订了三口棺材。它们随时都会运来。"

"好的，头儿。"卡尔干脆地说。他会做好相应的安排的，就是得有这样一个人，总得有人去执行他想的事情。林南走进厨房，里面到处都堆着脏盘子，酱汁和炖汤，他想，只要还剩下东西能吃就行。他去看了看锅里剩下的炖牛肉，棕色的酱汁已经变得很厚了，颜色有点深，但稍微搅拌几下就好了，食材都很好地融合在了一起。他直接从锅里吃了一点。他冲走进厨房的京勒伊格笑了一下，问她要不要吃。她走到他身边，她总是很高兴她能被允许靠近他，他是他们所有人的领袖呢，亨利这么想着，用手搂住了她的腰。就在这时，他听到楼下传来汽车马达的声音，有好几辆车，有人来了。他用手抚摸着的身体有些瘦弱，他的手顺着她的背往下滑，然后让她张开嘴，喂她一块肉吃。她的眼睛闪着光，他感觉到她的胸部贴着他的身体，感受着她背部的弧线。他想到他们俩之后要做的事情，两腿之间开始颤动。

门铃响了。真快,林南想着,俯下身亲吻了一下她的嘴唇,尝到了她嘴唇上酱汁的味道,笑了。

"干活儿去……"他说着,把锅留给了她。他走出走廊的时候卡尔已经在去开门的路上了。

"肯定是棺材送到了。"林南说。卡尔去开门,他靠在门厅的走廊里。门外站着两个年轻的德国士兵。他们抬着一个用黄色的松木钉起来的木头箱子。这可不是棺材。林南站着没动,看着它。这是个挺大的箱子,没错,大概有一米长,但这应该不是棺材吧?他们的身后还有两个箱子,也和这个长得一样。

"这是什么?"林南用德语问。

"棺材。"其中一个士兵回答着,有些不确定地又指了指身后的那两个箱子。林南感觉到身后别的人的目光,转身看了一眼,看到京勒伊格冲他笑了一下。她看出来了这不是他在等的东西,别人肯定也注意到了。林南又转过身面对士兵们,他想问他们这是不是"棺材",但他没有开口,毕竟他们刚才对他重复的也是同样的词,是他在电话里说的,所以肯定是林南弄错了。"棺材"这个词在德语里肯定不是棺材的意思,那难道是箱子吗?好吧,这就是他们的棺材了。只能这样了,他想,他是绝对不会承认是他自己说错了的。他绝对不会接受这种羞辱的,他想着,只能随机应变了,就用这些箱子做棺材,表现出他原本想要的就是这样的东西,这样别人就不会说什么了。他们知道他会做出什么事情。

"好的,好的,棺材,"林南回答道,冲两个士兵满意地微笑着,"非常感谢。"说完就转身面对帮派里其他的人。

"卡尔,找几个人把这些箱子弄到地下室去,把尸体装进去。"林南说着又走进了厨房,他要继续吃饭,最好是和小喵一起,就像刚才那样。但京勒伊格现在不在那里了,他看到她站在客厅里,望着别的地方。他们两个人之前在三月份一起待了一个星期,他当时在度假,整整一周都和这个没有安全感的容易取悦的年轻女人在一起。

是的,是的。这些尸体肯定会让她觉得不舒服,他想。或许她也明白玛丽曾经和他在一起过,而她现在躺在那里,死掉了。她可能已经有点受够了。他们在这里关了一个星期。别的人肯定也说过些什么,她可能在担心以后也会轮到她。但肯定不会的,他想,感觉到自己对她的喜爱在心里升腾起来,她是那么可爱,那么年轻,那么无辜而美丽。他很久没有对一个女人有过这样的感觉了,他想,又从锅里吃了点肉,然后想找点东西做甜点。一点甜酒,他们还有一点糖果。他吃了一颗糖,用牙齿咬碎它,然后走进客厅。京勒伊格站在那里,手不安地在胸前折叠着,好像不知道应该拿它们怎么办的样子。可怜的女人。

"来,喝一点。"林南说着,递给她一杯咖啡酒,"我很快就好了,然后我们去外面做点有意思的,好吗?"他说着,举起了杯子。电话铃响了。有人接起了电话。一个人从他身边走过,他喝了口酒,感觉到酒精的热度在身体里散开,抚平身体里的褶皱。

突然,卡尔从地下室上来了,用力过度让他的脸涨得通红。他的脑门上满是汗珠，脸上的神情也很紧张。看上去都不像他了，完全不是。

"头儿，他们塞不进箱子里。"他紧张地说，声音很低，不想让别的人听到，但这没什么用。

林南把一只手按在他的上臂。

"等我一会儿，小喵。"他对京勒伊格说，然后和卡尔一起向着窗户的方向走了几步，"卡尔，你说什么？"

"尸体……他们塞不进箱子里……我们要怎么办？"

"把他们挤进去，卡尔。该怎么做就怎么做。这是我们拿到的箱子，就得用。明白了吗？"

他能感觉到自己在说到最后一句话的时候，愤怒在身体里升腾起来，挫败感也在翻腾着，为什么卡尔他妈的要上楼来，是想向整个世界说明他的头儿不知道棺材这个词在德语是怎么说的吗？他难道不明白这让他有多难堪吗？

"是的，当然，头儿。"卡尔说，然后转身走了。在走下楼梯之前，他迅速地看了小喵一眼。

林南走到小喵身旁，和她说着和此前完全不相干的事情，说他们在战后要住在哪里，他们之后要一起去另一个度假胜地。慢慢地，他感觉到她放松下来，慢慢地放下了恐惧，再一次靠近了他，让他用一只手搂着，冲他微笑。她应该要理解，他的工作很不容易，要做很多困难的决定，他这么想着。很多的责任，他边想边用手抚摸着年轻女人的后背。

卡尔又上楼来了，他的肩膀颤抖着，现在他的眼睛里只剩下了恐惧。

"很抱歉打扰您，头儿。"他说着向后退了几步。他想让林南跟他过去，这没问题，他想得很周到，起码不在他女朋友面前再提出更多的问题。

"怎么了？"林南问。

"很抱歉，但是这些箱子，它们实在太短了……哪怕我们把他们的膝盖都蜷起来，还是塞不进去……我们要怎么办？"

林南感觉自己的最后一丝耐心也蒸发了。

"卡尔，要不你把尸体弄进箱子里，要不我把你也塞进去和他们做伴。明白了吗？我不管你要怎么做。你他妈的动动脑子，有点想象力！"他气急败坏地说。

"是！对不起，头儿。"卡尔又说了一次，但没有一点要离开的意思。大概是因为他还没有想到好的办法。

"你知道我们外面有把斧头吧？"林南低声说。卡尔点了点头。然后他转身离开了。京勒伊格去和英厄堡说话了。虽然她们两人在聊天，英厄堡也在笑着，但京勒伊格看上去有点心不在焉。卡尔手里拿着一把斧头进来了，他看了一眼林南，好像希望他能让他停下，但林南的眼睛一眨不眨。卡尔只能继续走去了地下室。

过了一刻钟，也可能是二十分钟，卡尔和另外一个人从地下室抬上来了第一个箱子。

"太好了，卡尔！"林南在房间里大喊，"把三个箱子都搬上来，然后扔到峡湾里去。"他说。

客厅里一片死寂。没有人说话。所有人的目光都在找别处看，或是装作在忙着什么的样子。几个箱子被抬上来，穿过房间,血从箱子底下滴下来,一股铁锈的气味弥漫在客厅和走廊里。

所有的人都很安静。

"你们怎么回事?!"亨利问,"我们还有仗要打。赶紧干活儿!"他大喊着。他点起一支烟,让英厄堡打开窗户。很快箱子都被抬出去了。

有人开始擦洗地板,完全是自发的。夜色降临了。

T是埃伦·科米萨尔快步穿过特隆赫姆时脑子里盘旋的想法。她的眼睛看着地面,舌头迅速地舔了一下嘴唇,然后又加快了速度。她得快点儿,她想着,脑海中划过格尔森的样子。她现在非常确定他隐藏了什么。从丹麦保姆辞职的那天起她就发现了,他们之间亲密关系最后的纽带断了,他的眼神变硬了。吃饭的时候他会背过身,忙着读报纸。他一直加班,很少在家。很明显他藏着什么,埃伦想着,快步穿过街道。她想象着当她推开服装店的门的时候,会看到他和一个女人在一起。或是更糟,他根本不在上班,根本不像他说的那样,只有玛丽一个人在,她也不知道埃伦的意思,因为格尔森也把她蒙在鼓里。也或许她和他是一伙的,她给自己儿子打掩护,说他去什么地方取东西了,但他肯定是在情人的家里,肯定就是那个年轻的丹麦女人,他和她在床上厮混。她感觉自己的心脏在胸腔里剧烈地跳着,他妈的,她感觉愤怒贯穿了整个身体,狠狠地咬紧牙关,心里想象着各种各样的话语,修饰着它们,准备着。她要让他在她面前跪倒,请求她的原谅。让他说他能理解她的挫败感，他们会搬家回奥斯陆，她想着，想象着他们搬家去她儿时住的房子。但越往下想，她越感觉到自己的想象有多么不可能实现。那就从更有可能的结果开始吧，她已经走到了北大街的街角，加快脚步开始小跑，越跑越快，然后看到了大大窗户里的灯光。她看到了格尔森，他站在柜台后面，面前有一名老妇人在试戴一顶帽子。她转过头面向格尔森，想听听他的意见。

那里没有年轻的女人，格尔森在上班。埃伦停下了脚步，她应该转身赶紧离开的，但格尔森已经看到了她。他一开始看上去有点惊讶，有点惊喜，刚要抬起手冲她挥手打招呼，又停住了。很明显，他看到了她脸上不开心的表情，她看到他的肩膀沉了下去，回过身面对着那位老妇人，努力微笑。

埃伦站在那里。她想穿过马路进去和他说几句话，可她要说什么呢？说她为什么来吗？说来看他？那她就不应该用这种方式偷偷摸摸地来堵他，她想着，不停地责怪自己。我怎么能这么蠢，她边想边转身往家走，感到绝望。

埃伦试着把家里布置得更温馨一点。她试着和孩子们谈话，但她们都很忙，也不明白为什么她突然想要一直陪着她们，为什么突然想要拥抱她们。所以，她们扭过身子继续玩游戏去了。

到了晚上。格尔森回家很晚，他喝了酒，也不想说他去了哪里。

虽然埃伦坐在沙发上等他，在看见他进门的时候站起身冲他微笑，他还是直接进了浴室，然后上了床。他不想在她身边，他的眼睛里已经没有任何曾经那么吸引她的火花。

他们躺了下来。在黑暗中，她伸出手放在他的肩膀上，但他嘟囔了一句他累了，想睡觉了，然后就转身背对着她。

埃伦把眼睛闭了起来。她听见他的呼吸声平稳而安详。她注意到他们之间的距离，感觉所有的一切突然都蒸发了。

几天之后，格尔森很早下班回家。那时候孩子们都不在家，他直接把话挑明了。他说他得到了奥斯陆的一份工作邀约。他说他看不到他们俩有什么未来。他说他会给她安排一个住的地方，让她和孩子们住在一起，但他要离婚。

T 是信任。

T 是宽恕，是和丽珂的一次通话。在我开车穿行在特隆赫姆的时候，她打电话给我，告诉我他们家闭口不谈战争中发生的事的另外一个原因。她觉得并不是因为谈论这些事让人痛苦才不谈，正相反，这是因为希望宽恕，然后继续前行。是想说发生过的事情已经发生了，永远无法改变。不是想要让一页划过去，改变或是忘记它。我们能改变的只有未来的道路。这也是尤利乌斯·帕尔蒂尔的工作的核心。不去谴责、迫害和指责，而是去宽恕，去展望未来。

"我们生活在言语战争的时代中。让这本小说成为向前看的邀约吧，让它成为和解与宽恕的机会。"她后来给我发了这样一条短信。

在这几年里有关母亲的谈话中，我似乎也在格蕾特身上感受到了这一点,她对母亲做不到的、没有做的事的指责越来越少,而是缓慢地与她和解,逐渐理解了母亲被战争摧毁的所有那些可能性,她可能成为的人,可能做的事。所有的谈话、片段和碎片,都慢慢地促成了这样的和解。战争摧毁了那么多人的可能性,那么多年轻的梦想家。我们这个被摧毁了的家庭成为了今天的样子。

T 是时间。

T 是宽恕。T 是宽恕。T 是宽恕。

T 是一九四五年五月七日晚上林南桌上响起的电话铃声。那段时间德国在几个前线连续吃了败仗,过去六个月里想要逆境反攻的希望越来越小。电话里传教士酒店的一个人说,一切都结束了。德国投降了。战争结束了。
我的上帝。
结束了。一切都结束了。
"怎么了?"卡尔问,他注意到发生了什么,可是林南没法回答。他感觉全身麻木,几乎是要瘫痪的感觉。或许他应该自我了结?就在地下室里开枪自杀?不,他刚有这个念头就被自己压下去了,现在他还不能放弃。他们还没被抓。或许他还能躲过去,能跑掉的,他放下电话听筒,抬起了头。
"把所有人都叫起来!德国投降了,那些傻瓜!"

卡尔看着他。他的女朋友英厄堡的眼里也是黢黑的。

"快点！动作快！我们得赶紧收起来所有的文件，把它们烧掉，然后赶紧从这里离开。快！快！快！"他说着，用手用力拍着墙。

然后他拿出一瓶烈酒，闷了一杯之后开始想自己应该优先做什么，什么是必须销毁的。团伙里其他人像没头苍蝇一样从一个房间冲到另一个房间，拿起些什么，然后又放下。他们敲着一个个房间的门，里面的人还在睡觉。他又倒了一杯酒，喝完，然后走到档案那里。他拿出那些放着绝密档案的文件夹：里面有计划、特工名单、暗桩名单，还有他们曾经严刑拷打和杀害的人的名单。他很快把这些文件堆在一堆，然后走到壁炉旁，把它们扔了进去。有几张纸滑了出去，掉在一旁，但其余的都进了壁炉。灰尘扬了起来，在房间里形成一层轻烟，他转过身，屏住了呼吸。然后他去找火柴。这恐怕要花太多的时间，所以他叫卡尔去拿一壶煤油。林南从地上捡起掉下来的那些纸，英厄堡也来帮忙。然后他把纸浸在煤油里，立刻感觉到刺鼻的气味在房间里挥发了。他点起了火，煤油在空气中烧了起来，发出的声音意外地响。他大笑起来，然后开始想要带走哪些东西。吃的喝的必须装个包，还有烟。如果他们能跑到韦尔达尔那边的山里，那他们可以从那里去瑞典。他们可以先逃到那里，然后解散，消失。

这是可以办到的。这条逃跑路线他已经计划了好多年了。他也很了解这里的地理环境。只要他们动作快。他想了想他们有多少车子，毕竟他们没时间再去弄更多车了。

"所有人！带上武器、子弹和食物。我们要去瑞典边境。五分钟后出发！明白了吗？"

"明白！"卡尔说。英厄堡也是。小喵整个人贴墙站着，可怜的女人，她很明显是受了惊吓，这也能理解，林南想着，向她走过去。但小喵转过身，说她要去打包东西。是的。是的。她也要离开他。他妈的。林南还觉得他们俩会一直在一起的呢。墙头草般的女人。都一样。他自己也必须收拾行装了。他拿了一个袋子，装满了烟、子弹和钱。他带上了机关枪。然后穿过走廊，没有回头看。黑暗中，他离开了"罪恶的修道院"，这是最后一次了。夜晚笼罩在城市的上空。

U

U 是你看着别的犯人被殴打时不舒服的感觉。疼痛好像穿行在你的身体里，和必须被压制的愤怒混合在一起。你或许也会经历同样的事情。有一次，你看到那些俄国的犯人被迫绕着圈跑步，看守们围成一个圈，用扫帚不停地打他们。直到扫帚的柄散开了，这种酷刑才会短暂地停止，直到一个守卫去车间里拿来铁锹，再继续。

V

V 是暴力。

V 是红酒。

V 是冬天,当黑色土地冻结,当天空落下白色冰冷的雪花,覆盖大地,覆盖房顶,覆盖铁丝网,将那上面的标签包裹成柔软可爱的形状,就像小兔子,或是毛绒玩具那样。V 是犹豫,是士兵在夜晚的灯光下仰起头,让雪花在脸上融化的模样。V 是组织着信件和食物走私的地下室洗衣房。在那里,来自外部世界的问候在挂着的潮湿衬衫和床单中传播,柔软的布料贴在皮肤上很舒服。你小时候在帕里奇长大,有时候你会把脸贴在晒在房子外的床单上,脸上有微微的凉意,鼻子里吸进刚洗过的棉布的气味。

V 是韦尔达尔山。一九四五年五月初,林南带着整个帮派的人,带上地下室里的犯人作为人质上了车。他把家人留在了莱旺厄尔，给了困惑的孩子们一个拥抱，然后就离开上山去了，希望找到一条能逃亡到瑞典去的路。

可笑的是货车爆胎了，他们只能下车步行。虽然已经是五月了，但天气异乎寻常地冷，积雪也很厚。他们排着队走。林南一只手里拿着枪，另一只手里拎着瓶酒。他的大衣口袋里塞了一盒烟，口袋有点浅，每走一步烟好像都会掉出来。京勒伊格走在他的身后，头低着。她装作是要看路况，不要踩到石头或是被雪块绊倒的样子。这是怎么了？只是因为他们输了吗？他转过身看了看他们带的犯人，芒努斯·卡斯佩森，他的头低垂着。他们没把他扔进峡湾里真是个错误。他的大腿上有用烙铁烧出的ㄅ字，是他经受过酷刑的证据。他们早就该扔下他的，但现在已经太晚了。如果他们被追上了，他也可以作他们谈判的筹码。他们现在只能去瑞典了，他想着。如果安全地过了边境，他们就会顺风顺水的了。应该没问题的，他之后可以和京勒伊格在瑞典的什么地方定居下来，她可以生下肚子里的孩子，他的孩子，他边想边撩开了一根树枝。他们到了一条路上，突然听到距离他们很近的地方有卡车声。

他回过头，很快地冲其他人挥了挥手，让他们赶紧跑进另一边的森林里去。然后他也跟了上去，他跑得太快，口袋里的香烟都掉了出来，落在雪地上。他看到卡尔把一箱烈酒扔在了雪里，玻璃瓶叮当作响。

"这边，快点儿，走这里！"林南喊着，指着一块他们可以藏身的大石头。他们都一个个越过林南，挤到了大石头后面。林南抬起头，看到芒努斯·卡斯佩森转身冲向另外一边，胳膊疯狂地挥舞着。肏，他们现在没有人质可以用来谈判了。只能这样了。

"我们得加快速度了！"林南小声地对其他人说。

"去哪里？"卡尔问。

"去瑞典。"林南回答道，听到货车停在了那边。听到车门被关上，有人在大喊。

卡尔摇了摇头，说那太远了，他建议他们藏在附近的一个小木屋里，等待事态平静下来。林南用力闭了闭眼。他妈的一切都乱套了，他最忠诚的手下都不听命令了。不过那就大家各管各吧，他想着，祝卡尔和女朋友好运。然后他对其他的人说，要是想活命，就跟紧他。

京勒伊格看着他，林南冲她伸出手，向她笑了一下，但她躲开了。之后我再来处理这事吧，林南想，拍了拍卡尔的肩膀，祝他好运，然后冲其他人挥了挥手。路很难走，到处都是石头，荆棘和光秃秃的陡坡。到处都是藏在雪下面的暗洞，一不小心脚就会陷进去。他感到大腿两侧冷冰冰的雪，脖子里也掉进了树上落下来的雪，他闻到小时候经常闻到的云杉的气味，然后转过了身。他们在雪上留下的痕迹很容易被追踪到的。这也没办法，他想着，只能加快脚步往前走。他们走到了森林里的一块空地，更多人想要分道扬镳，他也不想再争论了。他只是和他们挥手道别，虽然这让他很难过，他们居然不相信他的计划。如果问这个队伍里谁最有机会能带他们逃脱，那肯定是*他*啊！不过他才不想费心去劝他们，如果他们决定向另一个方向逃跑，那就随他们的便，他也会祝他们好运的。但他看着京勒伊格的时候，还是没藏住自己的不确定，他问谁要跟他一起走。

现在只剩下六个人了。队伍分成了两队，这也好，这样的话，如果幸运，说不定追兵会跟着另外一队人走的，他想。他们继续向前，排着队，低着头。他们进了山谷，跨过了一条小路，再爬上一个密布着针叶树的斜坡。突然他听到远处响起了机枪和步枪的声音，还有手雷的爆炸声。他们看了看对方。林南的心跳得更快了。他感觉非常累，肚子也饿，他知道他们都是这样。射击停止了，森林又变得安静。京勒伊格看着他，眸色深沉，带着询问，在这白色的场景下，她是那么美，哪怕戴着帽子也那么美。他想着，向她走了一步。他想摸摸她，但她转开了身子，指着两棵树中间的通道问他们是不是要往那里走。

他们继续走了大概有一刻钟，他看到了一间在空地上的小木屋，有深色的窗户，但烟囱里没有冒烟。完美。这里可能还能找到一点吃的，他想，说他们要在这里休息一下，养养精神。小木屋周围没有任何脚步的痕迹，除了动物在这附近觅食留下的圆圆的脚印。

林南匆匆地走到窗户边，往里看。正如他想的一样，小木屋是空的，然后他走到门边，门没有锁，直接就能进去。他把门推开，让别的人先进去。要能找到点吃的喝的就好了，他想着，匆匆地走向厨房的柜子。他找到了一个装着罐头食品的柜子，高兴地回头看着别的人。就在这时，突然响起了机枪声，玻璃碎了，射进房间里，所有人都趴到了地板上。又是一轮枪响，木头和玻璃碴子四射。厨房案板上的一个碗被打中，碎成了片。然后一片安静。林南趴在地板上偷看。京勒伊格转过头盯着他，脸上满是鄙视，然后转头看向了门的方向。

"林南！我们知道你们在里面！手放在头顶，出来！"外面一个男人大喊着。

"不要开枪！"林南喊着，"我会出来的。"

他站起身。他必须要和他们谈判，他边想边小心翼翼地躲过地上的碎玻璃。然后他走了出去。外面有一个拿着机枪的男人，身后还有三个人，远处还有一个架着机枪的人。从这里突围是不可能了，他想，必须想别的办法。

"嗨！"林南喊了一声，把手放在脑后，向他们的方向走了一步，手缓缓地往下放。"我只是想讨论一下……"他刚开口，就不能再往前了，所有的士兵都举起枪对准他，脸靠在瞄准器上。

"站住！"男人喊，"我们已经把你们包围了！立刻把你们的武器扔掉，要不然我就开枪了！"

林南看着他做了下判断。这个人看上去确实不像是在开玩笑，正相反，或许他是真的想要冲他开枪，只想找个理由扣动扳机，林南想着，然后慢慢把手枪从枪套里拿了出来。

"把手放在前面，趴在地上！里面的其他人：出来，慢点儿，手放在头上。拿武器或是试图逃跑的人，直接射杀！"

林南的脸贴着冰冷的雪。他转过头，看到京勒伊格走了出来，满脸茫然，她看起来是那么茫然，但还是那么美。突然他感到自己的手被扳到了背后。手铐铐在了手腕上。结束了。其中一个士兵走到他的身边，拳头紧握，眼睛里满是愤怒。另一个士兵跟在他的身后。

"现在没那么神气了吧！"士兵说。然后拳头就过来了。

V是成长。距离那个我们蹲在特隆赫姆大街上的"绊脚石"边的清晨已经过去了好几年，距离我看到儿子问你发生了什么事情的时候眼睛里的阴影已经过去了好几年。他现在不再是十岁了，他已经十四岁了。我的女儿不再是六岁，她已经十岁，很快就要十一岁了。在这些年里，他们当然听了很多有关这个话题的讨论，他们并没有像我最初觉得那样感到害怕。不久之前，我在写作的时候儿子进了我的房间。

"你是在写那个林南的事情吗？"他问。

"是的，"我回答，"你听说过他吗？"

"当然了。他就是在外婆长大的房子里杀了很多人的那个人，对吧？"

"是的，就是他。"我回答道。我的儿子点了点头，低头看着手机上的什么东西，但他在出去的时候突然转身说："如果下次再打仗的话，我们就跑到太平洋上的什么地方去，好吗？"

V是射击，V是选择。卡尔·多尔门和女朋友在和林南分开之后，走了另外一条路，他们也被巡逻的挪威士兵发现了。在短暂的逃亡后，他们躲进了一个农场的仓库，但一队士兵堵住了出口，向他们藏身的地方射击。卡尔猫着腰坐在地板上，紧紧咬着下唇，努力思考他们有什么能够逃出生天的可能性。女朋友紧紧抱着他的手臂。他们做出了选择。是试图逃跑，还是放弃投降。他听到外面男人的声音，听到他们在大喊，他知道他们有机关枪，要逃跑非常难，除非他能除去他们中的很多人，然后让别的人失去战斗力，他边想，边把手放进了口袋。他拿出了一颗手榴弹，感觉到武器意外地沉。他抬头望着墙壁上一个充当窗户的洞口，它正好在山脊的旁边。

"你要做什么？"女朋友看着手榴弹问。

"放心。"卡尔轻轻地说，慢慢地转向了门口，"好的！我们现在出来了！"他大喊着，然后站起身，拉出手榴弹的引线，冲着上面的洞口扔出去。但就在他松手的那一刹那，他就感觉有什么不对。手榴弹打到方形洞口边的木板上，弹了回来，就掉在他们的面前。他只听到女朋友尖叫了一声"我的上帝啊！"，他冲过去想要接住它再扔出去，手榴弹就突然在他们面前爆炸了。

V是一九四五年春天瑞典近乎夏天的热度。V是埃伦的长发，那个格尔森爱上的女人，弹钢琴的女人，她有着修长的手指，喜爱画画，爱谈论艺术，就像他一样。这个来自上流社会的女孩抽着她祖父工厂做的烟，对自己不懂的事情都一笑了之。V是在他们得知战争结束时的狂欢。德国人投降了。他们又能回家了。他们拥抱着彼此，拥抱着一个又一个人，他看到陌生人在接吻，五月的空气中充满了对新的春天、新的起点的期待。埃伦的手臂环抱住他，而他弯腰低下头，微笑。

"我们要回家了？"她欢喜地问，踮起了脚尖。她深色的眼睛里闪着光。她真美，他想，用手抚摸着她额头上一缕鬈发。

"是的，我们现在能回家了。"他说。他感觉她的嘴唇贴着他的，睁开眼，母亲在对着他们微笑。

然后他的手里被塞进了一瓶酒，庆祝在继续。

V是下韦尔达尔山的路。那是一九四五年五月，林南的手被铐在背后，坐在警车里。他的眼睛红肿着，被揍之后眼睛肿了起来，几乎看不见了。他在回特隆赫姆的路上。他用那只没有受伤的眼睛看着房子和升起的挪威国旗，心里有一种轻松感。他被抓住了，他不再需要逃跑了。或许他能和政府达成协议，只要好好和他们说他手中掌握着多少信息，他能对他们起多少作用，只要他能把自己的牌打好的话，是能说服他们的。不管怎么样，他现在得好好表现，他想着。他想举起一只手摸摸肿着的眼睛，想他看起来是怎么样的。然后他把头仰起，靠在车的头枕上，感觉重新畅快地呼吸有多舒服。在回到特隆赫姆城，回到被挪威政府控制的传教士酒店的路上他都在休息。现在那里坐着的不再是时刻准备听从他命令的年轻女秘书，而是挪威警察，他能感觉到他们对他的仇恨。他能看到一些人身上散发出的对他的蔑视和痛恨，就像接手他的那个警察，他狠狠地抓住他的上臂。

"林南，你看你现在还神气吗？！"他也这么说，好像他们是从同一部电影里偷的台词，林南想着，跟着他们走。他走下了之前几年走过无数次的台阶，去了地下室。他们把他塞进了牢房。听到钥匙旋动的声音他还挺开心的。刚才有一刻他以为那个警察要直接动手了，直接给他一枪，射入脑门。但显然他逃过了那一劫。

他受到了特别的关照。他还特别要求要让一个特别的人物来对他进行审讯——奥德·瑟利，那是抵抗组织的领导人。瑟利是少数那种能真正理解他的人，能明白他说的是什么。他知道他也是那种会尊重他、尊重他取得的成就的人，哪怕他们身处不同的阵营。

他和洗衣房的那些女士变得很熟，开始喜欢在这里的生活，他详细地讲述那些发生过的事情的细节。所有的任务，渗透行动，双面间谍的安排。他也讲述了他和一个俄罗斯间谍之间的关系，说他们是怎么秘密见面，一起坐火车去国外，或是在酒店里。他们是如何在这一刻上床抵死缠绵，而下一刻就被迫各为其主针锋相对。看上去他们上钩了，他们听他讲故事，这是好事。他必须要讲出发生的事情，他希望能找到出路，如果他能说服他们他能从内部了解俄罗斯人的行动的话，他们可能会认为他活着的价值比死了大，他是这么想的。

这确实有效果。一九四五年的平安夜那天，守卫在给他送食物的时候，没有锁门。

就从那里开始吧。林南等待着。他感觉到肾上腺素在奔腾，他走了出去，在第二道门口停下听外面的声音。外面一个人也没有，一点声音也没有。他扭下了门把手，从门缝里往外看。然后他偷偷地爬上楼梯，逃跑了。

# W

W 是武装部队。

W 是交织在一起的 V，就像夏日在采石场劳作时流进眼睛的汗水，或是极度营养不良造成的视线模糊。

W 是沃尔夫松，你妻子结婚前的姓氏，以及其中一个犯人的姓，大卫·沃尔夫松。他也有一块"绊脚石"，就在他曾经居住过的公寓外面。那曾是林南帮派的第一个总部。

X

X是不愿放弃。X是依旧未解开的谜。X是车站上用红色油漆刷着的X形牌子,就在那里,那些被关押的人被送去法斯塔德,然后继续被送走。九月底的一个午夜,一群被关押的人来到了这里。你当时睡着了,被士兵的叫喊声弄醒了,听到他们命令一些人在前面的广场列队。然后呢?你站起身向窗外看,哪怕你知道窗户不对着前面的广场,什么也看不到的。然后你又睡过去了,时不时被广场上的叫喊声和尖叫声惊醒,但这和你没有关系。第二天早晨吃早饭的时候,那些被关押的人还在那里。他们在外面站了整整一个晚上,你的心里有点负罪感,因为你睡着了,仿佛你如果醒着,会对他们有什么帮助似的。

# Y

Y是女性的标志，这是最简单、最容易被漫画化的形状，是你在法斯塔德的厕所里看到的画在门上的Y形状。大自然里的一切都不会停息。哪怕天上的炮弹像下雨一样倾泻下来，要生产的女人还是要生。哪怕子弹射在围墙上，该上厕所的人还是要匆匆去上。呼吸，消化，饥饿和欲望。所有的东西和从前还是一样，只要你身体中的血还在流，维持生命的东西还在，那就没有什么东西是真正被关闭的。

# Z

Z是一个被关押的人背上红肿的伤口,那是因为他往集中营里偷带牛奶被抓住,乱棍打的。

Æ

Æ是在法斯塔德偶尔能看到的往海岸线飞的欧绒鸭。有一次你和拉尔夫·塔姆斯·吕谢站在那里,他指着它们告诉你那是什么鸟。

"它们是挪威历史最悠久的家禽之一呢。你知道吗?"他问你,你摇了摇头。

"是的,从前沿海地区的人会在它们孵蛋期间帮它们守护巢穴,赶走野兽。作为回报,人类能在它们繁殖季节结束后得到柔软的羽毛,用在羽绒被和枕头里面。"

你抬起头,看着鸟的身影消失在树梢顶上,感动于这样的关爱与守护。世上有这样的温暖。然后守卫们喊了点什么,你继续开始锯木头。

Ø

Ø 是士兵们的耳朵，它们几乎像是从钢盔中伸出来的一颗颗贻贝，或是还没出生的婴儿，像还蜷缩在子宫里的胎儿模型那样。

Å

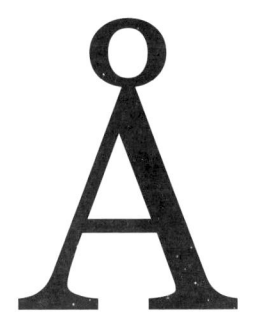

Å是血液在你身体中流动的那些年。每一天，那么平稳、那么有节奏地流动着。在锯东西、在采石场或是晨练的时候，血液会流得更快一点。晚上你静静躺着的时候，在一个又一小时深沉无梦的睡眠中就会慢一些。

Å是很快就要过去的一九四五年，战争结束了，城市慢慢回到原来的轨迹上，到平安夜了。这是挪威解放之后的第一个圣诞节，大家都待在家里和家人们一起庆祝节日。他们围坐在铺着洁白桌布的圆桌前，脸被桌上燃烧着的烛光照得亮堂堂的。

这一天，在传教士酒店执勤的看守比平常少很多。林南从地下室偷偷爬上了台阶，迅速看了一眼大门口，看到有个看守靠在桌子边和同伴聊天。他太了解这个地方了，之前他来过很多很多次，虽然他不能从大门出去，但他能找到别的出口。这肯定是故意为之，他们想让他跑掉，但又不能公开让他跑掉，不能让他从正门跑掉，毕竟他是全国最被注意的人，尽管没有人理解他。他偷偷到了二楼。普通人都太愚蠢了，太容易被自己的情绪左右，但那些真正的明白人，他们知道他林南在未来能为挪威做出多少贡献。他可以成为特工，渗透到俄罗斯人那边去，把他们骗得团团转，他可以的，那些信息对挪威至关重要，这是毫无疑问的。如果他死了，不过只会成为胜利者自以为是的象征，这对他们有什么实际用处呢？他这么想着，听到其中一个办公室里有声音传出来。可惜，他不能穿过那里通向外面的楼梯了，有人可能会发现他的，林南想着，快速看了一眼另外一个房间，那里是空着的。他小心地在身后关上了门。

小仓库里放了很多箱子，这里曾经是个办公室，他从前当然来过，不过身份已经不同了。他走到窗户旁边，小心地抬起窗户的搭扣。他把手指插进窗户和窗框中间，轻轻地慢慢地抬起窗户，生怕木头发出嘎吱嘎吱的声音。

窗户从窗框上打开的时候还是发出了一声刺耳的声响，他等了一会儿，但他们还在外面聊天，他听到他们中的一个人大笑起来，趁这个机会赶紧一下子把窗户拉到最大。寒冷的空气一下子涌进了房间里，窗框上堆着一小坨雪。他把头探出去往下看。这是一条安静的小路，现在没有人，毕竟是平安夜，但窗户离地面非常高。但我也没什么别的选择了，林南想着，爬上了窗户。他转过身，慢慢地向下爬，窗框剐蹭着他的肚子，压着他的胸口。他感觉自己的囚服挂在了一个钩子上，赶紧扯开。雪融化在他的肚子上。他往下看了一眼，听到有辆车开过的声音，然后松开了手。落下去的速度太快了！一瞬间后，他一只脚的脚踝歪斜着落在地上，身体紧随其后压在上面。他伸出双手想要支撑自己,手掌按在了冰面上,额头撞到了地面。他感觉脚踝像火烧一样疼。哪怕没骨折,肯定也严重扭伤了,他边想边往四周看了一圈。路上没有人,他抬头往上看,那扇窗户开着,那里也没有人。现在他必须逃跑,得去个什么地方。但要去哪里呢,他想着,心里咒骂着不顺利的落地。这只脚踝真会坏事。脚扭了,他想要自己一个人出城就困难了。肏,真是太他妈倒霉了。现在正是圣诞节前夕,所有人都很忙。本来他可以从什么地方偷辆车开出去的,但现在不行了。我需要人帮忙,他努力回想有什么人住在附近。谁会愿意让他进门,让他藏一两天,好让他逃出国去开始工作。

林南单脚蹦着,到街角的时候,他想起了一个之前认识的人就住在附近,或许他会愿意帮助他。他蹦了最后几米,到了门口。一定可以的,他想着,然后敲了门。他向对方解释了一下当前的情况,他在逃跑途中脚踝受伤了。看来他的决定是对的,男人让他进了门,说这么冷的天不能让他肿着脚踝站在外面。他让林南坐下来,给了他一杯酒。他的妻子帮他脱掉鞋子,检查了一下他的脚。他对他们表示了感谢,喝了一口烈酒,感觉身体开始平静下来。这是半年来他第一次闻到酒精的气味。他们又给他倒了一杯酒。他问男人能不能让他先藏起来,说他之后会为挪威做间谍,这事儿不能被别人知道,不能走漏消息,因为大家不会理解的。男人点了点头,拍了拍他的肩膀,又给他加满了酒。然后他说他得打几个电话,安排一下交通和藏他的地方。

林南真心地向他表示了感谢。他们给他拿了一整盘圣诞菜肴，又给他倒了一杯酒。他感觉疼痛慢慢减退，那种轻松感又回到了身体里。这次他肯定能成功的，他想着。突然，门开了，一队挪威警察冲了进来，手上都拿着机枪。

这时，林南终于明白自己被这个男人骗了。他摸到了杯子，喝完了里面的酒。

"我想我们大概没有时间再喝一杯了。"警察抓住他的时候他这么说。

林南被重新带回了监狱，牢房的门再也没有不上锁的时候。没有人为他的逃跑受到处罚。冬天到春天，他的脚踝康复了，但对他的案子的调查又过了一个冬天才结束。一九四六年，他的案子终于开庭了。那时候的林南刚刚满三十一岁，其他的人大多在二十五岁。我见过一张林南帮派案件的庭审照片，他们看起来好像对此毫不在意，在法庭上微笑着，自信地微笑着。正如学者作家安·黑贝莱因在《关于邪恶的小书》中写到的，我们人类在做任何事情之前，都已经为自己的行为做好了辩护。这就是我们为什么要做这件事情，我们已经考虑过它的对错，是不是我们应该做的。既然决定要这么做，那这件事情就是有道理的。所以事后的反省会是那么难，毕竟这是要让人回头再去重新考虑自己的动机，用另一种眼光去看自己那么做的原因。

在战争结束四十年后，林南帮派里另外一个被关押的人在养老院里跳楼自杀了，当时他已经八十多岁了。或许就是他在马约斯坦地铁站外的纳维森便利店遇到了杨妮可，在不知道她是谁的情况下告诉了她自己的过去。在对年迈的基蒂·格兰德的采访里，她也说她并不后悔，因为当时他们做了自己觉得必须做的事。

上法庭时，在快要坐下的时候林南对其他人眨了眨眼，看上去他对自己的监禁生活和获得的关注很满意。他和看守们寒暄着，很高兴自己胸前的是一号，还吹嘘着自己并没执行过的谋杀。他吹嘘着自己在俄罗斯的关系，那些他参与过的秘密国际行动，虽然证据显示在他说的那段时间里他其实在别的地方。不过，最近在被告席的号码纸条背后，发现了很多他们在法庭开庭期间画下的涂鸦，能看出他们其实是恐惧的。比如在属于哈拉尔·格洛特的二十四号纸条上，方形硬纸板的整个背面都被铅笔涂满了，画着一个女人坐在凳子上，人们不知道她是谁，可能是曾经和他在一起过的人。在那旁边他画了两个男人，在那之下写着一个词：**死刑**。

在十一号纸条上写着"我没有被给予保留此生的权利"。

属于林南的那张纸条上没有字也没有画，他唯一表现出后悔的，就是那次搜寻武器仓库失败后，在峡湾里那个小农场杀死了那对无辜的父子。在整个漫长的审讯过程中，那是他唯一一次表现出后悔。

Å 是船桨。

Å 是字母表中最后一个字母，是你生命中最后一个早晨。那是一九四二年十月七日，星期三的晚上。

清晨,你躺在法斯塔德牢房里,睁开眼。你意识到你最后还是睡着了。外面的天已经亮了,边上的一些人已经从床上爬了下来。你听到有一个人在嘟囔这是紧急情况。你从床上爬起来,边上的两个人让出点地方让你能出去。你伸出手和他们握手,其中一个人说自己叫亨利·格莱迪奇,你立刻知道他是谁了。格莱迪奇,演员,特伦德拉格剧院的院长。你认识他,他是有名的演员,你们在巴黎—维也纳服装店,在剧院,有时候也会在送利勒莫尔去芭蕾演出的时候在剧院的门厅碰到他。

"亨利,你在这里干什么?"你问。

"是啊,干什么呢?"剧院的院长这么回答,挥了挥手,嘴角挂着苦笑。"本来我们今天还有一场首演呢,这时机也太差了。我不知道,你觉得他们能放我出去,让我去今晚的演出吗?"

笑容传染开去。你问他要演的是什么剧,易卜生的《野鸭》,他们正在联排的时候,德国人直接冲上了舞台。

"你为什么被逮捕?"你问。他耸了耸肩膀,说他做的只是很简单的事情,比如拒绝在剧院挂德国国旗,把升旗的线剪断,让别人也不能升。

"不过我们这位朋友,"院长把手放在身边那个男人的肩膀上,接着说,"你会被逮捕一点都不意外,对吧?"

"我是汉斯·埃科内斯。"另外一个男人说,伸出手和他握手。院长接着介绍起他的冒险生活,说他是如何在英国最北端的设得兰群岛和奥勒松之间走私人员和武器。他负责过几次大型行动,直到那个挪威双面间谍亨利·林南渗透进了他们的组织，派了两个人装成是难民的样子混进了行动，把他们暴露了。

你们就这样低声聊了几分钟，但某个时刻，你没有注意身边谈话的内容，而是在听外面广场和走廊里的说话声和脚步声。有好几个人从自己的床上坐起来了，你听见脚步声离门口越来越近。门锁发出叮当的声音，门被打开了，外面站着一个年轻人，肯定没有超过十九岁，蓝色的眼睛，脸上还透露着稚气。他让你们都走出牢房，没有说要做什么，是为什么。这个时间可不是什么好兆头，你想着，除非要把你们送到别的地方去，送到外国的集中营去。一共有十个人走下了楼梯。剧院院长亨利·格莱迪奇走在你的前面。十个男人下了楼。脚步声纷乱。外面的空气寒冷而清冽。

院子里有一棵孤独的白桦树。一月份你被捕的时候，树枝还是光秃秃的。后来绿色的叶子慢慢长了出来。夏天来临之前你被送到北部去了。现在叶子正在慢慢变黄，开始飘落。

那个清晨，你们被要求走出大门，在碎石路上排成一列向前走，手放在脑后。或许有一瞬间你曾考虑过逃跑？趁机脱离道路，跑到云杉树中间去，但你们的周围有太多拿着枪的士兵了。

你一定明白等待你的是什么吧，没有任何别的理由会让你们到森林里去。他们不会让你们不带锯子或铲子去森林的。然后你们被命令站到树干的中间。一个士兵用步枪捅你逼你往前走。

砾石在脚底下嘎吱作响。

你想到格尔森和雅各布了吗？想到利勒莫尔了吗？还有玛丽？你想到她的脸了吗？想到她早晨在餐桌前冲你微笑的样子？

士兵呼出了白气，草地上露珠晶莹，深色树干上潮湿的地方闪闪发着光。你被带到一个坑的前面，眼睛被蒙上了，然后他们宣读了对你们的判决——死刑，立刻执行。三发子弹冲着心脏，两发子弹冲着头部发射。

然后呢？一切一定是在同一时间发生的。先听见一个军官的喊声，然后子弹带来了突然的剧痛。

生命是条小溪。各种冲动汇聚成河，流淌过生命。那死亡呢？死亡是一切的停止符。子弹穿入你的身体，爆炸的疼痛感，然后肌肉屈服了，你倒下来，贴在森林的地面上。

你最后的感觉是什么？一根小树枝扎进了你的脸颊。

你最后听到的是什么？一个人在喊：再上膛。

你最后想到的是什么？孩子小时候的脸蛋。柔软的、圆乎乎的脸蛋。他们的大眼睛，警惕的，睁得圆圆的，那么美丽。他们的头发在头顶卷曲着，他们的手抓住你的手指，入睡后身体轻微抽动着。

最后的一丝气息通过了你的鼻孔。烂泥，冰冷潮湿地贴着你的额头和手指。

然后你的意识离开了这个世界，你的身体进入了死亡的循环，就像碎裂的树枝，就像沉入黑暗海底的鲸的尸体，被小鱼一点点吞噬。

一双手抓住你的手腕，另一双手抓住你的脚踝，把你抬了起来。你的头往后仰着,嘴巴和眼睛都张着。一道盐水的痕迹从眼睛流到耳朵边。

然后你被左右摇晃了两次,就像是小时候你在俄罗斯偷偷玩邻居绑在家门口树上的吊床的样子。那些清晨,还是孩子的你坐在秋千上荡来荡去,高高飞起的时候,肚子里会痒痒的,然后你松开手,高高地跃起,落在身下的泥塘里。

士兵们松开手,把你扔进了地上的大坑里,那是大地被撕裂的血肉。你的身体落在坑里,身体震荡了一下,左臂软软地落在脸上,静止不动了。温暖的尿液从裤子的布料里渗出,蒸发到空气中。

然后呢?

更多的枪声,同一时刻的。

安静。

有人在哭,在求饶。

枪声。

安静。

然后土盖到了你的身上。

铁锹发出轻微的声音。大量的土像下雨一样覆盖在大地的伤口上,盖住脸,盖住手。最后只有你的膝盖还露在外面。一座羊毛织物构成的小岛,被泥土的海洋包围。然后,膝盖也被盖在了泥土之下,你被紧紧地包裹着。冰冷的。黑漆漆的。安静的。只有身体上方铁锹铲着地面的声音。更多的枪声。然后,一切安静了。

很久很久。

泥土冻结了，融化了，又冻结了，又融化了，然后再一次冻结。你的身体慢慢地腐烂了，地面上的冬天变成了春天。

一九四五年春天的一个上午，战争结束的前夕。你在法斯塔德森林里那个烂泥坑里已经被埋了三年，你的时光被冻结了，完全静止。那中间，飞机在天空飞过，军队在移动，城市被烧成废墟，家人们在废墟中寻找自己的亲人。当德国的士兵倒下，坦克开进了柏林的时候，你静静地躺在地底下，依旧是一只手臂放在肚子上，小手指往里面勾着，就像一个睡着的孩子一样。然后又有事发生了。

我不知道具体是哪一天，但一定是在春天，战争即将结束。如果你的耳朵还能听到，你一定听到了地上的脚步声。铁锹一点点拨开泥土，刮开小石头和砾石，德语的说话声："在那里！"从他们的音调里能听出来他们很赶时间。

如果你的皮肤不是早就没有了感觉，你就会感觉到人抓住你的手腕和脚踝，把你拉出来放到了一张毛毯上。你会感觉到他们把你包裹起来，捆得紧紧的，就像一个茧一样。然后呢？

然后你被装进了一辆车后面的拖车里，车顺着小路开到了海边。在那里你被送上了一艘等在那里的船。你躺在船的底部，被绳子捆着的毯子包裹着，随着波涛摇晃着。

船桨每一次在水里划动，都会带来你身体的颤动，船桨每一次在水中扭动，都会发出吱嘎的响声。海水溅起。几只白头海鸥高声叫着。

然后船桨被拿进了船舱。有人说话。哗的一声。你身上压的东西变轻了。又是哗的一声。你被抬了起来，头和膝盖撞在船板上，然后你被扔下了船，掉进水里，往下沉。

慢慢地，你沉入水底，冰冷的、黑暗的水底。

一群鲱鱼从你的身边游过，你陷入了水面下阳光照射不到的黑暗中。

然后你触到了海底，激起一阵泥沙。

有多深？一百米？还是更深？

要过多少年裹住你的毛毯上的绳子会烂，毛毯会展开？

你躺在海底。

慢慢地陷入海底的泥沙中。

被潮汐和暴风雨来回拨动着。

就这样过了七十多年。或许你的骸骨现在还分散在阴冷黑暗的海底的某个地方。你的身体被洋流夹带着，在海底的泥沙上画出一道道条纹，就像你的名字被刻在你曾经居住过的房子门口的那一块金属的"绊脚石"上。那是我和格蕾特、斯泰纳尔、丽珂、卢卡斯和奥利维娅曾蹲下身看过的那块"绊脚石"。

亲爱的希尔施。你的身后留下了很多亲人。你的三个孩子都在战争中活了下来，他们都有了孩子。你有孙辈、曾孙辈和玄孙辈的后人，因为数量太多我都数不清一共有多少人。当我写下这些文字的时候，你的两个玄孙辈的孩子在上学。我儿子最近刚上学，现在不是在看课本就是和同学们在走廊里玩耍。女儿很快要参加一场新的芭蕾演出，穿着足尖鞋的脚抬得越来越高，不过现在这个时候她是在上学，在操场上奔跑，或是坐在游戏架前的大斜坡往下滑。

奥斯陆正被冰雪覆盖着。

世界不断地往前走，我闭上眼睛，想着从那天早晨在你的"绊脚石"前发展出的后来的一切，还有所有那些藏在其他的"绊脚石"背后的故事。

我们会继续念出他们的名字。

亲爱的希尔施。

我们会继续念出你的名字。

# 跋

这是一本小说。虽然我尽最大的可能去寻找证据，让自己写的故事贴近真实，但依旧有太多的内容被隐藏或是被遗忘了，尤其是其中那些人物的思想和感觉。科米萨尔家族的很多情况也是虚构的。一些场景来自我们的谈话和笔记。我特别要感谢格蕾特，是她引发了这一切，并在整个过程中给我提供了无价的信息。杨妮可也是一样。我也要特别感谢法斯塔德中心、司法博物馆、犹太博物馆和国家档案馆的工作人员们。格尔森的笔记内容来自他去世前几年写给自己孙子孙女的信件。

林南的人生中满是谜题，不同的传记里写着不同的故事。我特别感谢佩尔·汉森先生写的《谁是亨利·林南》这本书。我也参考了奥拉·弗吕恩姆和施泰因·斯莱特巴克·旺恩的《林南的证言》、薇拉·科米萨尔的《恩典》、伊达尔·林德的《林南帮派里的女性》、比亚特·布鲁兰的《挪威的大屠杀》、莫娜·莱温的《母亲的故事》以及赫尔曼·威利斯的《挪威的种族灭绝》。此外，《林南的儿子》以及档案中的多次采访都对我理解亨利·林南这个人有很大帮助。

感谢希尔德·勒德-拉森建议我把文稿交给阿施豪格出版社，在我最需要的时候，她给了我对这本书的信心。非常感谢我的编辑诺拉·坎贝尔的热诚，她为这本书最终完成提出了重要的意见。感谢出版社所有工作人员对它投入的热情。本书中任何的错误都由作者本人承担。

但我最感谢的是丽珂，为了一切的一切。谢谢！

西蒙·斯特朗格
奥斯陆
二〇一八年六月十九日

Simon Stranger
Leksikon om lys og mørke
Copyright: © Simon Stranger
First published by H. Aschehoug & Co. (W. Nygaard) AS, 2018
Published in agreement with Oslo Literary Agency
Simplified Chinese edition copyright: © Archipel Press, 2025
All rights reserved.

本书翻译出版获挪威海外文学基金会(NORLA, Norwegian Literature Abroad)资助，特此鸣谢。

**NORLA**
Norwegian Literature Abroad

图字:09-2024-0958 号

图书在版编目(CIP)数据

光明与黑暗的辞典 ／(挪)西蒙·斯特朗格(Simon Stranger) 著 ； 邹雯燕译. -- 上海 ： 上海译文出版社, 2025. 4. -- ISBN 978-7-5327-9850-6
Ⅰ. Ⅰ533.45
中国国家版本馆 CIP 数据核字第 2025WS9396 号

光明与黑暗的辞典
[挪]西蒙·斯特朗格 著 邹雯燕 译
特约策划／彭伦 邓莉 责任编辑／王嘉琳 装帧设计／Moo Design

上海译文出版社有限公司出版、发行
网址:www.yiwen.com.cn
201101 上海市闵行区号景路159弄B座
上海市崇明县裕安印刷厂印刷

开本 889×1194 1/32 印张 11.375 插页 2 字数 159,000
2025 年 4 月第 1 版 2025 年 4 月第 1 次印刷
印数:0,001—6,000 册

ISBN 978-7-5327-9850-6
定价:68.00 元

本书中文简体字专有出版权归本社独家所有，非经本社同意不得转载、摘编或复制
如有质量问题，请与承印厂质量科联系. T: 021-59404766